陈武 ● 著

尚书有味

『新实力』中国当代散文名家书系

河北出版传媒集团
花山文艺出版社

图书在版编目（CIP）数据

尚书有味/陈武著.—石家庄：花山文艺出版社，2016.4（2021.4重印）
ISBN 978-7-5511-2760-8
Ⅰ.①尚… Ⅱ.①陈… Ⅲ.①随笔－作品集－中国－当代 Ⅳ.①I267.1
中国版本图书馆CIP数据核字(2016)第047536号

书　　名：尚书有味
著　　者：陈　武

责任编辑：梁　瑛
责任校对：李　鸥
美术编辑：胡彤亮
出版发行：花山文艺出版社（邮政编码：050061）
（河北省石家庄市友谊北大街330号）
销售热线：0311-88643221/29/31/32/26
传　　真：0311-88643225
印　　刷：三河市华东印刷有限公司
经　　销：新华书店
开　　本：650×940　1/16
印　　张：15.75
字　　数：220千字
版　　次：2016年4月第1版
　　　　　2021年4月第2次印刷
书　　号：ISBN 978-7-5511-2760-8
定　　价：28.80元

（版权所有　翻印必究·印装有误　负责调换）

目录

【卷一　南窗书灯】

002　黄裳的"图文"南京
006　永恒的《忆》
013　《陶然亭的雪》
021　秋荔亭
030　高晓声和董欣宾
033　源头活水
　　　——闲话我与《小说选刊》
038　读艺小札
059　闲读的美好
062　兄弟我……
064　《三同志》
067　《郊叟曝言》
072　斜阳下的往日庭院

075　书书有情
077　别调秦腔
081　《神鸟赋》

【卷二　流年书影】

086　岁月流逝　生命饱满
　　　——《世界杯中国梦，那些年那些事》读后
090　《书衣文录》
093　我爱"傻瓜"
095　望仙河的雪
098　《西谛书话》
101　剪纸民间
104　《天才与环境》
107　人生的雅舍
109　水上的潇洒
111　一本叫《平原》的书
113　音乐的河流
115　汪曾祺与《沙家浜》
118　《小报告以外》及其他
121　《文化人与钱》

126 《小癞子》里的一句话

128 《早春一吻》

130 两本关于苗运琴的书

132 《日藏汉籍善本书录》

136 朱自清说诗

138 魏微和她的小说

141 从历史中打捞人生的常态

　　——韩东小说《扎根》读后

144 《小说研究》

147 《海州鏖战》

150 《关于〈金陵杂记〉》

155 《被阳光照亮》

158 对"经典"的有效阅读

163 琐谈文学翻译

171 边界的打破者

　　——《杂草的故事》读后

【卷三　尚书有味】

176 让文学关注我们细微的生活

　　——答问"中国书籍文学馆"

180　寻找精神真相
182　草书阁揆
186　江南丽人图
　　　——郜科和他的新文人画
188　心有菩提
　　　——小记书法家葛丽萍
196　本土画家江祥荣
202　王兵画笔染春秋
212　疏淡含精匀　摇荡花间雨
　　　——浅谈高伟的工笔画
216　漫笔金石名家许厚文
219　书家敬伟
222　秉华山水
225　小楷庚国
229　小扇面大气象
　　　——浅议江祥荣的山水扇面
232　小木楼看画
236　印象张学玲

238　代　跋
　　　——初识陈武

卷一
南窗书灯

黄裳的"图文"南京

黄裳先生的《珠还记幸》要再版了。我是 2002 年写信到北京三联书店,欲邮购此书时,得到这个答复的。不过再版的《珠还记幸》至今未能看见。近日,在 2005 年第九期《读书》上,读到黄裳的一篇文章:《二十年后再说"珠还"》。观其全文,大约是为该书再版而写的后记之类的文章。《珠还记幸》出版于 1985 年 5 月,其中"珠还记幸"一辑 27 篇文章,收诸多现代文学大家的手迹,再配上作者儒雅、温婉的文字,应该算作一本当今流行的"图文"书了。这本书的写作动机,在《二十年后再说"珠还"》里也有交代:

> 鲁迅先生十分喜爱凯绥·珂勒惠支的版画,自费印行了她的选集,委托文化生活出版社经理和印刷事务。先生亲自设计封面、版式,并手书书前题字,雄劲朴茂,宛如古刻。我是在文生社的积稿中发现的,讨了回来。从此我就收藏着两幅鲁迅先生的手迹,珍惜不敢付裱。回想我收集作家手迹的计划,应该是从此时植根的。这两幅手迹后来都捐给上海鲁迅纪念馆了,其实《珠还记幸》应该由它们领头开卷才对。
>
> 主意既定,就开始动手。我买了几盒荣宝斋的诗笺,放在吴晗那里,由他和静远找人写字。吴晗的客人多,抓

住机会就要他们写,有时还是"强迫"的,如费孝通、张东荪的字就是这样得来的。只有朱自清是我指名要求必得的。吴晗来信中曾说,"佩弦字今晨送来,附上。容元胎的当函促。"不料一年后,一九四八年八月十二日接到吴晗的短信,只寥寥数语,"朱佩弦今午逝世,心境极不快,不多谈。"这就是当年我搜集作家手迹的实况。

《珠还记幸》的再版,当然是喜爱现代文艺及其掌故的读者的幸事了,但是,让我感兴趣的是,《二十年后再说"珠还"》里,透露了一个信息,即黄裳对他出版的小书《黄裳序跋》不太满意,他说:"前些时我印过一本《黄裳序跋》,编者自行删去几篇较长的考订文字,腾出篇幅填上大量图片,相关和不相干的,打扮得花枝招展,就像大观园中的刘姥姥,经鸳鸯、凤姐打扮,插了满头花朵一样。刘姥姥心里明白这是捉弄她的,但只能强颜欢笑地凑趣,共同演出这场闹剧,其处境、心情是可以理解并予同情的。我不是刘姥姥,只得坦率地说出我被打扮后的不舒服。这是我与图文书第一次失败了的遭遇战。"又是"不舒服",又是"失败",还自比刘姥姥,可见其心境了。

《黄裳序跋》出版于2003年6月,两年前的事还让老人"不舒服",可见他对这本书的感觉确实不爽。该书是东南大学出版社"书人文丛"的一种,另11本分别是施蛰存、夏志清、舒芜、姜德明、钟叔河、隐地、董桥、陈子善、陈平原、王稼句、徐雁,都是读书界大腕级人物(不过后来只出8种,不知何故,在南京的一次会议上,我曾问过该书主编之一的王稼句,他也含糊其辞,大约"有口难言"吧)。我对这套书的印象特好,从手头的零星几本看,不仅让我们集中读到作者历年的序跋,还通过大量图片,观其尊容,能更直观地揣摩作者的"书路"历程。

黄裳对他的"花枝招展"的"序跋"不感兴趣，不曾想，又有多事者弄了本《黄裳·南京》，更是图文并茂，香气袭人。该书是作为"名人与名城的前世今生"第一辑之一种，由北京翰墨林图书公司策划，吉林美术出版社印行的，首辑共五种，另四种为《张恨水·北京》《周瘦鹃·苏州》《鲁迅·绍兴》《郁达夫·杭州》，策划制作者在"后记"里说："北京，绍兴，苏州，杭州，南京，这些历史文化名城，在中国的历史上，在人们的记忆中，都是有着特殊意义的存在。"又说，"所选的文章，大多是20世纪上半叶，文人名士的雅作。半个多世纪的时间落差，这些古城又经历了沧桑变化，我们可以在岁月的流逝中，细细品味古城风韵。"

倾读是书，确实被书中图片之多而吓了一跳，除了常有的通页大照片外，余下的每页都不止一幅，通常都是两三幅，有的达四五幅之多，而且都是彩照。这些照片，光色运用极佳，和一篇篇妙文互相补充，相得益彰。

《黄裳·南京》一书，共分两篇，上篇为："黄裳·石头记"；下篇为"金陵行"。上篇所收的21篇文章，分别是《鸡鸣寺》《豁门楼》《石观音寺》《周处读书台》《快园》《随园》《小虹桥》《玄武湖》《鸡鹅巷与裤子裆》《梅花山》《燕子矶》《白鹭洲》《天王府》《梅园新村》《莫愁湖》《石巢园》《扫叶楼》《祖堂山》《南唐二陵》《沧桑旧影》《美人肝》，这些文章，大部分节选自黄裳的《金陵五记》，只有后两篇选自《锦帆集》和《旅京随笔》。下篇"金陵行"共收文十篇，出自现代文学大家张恨水、朱自清、俞平伯、石评梅、郭沫若之手。这些文章写于半个多世纪以前，时间的落差，可以让我们"在岁月的流逝中"，品味南京这座古城的悠久灿烂的文化和名人辈出的事迹，并感受其沧桑巨变的历史和山水人文的情怀。我私下里揣测，这样一本"更花枝"的书，黄裳先生应该是满意的吧？

记得2000年9月，金陵博士蔡玉洗先生主编的"凤凰台丛书"里，有一册《南京的情调》,"通过编集20世纪上叶文人学士的64篇随笔和印象记,将南京的人文底蕴和都市情调宣泄无遗"(《书房文影》,徐雁著,江苏教育出版社,2001年7月版)。而《黄裳·南京》则更多地侧重于一个人对旧都的印象和怀念,所收的图片,也和《南京的情调》所收的30幅"沧桑旧影"不同,为当代人刘正志、汤群的最新摄影,无论是鸡鸣寺深沉的黄色门脸,还是相映在梅花丛中的博爱阁;无论是玄武湖畔的水榭,还是莫愁湖边的绿柳,抑或是夫子庙的花灯,中山陵的人流,无不透着新时代鲜活、蓬勃的气息。

"尽消受六朝金粉,只青山依旧,春来桃李又芳菲。"南京和黄裳有情,或黄裳和南京有缘,这本《黄裳·南京》的"图文"书,又一次把黄裳先生打扮得"花枝招展"了。然而,南京的"情调毕竟不仅仅在六朝诗国的吟咏中,在天然江乡的欣赏中,在旧京风物的见闻中,而实应归结为'十年生聚,十年教训'的历史鉴戒中"。我从黄裳的书中读出了这样的信息,也得到了这样的启迪。

2005年9月20日于连云港

永恒的《忆》

俞平伯在《忆》的自序里说：

> 云海的浮沤，风来时散了。云的纤柔，风的流荡，自己是无心的，而在下面的每每代它们惋惜着，这真有点儿傻。但不于此稍留我们的恋恋，更将何所托呢？我们且以此自珍罢，且以此自慰罢。
>
> 至于童心原非成人所能体玩的，且非成人所能回溯的。忆中所有的只是薄薄的影罢哩。啊！即使是薄影罢——只要它们在依黯的情怀里，不知怎地历历而可画，我由不得摇动这没奈何的眷念。
>
> 而这一本小书便是《忆》。
>
> 一九二二年原稿，二八年改稿。

记忆之河，是人生最大的财富。

人，从一个不谙世事的婴儿开始，到两三岁时有了记忆，逐渐地，人生开始丰富，开始感知欢喜和悲苦……

而童年，无疑是最让人怀念的一个阶段，天真，烂漫，真实，自然。古今中外，不知有多少名人大师，都曾书写过自己难忘的童年。俞平伯也不例外，他的《忆》虽然是一本诗集，却是用诗的形式怀念童年生活的种种。我们随意选一首（之十一），就会对他诗中所记感同身受：

> 爸爸有个顶大的斗篷。
> 天冷了，它张着大口欢迎我们进去。
> 谁都不知道我们在那里，
> 他们永找不着这样一个好地方。
> 斗篷裏得漆黑的，
> 又在爸爸的腋窝下，
> 我们咯咯地好笑：
> "爸爸真个好，
> 怎么会有这个又暖又大的斗篷呢？"

多么亲热而温暖的记忆。作者记述的场景，就连一百年以后的我们，都感到亲近和温暖，仿佛又回到捉迷藏的童年，回到父母的羽翼下，回到不知愁忧、不知涩苦的年代，并深切地感受到父辈的疼爱和呵护。

俞平伯诗记的童年，像春风吹过的草芽一样，从我们心里滋长，也如他的诗一样，传递着消逝的时光。再现是不可能了，回味却是无时不在。人生毕竟仓促走过，就算再过一百年，也似乎弹指一挥，逝去的时光无法再现，逝去的情感只能回味。岁月之快，恍如指间流沙，带走短暂的青春韶华，悄然比飞花还迅捷。而青春如梦，或许就是梦。追忆，怀想，瞬间便要面对纷繁的现实和残酷的竞争。自然地，成长有欢乐，更多的却是烦恼，还未及细想，还未及享受，甚至还未及后悔，两鬓已染白霜。只有记忆永恒。而记录记忆之《忆》，是我们每个人内心共同的祈愿。正如朱自清所说："飞去的梦因为飞去的缘故，一例是甜蜜蜜而又酸溜溜的。这便合成了另一种滋味，就是所谓惆怅。而'儿时的梦'和现在差了一世界,那酝酿着的惆怅的味儿,更其肥腴得可以,真腻得人没法儿!你想那颗一丝不挂欲又爱着一切的童心,眼见得在那隐约的朝雾里,凭你怎样招着你的手儿,总是不回到腔子里来;这是多么'缺'呢?于是平伯君觉着闷得慌,便老老实实地,像春日的轻风在绿树间微语一般,低低地,密密地将他的可忆而不可不捉的'儿时'诉给你。他虽然不能长住在那'儿时'里,但若能多招呼几个伴侣去徘徊几番,也可略减他的空虚之感,那惆怅的味儿,便不至老在他的舌本上腻着了。这是他的聊以解嘲的法门,我们都多少能默喻的。"(《忆·跋》)不愧是知交好友,朱自清的话说得多好啊!不仅把朱自清他们招呼进作者的儿时记忆里徘徊,还唤起所有读者重走一趟童年的心路。而一个"缺"字,又是多么奇妙,多么暗合人心,多么恰如其分,更准确地表达那份感受。

《忆》初版于 1925 年 12 月,志成印书馆印刷,石印,线装,朴社出版。文字全部为毛笔手写,每页 6 行。选用的纸张是上好的白绵纸,单张对折,成书规格为长 16cm×5cm,宽 11cm×3cm。该书封皮为黄色单面光土纸,无字。衬页上有书名"忆",下有 3 个小字:"呈悟妹"。内页无页码。封面画放在内页,画上的"忆"字繁写。画面上,有一个坐在书桌前苦思冥想的成年读书人,一手托腮,一手夹烟。袅袅升起的两缕烟,一缕延伸至头顶,一缕回旋着,变成一行脚印,绕成一个"8"字,在"8"字上部的圆圈里,是一个骑着"竹马"玩耍的幼童。这幅图,恰如其分地反映了这本书的题旨,要"缺"的都"缺"了,也只能任其"缺",除此,还能怎么样呢?

有意思的是,这幅原本做封面的画,出自孙福熙之手。孙福熙在当时已经是小有名气的散文家了,同时也是画家和书籍设计爱好者,曾经为鲁迅设计过《野草》《小约翰》等书籍的封面,非常受鲁迅喜欢。

而《忆》中的17幅彩色插图，作者来头更大，由丰子恺所作。这些插画全部根据诗意所画，充满童趣，十分传神，保持丰氏一贯的风格，拙而朴，纯而美。

一本小书有如此之多的插图，而且出自一人之手，在那个时代十分罕见，可见他们之间的友情之深。

差不多就在《忆》出版的同一时期，俞平伯也为丰子恺的漫画初刊写了篇序文，俞平伯开篇就说："听说您的漫画要结集起来和世人相见，这是可欢喜的事……子恺君，您的轮廓于我是朦胧的，而您的心影我是厮熟的。从您的画稿中，曾清清切切反映出您自己的影儿，我如何不见呢？将心比心，则《漫画》刊行以后，它会介绍无量数新朋友给您，一面又会把您介绍给普天下的有情眷属。'乐莫乐兮新相知。'我由不得替您乐了。"看看，这种互为投机的欣赏，也难怪俞平伯要请他为自己珍爱的手抄石印诗集来插画了。更难能可贵的是，诗和画，都是在同一题旨下，可谓绝配啊。

《忆》的题词也是别出心裁，是俞夫人所题，而且风格独特：

  我初见他在江南，他说：
  "春天是温柔的，
  夏天是茂盛的，
  秋天是爽快的，
  冬天是窝逸的。"

  我再见他在北京，他说：
  "春天是惆怅的，
  夏天是烦倦的，
  秋天是感伤的，

冬天是严肃的。"

我想:
"从惆怅可以得温柔,
从烦倦可以得茂盛,
从伤感可以得爽快,
从严肃可以得窝逸。"
这条路,他告诉我,就是《忆》。

这种形式,当然也是俞平伯的主意了,因为《题记》的最后说:"平伯属写此题词。"

当然,《忆》里也有俞夫人的影子:

亮汪汪的两根灯草的油盏,
摊开一本《礼记》,
且当它山歌般地唱。

乍听间壁又是说又是笑的,
"她来了吧?"
《礼记》中尽是些她了。
"娘,我书已读熟了。"

这是俞平伯爱情的早期萌芽。因为"她"在间壁又是说又是笑的,书也读不下去了,"《礼记》中尽是些她了",只好赶快告诉母亲,书已经读熟了。读熟就可以去和表姐玩了。多么直白又亲切的描写啊!

如前所述,这本书更让人称道的是,跋文由俞平伯好友朱自清所作。朱自清显然最了解俞平伯作此诗集时的心态，他俩不仅是大学前后届的同学，还曾同居一室，多次一同出游，甚至在西湖划船三天三夜，是相知相交的好友。所以朱氏跋文也洋洋洒洒，评叙交替，抒情有度，完全说到了俞平伯的心坎上："平伯君有他的好时光……子恺君又画出了它的轮廓，我们深深领受的时候，就当是我们自己所有的好了。'你的就是我的，我的就是你的'，岂止'慰情聊胜无'呢？培根说：'读书使人充实'；在另一意义上，你容我说吧，这本小小的书确已使我充实了！"

再说这本书的出版者朴社，在结社成风的20世纪二三十年代，朴社的影响虽然不大，来头却相当了得，《顾颉刚全集》（中华书局）里有详细记载：1923年2月20日，顾氏致函郭绍虞，述及"朴社"问世经由。其云："我们因为生计不能自己做主，使得生活永不能上轨道，受不到人生乐趣，所以结了二十人，从本年一月起，每人每月储存十元，预备自己印书，使得这二十人都可以一面做工人，一面做资本家；使得赚来的钱于心无愧，费去的力也不白白地送与别人。我们都希望你加入，想你必然允许我们的。我们的人名是振铎、雁冰、六逸、予同、圣陶、伯祥、愈之、介泉、缉熙、燕生、达夫、颂皋、平伯、济之、介之、天挺及我。我任了会计，伯祥任了书记。这社暂名为朴社……"看看这一串名单吧，哪一个不是新文化运动的顶级人物？据说，首先动议成立朴社的是郑振铎，1923年更早些时候，商务印书馆的几位编辑好友，在《小说月报》编辑郑振铎住处雅聚，谈古论今，十分投缘，郑振铎发牢骚道："我们替馆里工作，一月才拿百元左右，可是出一本书，馆里就可赚几十万元，何苦来！还不如大家凑钱办一个书店。"听了郑振铎的提议，叶圣陶、顾颉刚、沈雁冰等予以响应。这就是朴社成立的由来，可以说是一个文友集资、自费出书、再赚钱的"俱乐部"。俞平伯的这本诗集，就是朴社出的一种。

《忆》里的每一首诗，包括其他文字，均由俞平伯亲手抄成。俞平伯的书法楷中兼行，笔势随意，不猛不弱，充分展现了小楷书法的艺术特色。众所周知，俞平伯家学渊源，从小练就了童子功，其小楷书，柔婉娟秀，又不失高雅俊朗，犹如山林隐士，远离世俗，很受同行的称道，经常有人索要把玩。笔者好友葛丽萍也是书法家，她的小楷书法也很有特色，欧体中注入隶变的成色，婉雅可爱，又热爱散文写作，出版散文集《心有菩提》，并创作大量诗词。受《忆》的影响，葛丽萍于闲暇中，把她的诗词抄在五颜六色的信笺上，一页一首，积久成帙，很有古风。我看了，爱不释手，真想据为己有，但又不好意思夺人之爱，欣赏之余，心里还时常惦记。而与我抱有同心的，据说大有人在。仅从这一点上说，葛丽萍的仿效也是成功的。

　　在《忆》之前，俞平伯已经出版了《冬夜》《西还》两本诗集，又和朱自清合作出版诗集《雪朝》。和另几种诗集不同的是，《忆》是苦心孤诣专门制作的，不但内容上抓取童年心情、心事、心迹，序言、插图、装帧、版式等各方面，都是独一无二的。概括地说，这本装帧独特、形式精致的《忆》，诗、跋、序、图和整体装帧，相得益彰，诗情画意，读者在评读美诗的同时，可以品书法，赏绘画，会浮想联翩，联想多多。可见俞平伯先生对自己作品的出版是何等重视和考究了！事实也正是这样，这本《忆》甫一问世，就成为出版史上的精品、奇葩。

　　现在，找一本原版《忆》几乎是不可能了。令人欣慰的是，1996年8月，北京燕山出版社据此书原样影印出版，弥补了爱书者心中的缺憾。

　　感谢俞平伯，也感谢朱自清、孙福熙，还有朴社的诸位大师，《忆》是他们的，也是我们的。

2013年4月26日

《陶然亭的雪》

"今日城南寻故碣,又看芳草垄头新。"这是俞平伯在《陶然亭鹦鹉冢》里的诗句。俞平伯还有《陶然亭杂咏》三首,其二云:

纵有西山旧日青,也无车马去江亭。
残阳不起风尘睡,冷苇萧骚风里听。

该诗是俞平伯游陶然亭后创作的。多少年后,俞平伯对于这次难忘的陶然亭之行,还记忆犹新,写成著名的散文名篇《陶然亭的雪》。虽然,他谦逊地说,是在《星海》编辑们的催促之下,才"追忆昔年北京陶然亭之雪"的,不可否认的是,陶然亭留给他的记忆是多么的深切。

当年的陶然亭,还在北京郊外,荒寒、冷僻,特别是在下雪的寒冬,更是少有人迹。俞平伯和朋友一起,雇两辆"胶皮",往陶然亭而去。"胶皮"车主只愿意到前门外,余下的路,只好步行了。道路自然是十分难走的,"街衢上已是一半儿泥泞,一半儿雪了。幸而北风还时时吹下一阵雪珠,蒙络那一切,正如疏朗溟蒙的银雾"。

能在大冬天里,冒风踏雪,和朋友一起到荒郊野外去游玩,理由很多,大约两种理由最为重要:一是同游者,想必是知心好友,有共同的趣味,一路有话可说;二是陶然亭确实是值得一去的游览佳地，心仪已久，在冬闲时去做一次亲密接触，独享那一份孤寂。也许这两个理由都有。这次冬游，是俞平伯青年时一次重要的游历，否则，不会在几年以后，还记得如此清晰。

俞平伯喜欢游览，京城附近和江南名胜，他去过很多地方。和家人山阴五日游，和朱自清同游南京秦淮河，又去上虞白马湖访友，多次和家人游西湖。1931年9月的7日和9日两天，两次陪陈寅恪游玩了万寿寺和沙河、汤山等地；10日，又和朱自清同游阳台山大觉寺；不到一个月后的10月5日，又和陈寅恪同游万牲园，还兴致很浓地一起观看了雨后的牡丹。真是玩性大发！而且在很多次出游中，不是有诗记，就是有文章。

这次陶然亭之游，从俞平伯的文中记载其所住在"东华门侧一条曲折的小胡同"推测，应该是在1919年以前，因在这一年里，他已经从东华门箭竹杆胡同搬到老君堂了，再准确点说，应该是1918年冬之前的某个寒雪之日。那么，还是在他北大读书时期了。

那时候的陶然亭是个什么样子呢？张恨水在《乱苇隐寒塘》里有详细记载：

> 它在内城宣武门外，外城永定门内，南下洼子以南。那里没有人家，只是旷野上，一片苇塘子，有几堆野坟而已。长芦苇的低地，不问有水无水，北人叫着苇塘子。春天是草，夏天像高粱地，秋天来了，芦苇变成了赭黄色。芦苇叶子上，伸出杆子，上面有成球的花。花被风一吹，像鸭绒，也像雪花，满空乱飞。苇丛中间，有一条人行土路，车马通行，我们若是秋天去，就可以在这悄无人声漫天晴雪的环境里前往。
>
> 陶然亭不是一个亭子，是一座庙宇，立在高土坡上。石板砌着土坡上去。门口有块匾，写了"陶然亭"三个字。

是什么庙？至今我还莫名其妙，为什么又叫江亭呢？据说这是一个姓江的人盖的，故云，并非江边之亭也。三十年前，庙里还有些干净的轩树，可以歇足。和尚泡一壶茶末，坐在高坡栏杆边，看万株黄芦之中，三三两两，伸了几棵老柳。缺口处，有那浅水野塘，露着几块白影。在红尘十丈之外，却也不无一点意思。北望是人家十万，雾气腾腾，其上略有略无，抹一带西山青影。南望却是一道高高的城墙，远远两个箭楼，立在白云下，如是而已。

我在北平将近二十年，在南城几乎勾留一半的时间，每当人事烦扰的时候，常是一个人跑去陶然亭，在芦苇丛中，找一个野水浅塘，徘徊一小时，若遇到一棵半落黄叶的柳树，那更好，可以手攀枯条，看水里的青天。这里没有人，没有一切市声，虽无长处，洗涤繁华场中的烦恼，却是可能的。

陶然亭周遭的环境，从张恨水文章中，已全然有了了解。文中也隐约透露出，文人雅士是喜欢到这些荒蛮之地去访古探幽的，似乎只有这些地方，才能勾引他们的文思，发挥他们的想象，激发他们的灵感。依俞平伯的个性，他的踏雪寻访，或许也有其因吧。如果不是《星海》的朋友们逼他"饶舌"，俞平伯的这次出行，会随着时间的推移而渐渐淡忘的。但如果不是印象深刻，即便有朋友的约稿，也不会牵连地想起几年前的这次冬游，从而一挥而就，成为散文名篇。俞平伯喜欢追寻梦境，记录梦境，也常常生活、潜游在梦境里，这是他受传统文化浸染较深的缘由，也是对人生持有的浮生若梦的见解，一生的为人和为文都是如此，都将朦胧和梦幻、唯美与想象，当作艺术最高境界来追求，同时也把惆怅和感伤，当作是弥足珍贵的趣味，仿佛手中把件，来抚摩赏玩。他除了爱写梦、追梦、淘梦,还爱写水、写月、写风、写夜,喜欢寻思在自己设定的伤情世界里,不能说是自得其乐吧,反正他不厌其烦这样地"自寻烦恼"。其实,这也是他的一种"顺其自然"的人生观。在《陶然亭的雪》的小引里,他自己的这种随遇而安的情态,也得到了体现:"近来时序的迁流,无非逼我换了几回衣裳;把夹衣叠起,把棉衣抖开,这就是秋尽冬来的唯一大事。至于秋之为秋,我之为我,一切之为一切,固依然自若,并无可叹可悲可怜可喜的意味,而且连那些的残痕也觉无从觅呢。千条万派活跃的流泉似全然消释在无何有之乡土,剩下'漠然'这么一味来相伴了。"依然是一如既往的伤愁和苦涩,又有一丝淡淡的玩赏,甚至透出自得的情态,看是写自己,却又有一副事不关己的意味,自有一种不为物喜、不为己悲的洒脱自如之境和随缘即应的淡然出世之心。

有一段时间,我在北京写作,在地铁四号线上,经常路过"陶然亭"站。写陶然亭的文章汗牛充栋,游览过陶然亭的名人也不计其数,可每一次,我都会想起《陶然亭的雪》,想起俞平伯,想起他踏雪"摇晃"在通往陶然亭的乡道上,一望无际的雪野,歪歪扭扭的脚印,还有风裹起的雪珠;年轻的俞平伯,双手笼在棉袍的袖子里,披着粗呢的大氅,一无挂碍地跋涉着,雪在脚下咯吱咯吱地响,风在耳边呼呼地吹,间或和友人说几句,也是在询问路径——由于是初次探访,又恰是飘雪天,俞平伯和友人一时找不到哪里是陶然亭了,他们在灰蒙蒙的天底下张望着。远处,寥落的几处房子,映在雪原上,孤零零地在风中颤抖,看着这里也像,看着那里也像,最后商量着:"偏西南方较高大的屋,或者就是了。"随即又自问自答,"但为什么不见一个亭子呢?藏在里边吧?"好不容易走到了,当"到拾级而登时,已确信所测不误了"。对于陶然亭无亭,俞平伯也不免流露出失望之情,甚至再一次怀疑起来,并假设,"若至今还是疑问,岂非是个笑话"。因为来的时候,俞平伯是有"预期"的,希望有"一座四望极目的危亭,无碍无遮,在雪海中沐浴而嬉,宛如回旋的灯塔在银涛万佛之中,浅礁之上,亭亭矗立一般"。有亭,而且是"危亭",这又体现出俞平伯内心的趣味了。而眼前实际见到的,不过是"拙钝的几间老屋,为城圈之中所习见面不一见的,则已往的名流觞咏,想起来真不免黯然寡色了"。

雪又飘了起来。雪花像精灵一样,在天空飞舞,在残旧的房舍间、墙脚下和廊檐里钻来钻去,也飘落在游客的身上。对于雪花的飘落,俞平伯似乎并不介意,"趁它们未及融为明珠的时候,我即用手那么一拍,大半掉在地上,小半已渗进衣襟去"。这样清淡的叙述,像雪花一样的调皮。当然,俞平伯和朋友并非是要和雪花捉迷藏,既然选择这么一个天气和时候,必定是欲有所获,可要获得什么,心中并没有明确的目标。在雪中的残破败垣中,来来回回地寻觅,既没有看到"题壁字",也没有"拾得"心中所愿拾得的东西,这是他们这次之行的唯一失落。但同时何不又是一种收获呢?"后来幸而觅得略可解嘲的断句,所谓'卅年戎马尽秋尘'者,从此就在咱们嘴里咕噜着了"。这"咕噜"二字十分传神,我每读到这里,眼前就会出现这样的场景,灰暗而迷蒙的风雪中,两个年轻的学人,忍受着彻骨的寒冷,哆哆嗦嗦地哈着热气,一边左顾右盼,一边念念有词,或是在寻章摘句,或是在枯搜稍纵即逝的灵感。总之,这咕噜声是没有停息的。当然,至于雪珊题壁原诗,他是记得的:"柳色随山上鬓青,白丁香折玉亭亭。天涯写遍题墙字,只怕柳莺不解听。"或许他是在"咕噜"自己的诗章:"青鬓红颜异代妆,有谁人见玉丁香。眼前秋水为平陆,何处墙阴字几行。"(《咏清光绪年雪珊题壁诗》)我更倾向于俞平伯是在为自己的诗寻章摘句。

是被俞平伯不停地"咕噜"所感染吧,果然传来朗朗的读书声。"谛听,分明得很,是小孩子的。"这读书声多么的亲切啊,仿佛回到自己的童年,回到当年的教室,回到温热的火炉边。俞平伯到老都童心未泯，叶兆言在《陈旧人物·俞平伯》里，讲过一个细节：叶圣陶老先生在家里请吃饭，"来了几位老先生，都是会吟诗的，吃着喝着，便诗兴大发，抑扬顿挫地朗诵起来。做小辈的轮不到上正桌，俞先生吃着吃着，突然童心大发，离桌来到我们这帮孙子辈面前，红光满面地吟了一首古诗。我只记得怪腔怪调，一句也没懂。"这也是俞平伯的另一种"咕噜"。俞平伯游陶然亭时，才十几岁，本来就是个孩子，看到年幼时熟悉的读书场景，自然浮想联翩，抒发了自己的感想："使我重温热久未曾尝的儿时的甜酒，使我俯拾眠歌声里的温馨梦痕；并可以减轻北风的尖冷，抚慰素雪的飘零。换一句干脆点的话，就是在清冷双绝的况味中，它恰好给喝了一点热热酽酽的东西，使一切已凝的，一切凝着的，一切将凝的，都软洋洋扶着腰肢不自支持了。"于是，从回廊拐过去，看到了"两明一暗的三间屋"，透过玻璃，看到了屋里的陈设，看到了桌椅条凳，看到老师的旱烟袋，还有他手里的一册《孟子》……

游览后自然是要美餐一顿。俞平伯好吃，在老一辈文人当中是出名的，叶兆言讲过一个经典的段子：在饭局上，如"遇到喜欢吃的菜，他似乎不太想到别人，一盘虾仁端上来，尝了一筷，觉得味道好，立刻端自己面前尽情享用"。就是在下放干校时，在家书中，也要把吃当成重要的事向儿子讲述："在彼买一熟鸡，较北京的为佳，吃面一碗，又吃面裹鱼块汤。"这是1969年12月14日刚下放到河南时写的，如此恶劣的生活环境里，吃也必定是头等大事。在《陶然亭的雪》中，俞平伯也说到了吃，并直言不讳地说："游览必终之以大嚼，是我们的惯例，这里边好像有鬼催着似的。"还回忆跟姐姐说过："咱们以后不用说逛什么地方，老实说吃什么地方好了。"而陶然亭并无什么大餐，只好在江亭中，围着火炉，吃一碗素面。苏州人早餐爱吃一碗面，我是老早就知道的，在常熟兴福寺里，我也吃过苏州的面，是野山菇熬的汤，面滑，汤鲜，真好吃！俞平伯

的一碗素面,味道怎样?他"割爱不谈",没有描写。吃过素面后的情形呢?俞平伯开始他散漫而细致的铺陈:

> 那户外的尖风呜呜地独自去响。倚着北窗,恰好鸟瞰那南郊的旷莽积雪。玻璃上偶沾了几片鹅毛碎雪,更显得它的莹明不滓。雪固白得可爱,但它干净得尤好。酿雪的云,融雪的泥,各有各的意思;但总不如一半留着的雪痕,一半飘着的雪花,上上下下,迷眩难分的尤为美满。脚步声听不到,门帘也不动,屋里没有第三个人。我们手都插在衣袋里,悄对着那排向北的窗。窗外有几方妙绝的素雪装成的册页。累累的坟,弯弯的路,枝枝丫丫的树,高高低低的屋顶,都秃着白头,耸着白肩膀,危立在卷雪的北风之中。上边不见一只鸟儿展着翅,下边不见一条虫儿蠢然的动(或者要归功于我的近视眼),不用提路上的行人,更不用提马足车尘了。唯有背后已热的瓶笙吱吱地响,是为静之独一异品;然依昔人所谓"蝉噪林愈静"的静这种诠释,它虽努力思与岑寂绝缘终究是失败的哟。死样的寂每每促生胎动的潜能,惟万寂之中留下一分两分的喧哗,使就烬的赤灰不致以内炎而重生烟焰;故未全枯寂的外缘正能孕育着止水一泓似的心境。这也无烦高谈妙谛,只当咱们清眠不熟的时光便可以稍稍体验这番悬谈了。闲闲的意想,乍生乍灭,如行云流水一般的不关痛痒,比强制吾心,一念不着的滋味如何?这想必有人能辨别的。

每每读到这里,我都会停下来,细细品味一番,就像口里含着好茶一样,不忍咽下去,这一段绵密而细致的描写,细到近乎卖弄才学了,但确实值得长久地玩味。这也符合俞平伯散文一贯的特征，沉浸在自我里，我写我的，于淡泊间，透着禅意，更有一种"我心是佛——我心清静——依心行动——适意自然"的任意自如，点点滴滴从笔下渗出，洒脱、妙漫，又不乏苦涩，有一种淡然出世之心。

2013 年 4 月 16 日于北京五里桥

秋荔亭

驰荡风回枯树林，疏烟微日隔遥岑。
暮怀欲与沉沉下，知负春前烂漫心。

——《如来清华园》

1928年10月，俞平伯应老同学罗家伦邀请，到清华大学文学系任教。这首诗，就是俞平伯初到清华园时的感想。除了在清华任教，俞平伯还兼任燕京大学、北京大学、女师大等学校的课程。在此之前，曾有多所大学请俞平伯执教，都被俞平伯婉拒。俞平伯答应清华，一方面可能是罗家伦的因素，另一面，与好友朱自清也任教清华不无关系。俞平伯还有一首《清华早春》，描写了清华园早春的景象："余寒疏雪杏花丛。三月燕郊尚有风。随意明眸芳草绿。春痕一点小桥东。"后一句十分传神。

时间很快就来到1930年10月，俞平伯移家清华园南院七号。刚一入住，就给住所命名为"秋荔亭"。何为"秋荔亭"？俞平伯在《秋荔亭记》中说，"彼院虽南，吾屋自东，东屋必西向，西向必岁有西风，是不适于冬也，又必日有西阳，是不适于夏也。其南有窗者一室，秋荔亭也。"其实"秋荔亭"并非单独指这"有窗者"的一间小屋，而是代指他的整个七号小院了。从此，除了偶尔回城办事、访友、探望父母外，其他时间都以"秋荔亭"为根据地了。俞平伯在这里接待过周作人、顾颉刚、吴宓、朱自清、浦江清、叶公超等诸多校内外好友，也在这里写出了多篇文论和诗词，创作、出版了《燕郊集》《杂拌儿之二》等书，还邀请昆曲爱好者经常在家搞曲会，"秋荔亭"一时成为清华园文人、雅士的荟萃之地。

明明一个小小的院落，既无亭，也无荔，却冠冕堂皇地叫"秋荔亭"。在《秋荔亭记》没有问世之前，不知内情的人有可能的附会就是，俞平伯是秋天搬进南院七号的，但"秋"和"秋荔"又毕竟不是一回事。俞平伯的老师周作人和其他友人一样也有类似的疑问，有一次，在出城去清华园的校车上，周作人忍不住问俞平伯，有亭否？答曰，无有。又问，有荔否？答曰，无有。周作人也不作声了。大约老师想起俞平伯的古槐书屋了吧。古人喜欢把自己的居室起些"亭堂轩榭"等名号，有的一眼可见其中的意思，有的是有自己隐秘情怀的，个中缘由，只有自己清楚，不足为外人道也。可能俞平伯也渐渐知道别人的疑惑了吧，才在1934年5月出版的第一卷第四期《人世间》半月刊上发表《秋荔亭记》。《秋荔亭记》开头说"池馆之在吾家旧矣，吾高祖则有印雪轩，吾曾祖则有茶香室"。俞平伯接着对"秋荔亭"说了这样一番话："夫古之亭殆非今之亭，如曰泗上亭，是不会有亭也，传唱旗亭，是不必有亭也，江亭以陶然名，是不见有亭也……以洋房而如此其小，则上海人所谓亭子间也，亭间今宜文士，吾因之以亭吾亭。"俞平伯又细细历数了一门三窗的形状、"秋荔亭"四季的风貌，夏热冬冷，"而人道以秋，聊以秋专荔，以荔颜亭"。正如俞平伯文中所言，古时许多亭堂楼馆，只不过是建立在纸上的产物，《红楼梦》里的场所更是把这种建筑写到了极致，什么怡红院、潇湘馆、蘅芜苑、稻香村、栊翠庵、蓼风轩、暖香坞、秋爽斋、紫菱洲、缀锦楼、藕香榭等等不胜枚举，简直是洋洋大观了。周作人的苦雨斋里，不是还有煅药庐嘛，所以秋荔亭也没什么好奇怪的。

2013年早春二月，我到清华大学寻访俞平伯、朱自清当年的旧居，在南院七号秋荔亭前徘徊良久。南院，听起来好别致的名称，实则相当于富丽而俊朗的清华园内的一个破旧的小村落，所有建筑和"秋荔亭"一样，不过是一幢灰头土脸的北方砖瓦小院，每家每户只有两三间或三五间低矮的小屋，东向、南向、北向、西向都有。可能是早春吧，"村子"前后左右或几条小巷里不见一点青绿，也没有什么花草树木，灰蒙蒙的天空下，寒风萧瑟，死气沉沉，有许多只灰色的鸟儿蹲在几棵干涩的树上，有几个临巷小院里的房屋被开成各种小店，卖服装、卖纸笔文具，还有卖熟食小吃和纪念品的，在一个据说是冯友兰居住过的院落里，有卖清华纪念衫的，不贵，虽然不是穿它的季节，我还是买了一件。不知出于什么原因，觉得在诸多大师生活过、居住过，也吟过诗、作过文的地方，应该留下我来过的一点记忆吧，这样一想，又买一本带有清华字样的纪念册。踟蹰良久，看到一个匆匆路过的女生，我上前打听，请问东院在哪儿？她摇摇头，笑笑，很抱歉的样子。我说，就是朱自清住过的地方。她似乎懂了些，用手一指，说，荷塘吗？不在这边，在那儿。她以为我要去荷塘，去看自清亭，寻访当年的"荷塘月色"。其实我刚从"那儿"过来。我谢过同学的好意，默默地想，如此严重的雾霾，如此压抑的空气，真是无心再去寻找了，还是在南院一带寻寻觅觅吧，我知道这一带曾住过什么人，冯友兰、朱自清、浦江清、叶公超、刘文典等等，我想，如果在这些名人居住过的小院里，贴上名牌，可能会方便像我这样的访客吧。我不愿意马上离开，又返身来到"秋荔亭"门口，驻足遐想。不知从哪里传来音乐声，丝丝缕缕、悠悠扬扬，当然不是"秋荔亭"里的曲音了，但我似乎怕惊扰了主人的工作——或许在读书，或许在写日记，或正准备出门访友。俞平伯和普通人一样，喜欢饭后散步访友，常去的就是好友朱自清家，聊到兴起时，还会赋诗一首，比如1932年早春，他就在朱自清家写一首《郊园春望》，诗曰："曾从秋荔分红叶，今日燕郊独看花。欲折一枝谁寄与，题诗应不到天涯。"诗中抒发了对好友的怀念，透出淡淡的伤感。由于两家相距太近，可以说抬脚就到，朱俞二人常会相互走动，如恰巧新作写就，会相互阅读欣赏，比如1933年2月22日，俞平伯收到朱自清寄来的散文《春》，下午，朱自清就到"秋荔亭"，俞平伯谈读《春》之后的感想，同时，把自己的新作《赋得早春》请朱自清阅正。朱自清认为《赋得早春》"文太俏皮，但老到却老到"。俞平伯则认为《赋得早春》和《春》比，几乎差了二十年。俞平伯虽然有谦虚之意，也可见二人的坦诚了。1933年10月17日，俞平伯在南方游览归来不久，把写作的《癸酉年南归日记》给朱自清看，12月5日，又把近作《〈牡丹亭〉赞》请朱自清阅读。这样的友情一直持续着，直到抗战暴发。朱家的小院，在朱自清去世后，夫人陈竹隐和孩子们一直住在这里，时间飞到20世纪70年代，俞平伯和叶圣陶在怀念好友朱自清时，还商量去清华园看望陈竹隐。而俞平伯的"秋荔亭"，早已换了几番主人。物换星移，当年居住在这里的文化人都已不在了，好在旧居尚存，心里还是有些欣慰。我在紧闭的院门前发了一阵"呆"（其实是胡思乱想），还是离开了。

俞平伯一生所记日记不多，他不像周作人，也不像吴宓、胡适那样，一生都有记日记的习惯，他只是在特定的时期才记，除前边说到的《癸酉年南归日记》外，还有早期的《别后日记》，写的是1918年和新婚妻子在天津别后的日记，还有两次去海外的日记、《京杭道中日记》等，可以说是有选择地记日记。搬到清华园之后，他开始写《秋荔亭日记》，在他所有日记中，占有较大分量，持续时间也最长（虽中间中断数年），从1931年1月1日开始，一直到1938年6月16日。

日记开首几则云：

一月一日

三姊于九时进城去,客岁积雪皑皑。访佩弦未遇,午食佩来,饭后为说陈女士事。王家表弟肇征来。晚教小儿作纸牌戏。闲看林译《十字军英雄记》。

二日

晨兴殊宴,见晴雪光辉可爱,环及小儿在院中堆雪人。傍晚访芝生、公超均未值。与环闲谈。作灰背戏,负于润民。

三日

晨起以柬邀友人晚宴。记梦数则,江清、芝生、湘乔、武之来,谈叙颇畅。送客,见明月照积雪,甚皎。江清假脂本《红楼梦》去。与环在书室闲谈。

四日

上午作《梦记》。下午阅《爱理斯梦的世界》引论一章。小睡,起已上灯。佩弦来饭,今午始返自城中也。饭后又诣佩处谈。归已近九时。

五日

早起乘车入城,诸事毕,返寓。母患小疾,今日向愈。午后三姊来,是日又雪。为岂师作煅药庐额,易纸始就,终苦稚劣也。夜大姊自津电话来。予侍两亲谈至午夜始睡。

六日

小寒。在青年会小食,十时半乘车返清华,车中遇公超,杂谈殊不寂寞。下午读《三国志·诸葛亮传》。以电话询母疾,并约岂师来。灯下作小楷一页即睡。

七日

上午十一时许岂明师偕启无来寓,邀佩来作陪。启无见赠"古槐书屋"小印。五时半客去。灯下作字一页。

八日

为女生改卷。许七自城内来访,并贻"声越诗词"一册。偕七翻译坡的小说初稿甫毕。晚赴江清之招于西客厅,晤苦水。归时有风。

九日

今日大风,寒,天色沉翳。为诸生改卷。写大小字各一页。坡译小说毕,并校正,抄写之。是夜室外温度已近华氏零度,为今冬初次奇寒也。

十日

早起写大字一页。晚作《梦记》第五。是日天略回和。夜室外十五度。午夜始入睡。

十一

作大字一页。《梦记》第六。傍晚返京寓,侍两亲谈话。

这只是《秋荔亭日记》开头的数则,文字简洁,只记事,不议论,并能从中读出很多信息:

这段时间,朱自清是在俞家搭伙吃饭的。1925年8月,朱自清经俞平伯介绍,从浙江白马湖来到清华大学教书,不久之后,即移家清华园。朱自清夫人因长期辛劳,患病去世。悲伤中的朱自清只好把子女送到江苏扬州老家,只身一人在清华教书。对于好友的家庭不幸,加之朱自清一人生活不便,俞平伯便请他在自家吃饭。朱过意不去,一定要交饭费,正式成了搭伙。饭后经常畅谈。1930年,朱自清和陈竹隐经朋友介绍相识后,开始恋爱。"饭后说陈女士事",大约也会说到恋爱中的一些交往吧。俞平伯经常在家请朋友度曲,和朋友聚会也会谈曲,1月8日晚至清华园西客厅赴浦江清招宴后,还和朱自清、叶公超、叶石荪、顾随、赵万里、钱稻荪、毕树棠等人谈昆曲、皮黄等。在之前的1月3日那天,一早就开始写请柬,晚上请浦江清、冯友兰、邹湘乔、杨武之家宴,饭后唱曲。俞平伯开心,唱了《下山》和《惊梦》。而其时俞平伯正在做一项"工程",记梦,还向老师周作人征集好梦。周作人也真的给学生提供了两则梦。3日记梦数则,4日俞平伯写了篇《梦记》,8日又写了篇《梦记·五、庙里》,10日补记"跋语",11日又创作了《梦记·六、秦桧的死》,这两篇散文都发表在本年6月15日出版的《清华中国文学会月刊》第一卷第三期上,还收入文集《杂拌儿之二》中。俞平伯虽然懂英文,去英国、美国留学都没有语言问题,但他的翻译文章不多,这时却和表弟许宝骙共同翻译了一篇爱伦·坡的短篇小说《长方箱》,不但自己"校正""抄录",为了译文更有把握,还请清华大学外国语文系教授叶公超披阅、审定。这篇译稿发表在《新月》月刊第三卷第七期上,署名"吾庐",后收入《燕郊集》。从这几天的日记中,还读出俞平伯家浓浓的亲情,"与环闲谈",陪儿子玩牌游戏,还"负于润民",夫人和儿子在院中堆雪人,能想见,"晴雪光辉"中,满院堆雪,洁白晃眼,一家人其乐融融的快乐场景。在短短的几天内,分别在5日和11日两次回城,都是因为"母患小疾",陪父母说话去的,第一次谈"至午夜始睡",第二次"侍两亲谈话"。我们都知道书法家的笔法之美,书艺之美,往往忽略他们付出的辛苦。俞平伯的书法，从小受家学的影响，写得漂亮，受到同道的称颂。但他依然要经常磨砺，日记中有无数次习字的记载。仅笔者抄录的日记中，就有"灯下作小楷一页即睡""灯下作字一页""写大小字各一页""早起写大字一页""作大字一页"等五次记录，从中可以看出，天赋再高，后天不努力，也会荒废的。和友人交往，也贯穿在俞平伯日常生活中，除上面写到的邀请友人来寓度曲，还请周作人、沈启无来寓做客，沈给俞带来了一枚"古槐书屋"小印。俞也应嘱给周作人书写了"煅药庐"额。"煅药庐"是周作人新命名的书斋，周作人应该送纸给俞了，这才有"易纸始就"，谦虚的俞平伯认为"终苦稚劣也"。这几则日记中，作者还多次有读书的记录，"闲看林译《十字军英雄记》""下午阅《爱理斯梦的世界》引论一章""下午读《三国志·诸葛亮传》"。

在新年短短几天寒雪中，俞平伯"秋荔亭"的生活是不是十分丰富呢？阅读他全部《秋荔亭日记》，从简短的记录中，从记录的人、事、雅集、聚会、创作、收信往返中，会发觉出中国新文学运动以来，另一道别具特色的风景，或许不过是树叶上一条小小的脉络，山涧中一条细细的小溪，但正是这些脉络和小溪，汇成了参天大树和奔腾的大江。于静夜中阅读这些日记，有时会感触很深，有时也会掩卷沉思。比如我会想当然地觉得，唱曲、玩桥牌虽是雅事，古诗词虽是创作，耽误他的时间也真是太多了。

从《秋荔亭记》中还可以看出作者的一些创作思路和创作计划，比如"曲谈""随笔""丛钞"等几本书的写作计划。最先动笔的《秋荔亭随笔》，大约是从这篇《秋荔亭记》之后就开始动笔了，"随笔"共有十一则，头三篇分别发表在《人世间》杂志第十八、十九、二十一期上。而"曲谈""丛钞"后来都不见有创作和编辑，虽然谈曲的文章也写了些，却不知何故没有冠以"秋荔亭曲谈"，而"丛钞"之类文集，终究也没有编成出版。有意思的是，俞平伯以"秋荔亭"为名的文字还有"墨耍"系列,可惜只有之一的《象战于野》一篇,不见之二之三。这是他受梦境启发而自己发明的一种象棋游戏,饶有兴味地把棋的规则分步骤写了下来。

日本发动全面侵华战争开始后,清华园落日敌手,俞平伯被迫躲进城里老君堂古槐书屋了,他在日记中记述了那段时间的经历,如1937年8月7日记云:"海淀街遍悬日本旗,小学悬之,庙亦悬之。"8日,俞平伯再次出城去学校,"郊外禾黍离离,柳阴深蔚,寂无所见……抵新南院,荒凉似无居人……幸有一匙得启户。方整治物件,忽闻近在本院,有被抓者,车人悚惧,令其开车避匿校中。"30日:"九时偕环搭乘公车出城,车首改书米那洋行,插意国旗,抵校舍清理书籍……一时就归途,出海淀铺户十家九闭。"9月6日:"八时偕环雇车出城,邀请健君同行至新南园四号,收束一切,备明日搬移。午归,未遇检查。自庚午秋晚移砚西郊,于兹七载,遭逢离乱,一旦弃之,仍返住槐屋,触类如故,真如一梦也。"日记中记述了海淀和清华园被日军占领后的惨状,他几次出城,都带着夫人,乘坐的车辆都悬挂意大利国旗,可见当时气氛是多么的恐怖。

俞平伯在被迫离开清华园后,再没有回去过。

2015年10月5日写于连云港河南庄寓所

高晓声和董欣宾

在画家王兵的画室里,读到一本《欣宾画集》。

董欣宾先生出生于无锡,曾在连云港新海印刷厂做过美编,在连云港第一人民医院做过几年中医,20世纪70年代末,考入南艺读中国画研究生,投师刘海粟大师门下,毕业后到江苏画院做专职画家。这本画集出版于1986年,出版者为江苏美术出版社,印刷3400本,印量不大,也不是豪华本,收中国画27幅。《欣宾画集》的序言不是出自哪一个国画大师之手,而是著名作家高晓声。

大约1985年夏天,董欣宾应作家高晓声之邀,来到常州家里,"住下来画了几天",董欣宾一住就是六天,画了不少张画。而且,他在高晓声家里也并不客气,家里没有画案,他就在水泥地上画,一蹲就是四天,直到第五天,高晓声才找一个钓鱼用的小折凳给他,他也不客气,坐下来继续画。从这段经历中,可见高晓声和董欣宾的友谊是深厚的。

高晓声是20世纪80年代江苏著名作家,我第一次读他的小说,是《钟山》上的《"漏斗"户主》,紧接着就在《雨花》上读到了《李顺大造屋》,我那时还是一名中学生,读了这两篇小说以后,觉得小说真是个奇妙的东西,把我们家边的那些事、身边的那些人都写活了。我喜欢读书,是在父亲工作过的废品收购站的旧书堆里培养的,喜欢写作,尤其喜欢写农村题材的小说,受高晓声的影响很大,有一段时间，我追赶着他的小说读，从《79小说集》开始，一直到《高晓声1984短篇小说集》，一年一本，算上1985年的《青天在上》，共7本短篇小说集，在相当长的时间里，都是我喜欢的读物。90年代初，我在南京的一次会议上第一次见到他，还欣赏了他的发言，他的讲话是竹筒倒豆子，不拐一点弯儿。我第一次对"文如其人"产生了怀疑。

高晓声为《欣宾画集》写的序言，没有写作日期，据我的推测，大约是在1986年初或上一年的岁尾。高晓声在序言中，透露了和董欣宾的交谊经过："是他做了一件使我难以忘却的事情，我有一位颇可信任的同志（应该说是知己朋友），遭受严重的冤屈，我对此事知道大概，却并未过问。仔细考查自己的灵魂，是出于两怕，一怕麻烦，二怕得罪人，但据此便置朋友于不顾，当然说不过去……这时候却来了个董欣宾，他同我素不相识，同我那位朋友也只是泛泛之交。可是他知道我同我的朋友相知，跑来把实情告诉我，向我进了一言……"

文学圈内的朋友都知道高晓声是直性子，当年和陆文夫、方之、叶至诚等人搞"探求者"，受过冤屈，知道受冤屈的滋味不好受，再加上董欣宾"进这一言"，他才"做了些勉强对得起朋友的事"。

究竟是什么事，才使他们成为朋友的呢？高晓声于1999年去世，董欣宾也于2002年被病魔夺去了生命，两位在文学和美术界声望很高的重量级作家和艺术家，按今天的标准，都不算长寿，高晓声活过了70岁，而董欣宾只有60出头。董欣宾去世的时候，新华社发的消息中，称他为"著名中国画大师，艺术理论家"，一点也不为过。他能和高晓声成为朋友，与他二人的性格脾气相投极有关系。担任过董欣宾艺术理论专著《中国绘画对偶范畴论》《六法生态论》《太阳的魔语——兼论中国画的世界性地位》等书的责任编辑索菲先生，在追忆董欣宾的文章《董欣宾先生和他未尽的事业》中说："每当谈及画事，他兴致勃勃，可是话题转到人事和当下的处境，他愤懑沮丧，怒不可遏。老董有许多挚友，他为朋友做了许多善事：帮助老干部洗刷不白之冤；帮助海外漂泊的朋友成家；为怀才不遇者改善工作环境；孜孜不倦地教学生，指导年轻人。从而备受朋友们的爱戴，病重期间大家鼎力相助。然而不知怎么的，有的朋友离他而去，也有人与他势不两立……久而久之，我感到也许是这位'读书人'集中国知识分子的善恶美丑于一身，来不得半点中庸，所在人生的旅途中步履艰难，心力交瘁。可是如果换个活法，他还能取得今日的成就吗？"

在江苏作家中，尤其是高晓声那一代作家中，都知道高晓声的脾气，也是一个"眼里揉不得砂子的先生"，所谓物以类聚，人以群分，两位艺术家，因为朋友的冤屈而成为朋友，也就理所当然了。

回过头来再说说这本画集，董欣宾一直追求他的艺术探求，收在集中的作品，都以写意为主，充盈着飞扬的灵气，追求的是绘画中的最高境界——意境和情境，笔墨所到之处，形成自然状态中的淡淡的色层，构成一幅幅朦胧而变幻的景象。从画集中，可以充分感受到董欣宾的浪漫主义的情怀。高晓声对董欣宾的画也极为欣赏，他在序言中说："欣宾一连画了六天，我就在旁边看了六天。觉得欣宾的画，路子很宽，我感觉最深的，却是两种，一是靠点、线一笔一笔铺陈出来的画……另一种是泼墨画。"

有意思的是，《欣宾画集》的封面题字，出自江苏另一位才气横溢的画家朱新建先生之手。他是"新文人画"的代表画家之一，写诗，写小说，画小脚裸体女人，是一个"伴随着赞赏与非议"的画家。

2011年10月2日写于新浦

源头活水
——闲话我与《小说选刊》

2012年年末,无意中在一家书店买到一本《小说选刊》选编的《一本杂志和一个时代的故事——〈浮生记〉》。这是一本横跨十年的选本,从2001年到2010年。在这册汇聚许多名家的选本中,也收我一篇小说《拉车人车小民的日常生活》。这是我第一篇被《小说选刊》选载的作品,发表在2001年第五期的《延河》上。记得在2000年年末时,《延河》的编辑还打电话跟我核实,说他们从自然来稿中发现了这篇小说,问是我写的吗。然后,还对我进行一番口头表扬,大致意思是,经常在其他杂志上读到你的小说,没想到你会以自然来稿的方式给《延河》投稿。当时我是怎么说的也忘了,只记得不久后这篇小说被《小说选刊》选载时那抑制不住的激动。因为此时我的小说写作已经历时多年,也被《小说月报》等选刊选载过。但《小说选刊》只在后边的目录上出现过。后来这篇小说又被选进多种"年选",也是和《小说选刊》的影响有关。

这次选载的经历,让我对自己的写作路径有了新的认识,也有了更多的思索。从前过多地关注各种流派,各种思潮,各种主义,各种热闹,甚至对自己的创作也有过怀疑。但《拉车人车小民的日常生活》被《小说选刊》选载,一时让我淡定了许多,似乎有一种声音在说,去他的思潮、主义,去他的流派、热闹,你写你的,别左顾右盼心神不定了。这样坚定地写下来,便有了此后的《苹果熟了》《菜农宁大路》《换一个地方》《夏阳和多多的假日旅行》等多篇小说被《小说选刊》选载。《小说选刊》选编的各种年选和文集里,也经常会有我的中短篇小说。《拉车人车小民的日常生活》还被译介成其他文字在国外发表。

其实,真的追根溯源起来,我与《小说选刊》的缘分更早,《小说选刊》也可以说是我的文学启蒙。

20世纪80年代初,我才十几岁,还是一个穿喇叭裤、留小胡须的文艺少年,耽于幻想,怀揣文学梦,心气比天高,没日没夜地沉浸在古今中外的文学名著中,囫囵吞枣,贪多嚼不烂,对许多小说进行过模仿。记得有一本上海译文出版社出版的《当代美国短篇小说选》,每读一篇,都会在边口空白处写写画画,狂妄地要写几本不同风格的小说集来。结果当然可想而知了。除此而外,多如牛毛、扑面而来的各种文学杂志,也是极大的诱惑。我的那些所谓各种"风格"的作品,像燕子一样纷纷飞向那些杂志的编辑部,又像燕子一样飞了回来。

折腾一段时间后,真正影响我写作的,便是创刊不久的《小说选刊》了。

那时候的《小说选刊》,我们像神一样景仰着,在每期大约要出刊时,便到邮局报刊零售亭打听到了没有,生怕卖光了。杂志一到手,读到一篇喜欢的小说,便奔走相告,互相阐述阅读的心得。但是,好景不长,和我一起读书的小伙伴们,有的迷上了溜旱冰,有的提着双卡录音机到处听歌,有的忙着上夜校,只有我,还继续迷恋着阅读,继续买来大摞大摞的稿纸,一篇一篇地写小说。在当时我生活的小县城里,文学的氛围像当时的天空一样干净纯洁,人人高唱着"八十年代新一辈"的歌,走在"希望的田野上"。我的阅读和写作,也没有什么不适时宜的。有一次,夜深人静时,我在《小说选刊》上读到一篇小说，激动得夜不能寐。这是一篇描写北大荒知青生活的短篇小说，带有一种浪漫情怀的英雄主义风格。我也被那片神奇的土地感染了。这年冬天，我只身一人去北大荒，寻找小说中描写的景色，白桦林、神秘的"鬼沼"、一望无际的"满盖荒原"。我当然什么都没有找到，但这次远行的经历，从此让我找到了目标，这便是《小说选刊》和《小说选刊》上诸多优秀的作品。

我的阅读不再那么散漫和无边，写作不再那么毫无节制，投稿也不再那么天女散花。我开始有了选择和挑剔，学会了对文学的景仰，对我笔下人物的崇敬，学会了隐忍和克制，学会了谦卑。一篇小说的力量有多大？一本刊物的力量有多大？别人知道不知道我不敢说，但是我知道。因为我曾被深深地感染，曾带着杂志，带着这篇小说，北上数千里来追寻心中的梦想。同时我也丈量出了我和文学的距离，和《小说选刊》的距离，唯一的信念就是坚持和继续。自然的，水到渠成，便有了2001年第七期上的《拉车人车小民的日常生活》，以及以后多次在《小说选刊》上的亮相。

在刚刚过去的2014年，发表在《山花》上的中篇小说《支前》，再次被《小说选刊》第五期选载。《小说选刊》在"责编稿签"中说："小说人物不一定是其所属时代主流精神的写照，人物既不排除时代和现实，也不应单单成为时代和现实的解说员。人是古老的人，也是某一个时代的人，一定还和未来的人有着共通之处，这是人和人之间可以在某种程度上相互理解的原因。《支前》有野史的气质，作者以且戏谑且温情并且尖锐还让人略感意外的笔墨，描述了淮海战役的一个侧面。淮海战役是一次公度性极强的战役，这篇小说选择的是读者在史书中无法见到的小人物，无法窥见的一个偏僻角落。"评论家雷达先生专门打电话给我，说《支前》里的麻大姑这个形象刻画得好，立起来了。有不少未曾谋面的读者在博客里也为这篇小说叫好。说来有趣，正在我写这篇短文时，收到一个大号的挂号信，打开一看，是上下两册的《2014年中国年度中篇小说》，选编者正是"中国作协《小说选刊》"，书里也收入了这篇小说。与此同时，作家马晓丽也通知我，今年的中国《军事文学年选》也将收入这个中篇。可以说，《小说选刊》的"眼睛"是雪亮的，能在众多文学期刊中发现值得进一步传播的小说，也才让作者的小说有了更多的读者，得到更多的评判。

每个人的创作都有自己的根，都能从他们的作品里发现或窥见前辈大师们的影子。这是不言而喻的，也是值得骄傲和自豪的。事实上一个成功的作家，也必须要有自己的根，有自己独特的语言体系和作品风格，有让评论家们好"归纳"的"一二三四五"。很可惜我没有，十多年前，就有一家杂志社的评论家朋友告诫过我，说你的作品很危险，谁都靠不上，所以，新文学以来产生的各种热闹都没有你的份，也不带你玩。我只能原则上同意朋友的话。当初的野心勃勃不就是要特立独行地写出属于自己的一套东西吗？但人的才情、气质、禀赋和环境毕竟个个不同，或者说我的"体系"还没有被认同和发现。但《小说选刊》不讲究作者的"宗谱"，不看作者的"脸面"，以自己的标准选择小说，而且多年来一直坚持，实在让人敬佩。

对于我来说，如果一定要打个比方，《小说选刊》就是我的源头活水——我是在《小说选刊》的引领下学习写作的，也是《小说选刊》让我的小说有了更多的读者。多年来，我不去刻意模仿，不去跟风，不去迎合，可以说是《小说选刊》潜移默化地影响了我。我手里有一本《小说选刊》就够了，因为从"选刊"里总能读到我喜欢的作品，读到我喜欢的人物和故事，当然也会读到我不喜欢的作品（不一定不是好作品），我对这些作品和对我读到的其他中外文学大师们的作品一样，在充满敬意之余，用自己的文学观去贴心地理解和感受，去吸取我自己需要的养分。所以《小说选刊》是我的福地。

《小说选刊》还会继续这样滋润着我,也会继续荡涤着我。我的意思是说,我还要走我自己的路,尽管这条路可能还在摸索中,可能暗藏着更多的凶险。但是,有《小说选刊》的呵护,有《小说选刊》提供的源源不断的营养,我会更虔诚、更谦卑地写作,献上一个文学信徒对文学些微的贡献。

2015年1月2日于北京朝阳草房

读艺小札

抽空读闲书,在我,已经有着多年的习惯了,其间妙趣,非三言两语说尽。

所谓闲书,不过是和自己专业特长不相干的书,因为书,只有好坏之分,"闲",不过是相对而言,透出的,应该是读书人的心态。翻翻闲书,于我而言,一是放松,歇歇脑子;二是增加信息量,扩大知识面。

近日淘得几册艺术方面的小册子,常于灯下闲翻,别有意趣。

1.《全国书籍插图选》

现在,很难看到书籍当中精美的插图了。记得早先读《红楼梦》,看到戴敦邦的插图,常常是停下来,对着图画玩赏半天,心里还巴望着下一张插图的出现。读书的时候,脑子里也就老有画面感,想象着大观园、怡红院、潇湘馆里的景致和主人的行状。还有《牛虻》《钢铁是怎样炼成的》《幻灭》等国外名著,那一幅幅精当的插图,总是我们阅读的重要内容。有时候买书,也是被书中的插图所吸引,数一数有几幅图,图多的,自然成为优选对象。20世纪70年代末和80年代初期,人民文学出版社和上海译文出版社联合组织出版一套多卷本的"外国文学名著丛书",这些名著中,有不少就是插图本,少的七八幅,多的有二十多幅,这些插图无一例外都是名家所作,其中就有张守义、丁聪、高燕、程十发等人的插图。那时候,名家搞书籍装帧和插图,是常有的事,他们也会把插图当作自己的重要创作。1979年,中国美协还专门搞过一次"全国书籍装帧艺术展",展出插图作品书籍装帧达千余件,可见那时候对图书插图是多么的重视,读者也是多么喜欢"插图本"。

《全国书籍插图选》(湖南美术出版社,1981年出版)就是那时候出版的,可以说是顺应了历史的潮流,这本小册子收85位作者的百余幅插图,油画、国画、工笔、水粉、木刻、线条等各种形式都有,有不少还是名家新作,程十发的《西湖民间故事》和丁聪的《骆驼祥子》,均栩栩如生,体现了作者的功力和态度。如今的画家都很值钱,名画家更是动笔就是数万以至几十万,他们一是不屑于为图书搞插图,二是恐怕出版人也不敢请他们吧,区区几块十几块钱的稿费,哪能打发人家"大名头"呢。

与《全国图书插图选》相辉映的,是一册《老插图新看法》(广东人民出版社,1998年5月出版),收外国文学插图百余幅,和前者不同的是,每一幅插图都配有和插图相关的文字,是"一种崭新的关系,互动、互读、相得益彰"。正如该书自序所说:"既无写插图史的雄心,也无重评经典的野心,百篇小文不过因书而来,有感而发,率性而作,平心而论。"

需要说明的是,书籍插图,和如今大行其道的图文书是两回事。

2006年4月18日

2.《黑白木刻选》

黑白木刻这门艺术，专门出集子的，较早要算鲁迅、郁达夫、叶灵凤、赵家璧等人写序、出版于20世纪30年代初的麦绥莱勒连环画故事，由良友图书印刷公司影印出版，分别是《一个人的受难》《我的忏悔》《光明的追求》《没有字的故事》。山东画报出版社1999年重新出版时，又补进了一本《城市》，由王琦作序。比较而言，王琦的序，不好和上述名家的相比，过于死板和落后，没有更多从艺术的角度去思考，没有新观点新内容，评价也流于肤浅。

出版于1977年的《黑白木刻选》（上海人民出版社）是一本透着浓郁时代特色的小书，书中木刻，有领袖题材，比如《亲切的教导》《红卫兵心向毛主席》《人民的好总理》等，也有风景名胜，如《湖高接碧霄》《春闹五指山》等，但大多数是反映和歌颂各种劳动场面和建设成就的，如《接过铁人的刹把》《铁牛列阵上战场》《高原形势无限好》《个个都是铁肩膀》《广阔天地绘新图》《革命代代如潮涌》《开门办学花正红》《赤脚兽医》《干一行，爱一行》等等，这些作品中的人物，人人都是面带微笑，精神抖擞，和他们形成辉映的是，作品中的那些标语口号："为革命节约一粒料""农业的根本出路在于机械化""狠抓阶级斗争，猛促煤炭生产""粉碎'四人帮'，浙江有希望""重新安排山河"。这样的画面和口号，无不让我们想起那个时代的"时尚"和"激情"，歌颂毛主席歌颂共产党，山欢水笑形势大好，而且越来越好，"敌人一天天烂下去，我们一天天好起来"，形势能不大好吗？这本书出版的时候，我小学刚刚毕业，记得我写过一篇《拾粪》的作文，开头也是紧赶着时尚的:"东风万里红旗飘扬,毛泽东思想光芒万丈,我们东海县房山公社蒋林大队和全国形势一样,到处莺歌燕舞歌声嘹亮……我们高高兴兴地起床,迎着初升的太阳,挎着粪箕,高唱革命赞歌,拾粪去了……"我还在作文中虚构了"四类分子"搞破坏,不让我们拾粪等等"惊险"的内容。我那时候写作文,错别字很多,但非常通顺和押韵,很受老师的欢迎。现在看来,我和那时候的"时尚"一样,当然是一种奇怪的文化现象,一方面,主流艺术实际上被糟蹋和曲解,另一方面,人类的文化和艺术,正以一种奇怪的方式在民间特别是在我们被导向污染过的心灵里普及和流行。

和《黑白木刻选》对照阅读的,是山东画报出版社2002年出版的《激情时尚——70年代中国人的艺术与生活》,书中以大量的图画,反映了那个时代的基本面貌。卢跃刚先生在这本书的代序中说:"21世纪网络时代的青年人读这些图画可能会忍俊不禁,甚至嗤之以鼻,但是,对于我们这些经历过70年代的人来说,却是一段真实的生活。我们就是画中人。我们知道那些绚丽多彩、饱满丰富的脸蛋儿衬托着几亿人饥馑的面孔和国民经济几近崩溃的事实。我们知道那些乌托邦加阶级斗争画面的背后蕴含着一个时代的疯狂、激情、荒诞及其非常沉痛的社会悲剧……"

2006年4月19日

3.《吴昌硕篆刻选集》

据我所知,当代许多篆刻名家,都绕不开吴昌硕先生。

吴氏篆刻,初学浙派,继承邓石如、吴攘之两大家,以后章法,又参考了石鼓文、秦汉玉玺、泥封、砖瓦、汉篆文字等特点,创造出了"出锋钝角"的刀法。他的篆刻作品,能在秀丽处显苍劲,流畅处见厚朴,往往在不经意中见功力。(《吴昌硕篆刻选集·前言》)

吴氏是晚清和民初的书法、绘画、篆刻的一代宗师,能集中欣赏他数百幅篆刻作品,真是眼福不浅,所以,我常常在灯下把玩,欣赏,不忍释卷。集中的第一幅作品,是他31岁时所作,叫"骑虾人",虽可以望文生义,但我还是想不明白,虾,是如何能骑的呢?这枚印章的主人一定是个爱虾之人,而且擅长画虾,才得此绰号。我不是书画收藏家,对这方面缺少研究,但我还是想知道这个"骑虾人"是谁,能有这么一个绰号的人,一定不是凡人,或超凡脱俗,或放荡不羁,其成就必定巨大,否则,也不敢劳吴昌硕为其治印,据此,我想象着"怪客"的模样和日常的状态,想象着那些千奇百怪的虾……像这种引人遐想让人猜度的印章还有很多,如"迟鸿轩主""化度书楼""家近烟雨楼""还砚堂""锲不舍斋""徐士丰过眼""暴书榭""费君直审定金石文字""西蠡所藏""积跬庐""就里沈卫""经涉虎庐""徐氏子静秘笈""子静平生珍藏""必达达斋记""蕉研斋""乌程蒋氏樱宁宝藏""适梦草堂""千寻竹斋""怡怡室珍藏""诒砚斋""泰山残石楼""丽堂""节堂""安庐""晏庐""松管斋""褚回池""薮石亭长""心陶书屋""海日楼"等等,每一枚印章,都是一座高山,都是一部传奇,都是一部大书。吴氏活了83岁,直到76岁还治印一方,是为海日楼主人而作"海日楼"印章,收录在该集的最末,边款记曰:"己未秋为寐叟刻于海上",告诉了我们创作的时间和地点以及为谁而作。

对于这位海日楼主人,我倒是略有了解,他就是沪上著名文学家、藏书家沈曾植先生,沈曾植字子培,号寐叟。沈氏的学问,连王国维、陈寅恪这样的大师都十分佩服。"补白大王"郑逸梅先生在《艺林散叶》里有专门介绍,云:沈曾植少时家极贫,兄弟四人只一袭长衣,每出门辄更易穿之,又无袜,常赤足,故一生不习惯整洁,不修边幅。

《孽海花》第十一回："忽见院子里踱进两个人，一个是衣服破烂，满面污垢，头上一只帽子，亮晶晶的都是乌油光，却又歪戴着……走近一看，认得前头是荀子佩，名春植。"此荀子佩即影射沈子培（曾植）。那么沈氏又有多少藏书呢？也有典故：沈曾植居沪上新闸路，曰海日楼，屋数间，纵横皆书架。客至，不知主人何在，必高声呼之，叟自书丛中伛偻而出。这样的描写可谓活灵活现。沈氏还是一位书法家，在晚清和民国初很有名气，他的书法很怪，内涵深，很受藏家追捧。当年，吴昌硕和他私交想必很好，能在晚年为其治印，绝不是一般关系。

该集的体例，也是按作者创作时的年岁而编排的，这对了解吴氏在各个时期的刀法和章法的演变，提供了直观的线索。

2006年4月19日

4.《我的书房》

该篇是上一篇引出来的。

我一直想给我的书斋弄一个名号。早先，有书无斋，想附庸风雅都没有机会。1997年总算有了书房，可以安身立命地读书写作了，又没想好适合的名号，斋、馆、堂、轩、榭、屋、居、室等等想过许多，都觉得不满意。后来笨人笨办法，就简单地自称"掬云居"，出处是住的楼层高，已和云毗邻而居并伸手可以掬云，还请朋友刻了章和藏书印，很当回事地钤在心仪的书籍上。

某天，听某某得意地大谈他的书斋，居然和我的重复，一字不差，连出典都一样，心里突然不痛快起来，不论是我抄他的，还是他抄我的，总是不好，便决意废掉此斋号，另择新名。

前一阵读黎烈文翻译的《屋顶间的哲学家》，这是法国作家棱维思特一部日记体小说，描写一位住在"屋顶间"的哲学家，俯视下界蝇营狗苟的众生，"书中十二个分散的故事，像十二首美丽动人的诗篇，充溢着爱和同情的人生哲学，处处表现出恬淡谦挹的人生观"。作者在序言中说，巴黎的上层社会，是决不肯住屋顶间的，因为夏热冬冷，难以忍受，所以"屋顶间"，也就是"贫民窟"的代名词。这就对了，和我这些年的境遇竟有些了吻合。我这些年，大事情没做成，书却读了很多，也碰巧住在屋顶间，"屋顶间"，不正是我的写照吗？所以，在2006年新春，我正式起用新的书房名号，即"楼顶斋"，这自然是从"屋顶间"演化过来的，和"掬云居"虽有相同之处（高），旨趣却是大相径庭的，这个斋号，无论以后有无重复，我决意不改了。

近读《吴昌硕篆刻选集》，看到这位大名家为那么多名人刻的书房名号印，还有藏书印，遂勾起我这一番感想，并想起金陵董宁文兄编辑的《我的书房》一书。

《我的书房》（岳麓书社）出版于2005年，董桥、流沙河作序，收周有光、谷林、何满子、李文俊、范用、高莽、黄裳、杨绛等当代名家谈书房文章五十余篇。他们对自己的书房，各有各的谈法，各有各的意味，都是很有趣的文章，然而，更让我感兴趣的，是这些当代名家的书房名称，著名翻译家李文俊的书房叫"静轩"，匾额是郑板桥的拓片。何满子的书房叫"六一居"，他自己有解释，即"既是书室，又是卧室、餐室、起居室、会客室，研究生来听课又兼作教室，一室六用的意思"。丰子恺的女儿丰一吟的书房叫"石珊楼"，取十三楼之音，简单而无意，比他父亲的"缘缘堂"差远了。朱正的书房叫"十全书室"，是因为拥有十位名家的全集。高莽的书房叫"老虎洞"，是因为他和夫人都属虎，"屋里的小摆设尽是大大小小的布老虎"。田原的书房先后叫过"渔歌人家""蜗牛草舍""五台山馆""饭牛草堂",现在又叫"难得清闲斋"了,因为"交往增多","俗事频繁"。苏叔阳的书房叫"瘔斋",文怀沙所题。来新厦的书房叫"邃谷楼",楼主解释曰:"非谷而曰谷,何也?惟其深也。无楼而曰楼,何也,惟其高也。惟高与深斯学者所止焉尔。"李济生的书房叫"知足斋",黄宗江的书房叫"卖艺人家",由郭绍虞、巴金、黄裳、吴祖光、李骆公、启功、黄苗子、俞振飞、秦惠亭、冰心等分别题写,方成、丁聪、郁风等作画。牧惠的书房叫"且闲斋"。戴煌的书房叫"蜗牛居"。舒芜的书房先后叫"碧空楼"和"天问楼"。卞孝萱的书房叫"冬青书屋",根据刘禹锡的"于树似冬青"的诗句演化而来。姚以恩的书房叫"藏心书屋"。黄裳的书房先叫"简断零篇室",稍后叫"梦雨斋",此后又叫"草草亭",现在叫"来燕榭"。王稼句的书房起先叫"栎下居",是因为"书房的窗外有株三百多年的栎树",后来叫"梦栎居",可能是新搬了家,对旧书房的怀念吧。陈子善的书房叫"梅川书舍",是因为新居在梅川路上,董桥题的室名。

列举的虽然太多,我却兴味不减。不知什么原因,对于旧式文人那种读书方式,我一直迷恋,梦想着读书、喝茶、听曲的闲适生活,因此对于他们的书斋别号,也就特别喜欢,要是有人编一本"室名别号索引",我是必定要购买一本,来慢慢咀嚼和欣赏。

2006年4月20日于楼顶斋

5.《莎士比亚画册》

这本画册出版经过,本身就是一部传奇,一段佳话,一个掌故。大出版家范用先生,"文革"期间靠边站,在出版社大楼打扫卫生,无意间在垃圾箱里看到一批废弃的玻璃图版,还有一份图版的打样。范先生是专家,一眼看出是莎士比亚的戏剧插图。既然是"垃圾",范先生就把它捡回家,精心贴在一本笔记本上珍藏起来。"文革"结束后,范用带着这批插图去访问原图的收藏者葛一虹先生,葛看后十分激动,便在粘贴本的每页空白处,写上说明。此说明也好生了得,是根据朱生豪先生莎剧翻译本抄录的。

十多年前,因为生活所迫,我开始大量阅读莎剧,虽是囫囵吞枣,总算是对莎剧精髓略有所知,不过,人民文学出版社出版的这套十卷本《莎士比亚全集》,连一张插图都没有。十多年后再读《莎士比亚画册》,总会联想到读剧时的情景来。

河北教育出版社曾于1998年出版一本《莎士比亚画廊》,所使用的母本,也是出自葛一虹先生的收藏,该"画廊"印制、装帧十分考究。葛一虹在后记中有一段关于英国画家创作莎士比亚戏剧插图的介绍:

威廉·莎士比亚(1564—1616)是英国文艺复兴时期伟大的戏剧家和诗人,他一生创造了无数人物,写出了社会各阶层许多复杂的情事。19世纪英国著名皇家科学院的艺术家莱利斯(C.R.Leslie)、麦克利斯(P.Maclise)和库普(C.W.Cope)等从他的剧本和诗作中汲取题材,以绘成图画,而由罗斯(C.Rolls)和夏普(C.W.Sharpe)等能工巧匠精雕细刻制成一幅又一幅的版画。《莎士比亚画廊》除了莎士比亚的肖像、雕像、环球剧场和一首十四行诗,都是莎翁笔下栩栩如生的戏剧人物,他们的衣着佩戴表现出各自的身份,他们或喜或悲的神情也透露了出来,当与浮云、树林、城堡和宫殿等场景交织在一起时更营造了一种特定环境的浓郁气氛。

名剧《哈姆雷特》戏中戏的那一幅,王宫里聚有男女老少三四十人凝神看小戏台上的演出,各有不同的表情,哈姆雷特的沉思、国王克劳狄斯的恼怒跃然可见,似可感触一般。再如描绘《第十二夜》

一剧中奥丽维娅掀开面纱的瞬间,一个端庄面带少女含羞的可爱形象便出现了。这之外,还有奥赛罗、李尔王、夏洛克、朱丽叶等等,真是美不胜收,百看不倦……

《莎士比亚画册》(山东画报出版社,2002年1月)的出版,可以当作是"画廊"一书的普及本或精选本,弥足珍贵的是,该书的说明文字,是依照葛一虹当年书写在范用笔记本上的手稿制版的,保留了范用和葛一虹合作的原汁原味,也是老一辈读书人友谊的见证。

2006 年 4 月 24 日

6.《鲁迅·绍兴》

对于日前盛行的图文书,我一直持谨慎的态度。有些图文书,的确是为图而图,有图无图无关紧要;而有的,图很好,文字反而显得多余。像《鲁迅·绍兴》(吉林美术出版社 2004 年 3 月)这样图文相互辉映的书,不是很多,如此精当和妙不可言的,就更是少见了。

该书是以鲁迅先生故乡绍兴为轴,由文章和图片两部分组成,分上下两篇,上篇辑录的是鲁迅关于绍兴的作品,分别选自《野草》里的《好的故事》,《呐喊》里的《故乡》《孔乙己》和《社戏》,《朝花夕拾》里的《从百草园到三味书屋》和《无常》,《且介亭杂文附集》里的《女吊》;下篇的文章作者较多,都是享誉海内外的文学名家,如王建新、柯灵、曹聚仁、徐蔚南、孙伏园、周作人等。以这样阵容的作家出场,他们的文章无须评说,单说绍兴这个地方,其文化底蕴比地球还厚,且看这段文字——

晋代大画家顾恺之盛赞会稽山川道:

千岩竞秀，万壑争流，草木葱茏其上，若云兴霞蔚。

大书法家王献之则说：

从山阴道上行，山川自相映发，使人应接不暇。

胜景留人驻，更让人情思幽发的是数千年历史沉淀下的文化。四千年前，大禹治水，行至于此；两千多年前，越王建都，与吴相争，河山曾成修罗场；南宋偏安，一度为临时都城。千年积攒，留下会稽山麓巍峨的大禹陵，龙山脚下苍劲的越王台，勾践冶金铸剑的若耶溪，秦王东巡望海的秦望山，城南的秋瑾故宅和畅堂，城中的周恩来祖居百岁堂……

胜景托妙笔，山川自文章。绍兴迷人的，岂止是无情的山水？王羲之的别业戒珠堂，为卖扇老妪题扇的题扇桥，兰亭修禊的流觞曲水，陆游悲吟《钗头凤》的沈园池台，徐渭的青藤书屋，鲁迅的百草园，想着前贤的风流韵事，就让人觉得，虽只是平常院落，却因人而分外有情。

文中所说的胜景，都被一幅幅美艳的图片替代了。这些图片，大都为新拍的摄影，不仅诠释了内容，也是不可多得的艺术品，由于选取的角度各不相同，我们可从远中近、高中低、左中右等各个方面欣赏实景，如同身临其境，仅鲁迅的祖居，就有外景和多幅内景组成，甚至还有单幅的水缸、饭篮等特写，而图片的文字说明，更是亲和中透出文韵，如"先生和闰土相见的厨房"；"先生故居的卧室：先生回故乡任教期间，也以西首第一间楼下为卧室，其中一张铁梨木床还是先生睡过的原物。同时，这里也是先生的工作室，先生第一篇文言小说《怀旧》就在此完成"。像这种充满人文情怀的说明文字举目皆是。

2006 年 4 月 26 日

7. 齐白石篆刻欣赏

一代宗师齐白石以画名世，但在篆刻方面的造诣也达到了时代的新高。

新派篆刻家戴山青先生穷数十年精力，多方求索，广为收集，编撰并出版了《齐白石篆刻字典》一书，收白石老人印章约两千方，依照笔画顺序排列。我们从该字典中，能够全貌地了解齐白石的篆刻艺术。齐白石的篆刻，刀法粗犷又不失细腻，多变又不失统一，仅从一个"西"字看，不仅篆法多样，而且外形也各异，其中一方，竟为三角形。这种高度夸张、大胆变形变异的现代表现手法，在他的篆法中，得到了充分的利用，并能随心所欲，真可谓炉火纯青。再看"山"字，竟有55种变化，这还不是最多的，"之"字更是多达78种。同一个字，有这么多变化，尽管会有重复，但细微中多变的艺术手法还是清晰可见的。

篆刻艺术，不仅要对古文字进行逐个造型的创造，而且，要在方寸之间的印面上，构思出千变万化、异彩纷呈的章法。所以，它不仅对书画家，而且对整个造型艺术都有着潜移默化的影响。《齐白石篆刻字典》能够出版，对现代艺术的贡献是无可限量的，特别是对篆刻爱好者来说，他们在借鉴、学习的同时，能集中欣赏到一代宗师的篆刻作品，实乃幸运。

我是以"欣赏家"的目光来读齐氏篆刻的，我的感觉是，汉字的美，只有在篆刻家的刀下，变化才如此之多，如此之莫测，如此经得住推敲，也是如此之美。《齐白石篆刻字典》一书的作者戴山青先生是齐白石弟子刘冰庵先生的弟子，他对祖师还是情感很深的，编著有《齐白石印影》，此外，还著有《寓林折枝》《刘伯温寓言集》等书，并在篆刻理论方面多有建树。

2006 年 4 月 27 日

8.《王羲之小楷字帖》

市面上关于王羲之的法帖多如牛毛，毫不稀奇，翻印水平也有精有劣，概不一一说之。我手头的这本只有 24 页的《王羲之小楷字帖》（武汉古籍书店 1983 年影印），是 2003 年春，在华联边的冷摊上购得的。喜欢这一本小幅书贴，倒不是喜欢书法，相反，我对所谓书艺，一向不以为然，古人写字，不过是用来作文用的，是必备的一种技能，就算中国文联成立之初，也没有这样的协会。成为一种专门艺术，也就是近几十年的事。但是这本小书值得雅玩的地方，是和我喜欢的一个文士有点关联，这就是"凤栖村民"黄松涛先生。黄氏出生于 1900 年，活了一百多岁，直到 2002 年才驾鹤西去。他原名华，曾用名颂陶、木夫，笔名柝翁，别署凤栖村民，湖北汉阳县人，绘画、书法、音乐、文史典故皆精。生前曾为武汉文史馆馆员。这本小书的封面画、题签和封底篆刻均出自黄老之手。

黄松涛先生世代耕读，诗书传家，沈必晟有他的小传，称他"幼从伯父雨亭公学诗文书画及古琴演奏，及长从上海熊松泉先生习画，又从南昌涂尧学篆刻，壮岁在武汉执教鬻艺。常与杭州钱越荪、临川黄鸿图、太平盛了庵、长沙唐醉石相友善，与邓少峰先生居间里，探讨三代两汉六朝金石文字及历代名画，获益良多"。他画山水、花鸟、走兽等,"用笔古拙朴厚,章法深秀典雅,设色奇丽秀润,有朴茂浑融、温润古健之意趣"。他亦作瓜蔬果鱼,也是水墨淋漓、清气可掬。《王羲之小楷字帖》的封面画就是他84岁那年创作的,是他为这本小书专门的量身定做之作,取意晋人王羲之的《黄庭经》的典故——这画里的故事是我们熟悉的——晋代大文士王羲之因为爱鹅,被山阴道士敲了竹杠子,写了一部《黄庭经》,换了一对大白鹅。因为这个典故,《黄庭经》又称《换鹅帖》。写字的人都知道,《换鹅帖》可是历代楷书的范本啊。李白在某年到绍兴,游了古镜湖,写了一首《送贺宾客归越》,专门提到了这个典故,诗曰:"镜湖流水映清波,狂客归舟逸兴多。山阴道士如相见,应写黄庭换白鹅。"这本书帖就收了《黄庭经》(另外还收了《乐毅论》,并附了王献之的《洛神赋》)。画面是池塘边草地上的三只小憩的大肥鹅,有卧息,有引颈抖翅,特别是边上的那只,可能是听到草丛里有蛐蛐声吧,正转首窥探,虽然它们都是闲散状,神态竟是如此的各不相同,真是到了化境啊。

　　这本书帖的题签也出自黄松涛之手。黄氏书法,"初从颜楷《东方朔画赞》《麻姑仙坛》入手,后遵伯父雨亭先生命,临习王羲之《怀仁圣教》及孙过庭《书谱》,在和清道人弟子黄鸿图先生的交往中,又对碑学极为用功,曾对《龙门二十品》《魏齐造像》《崔敬邕》《孟敬训》等临习殆遍"。他的题签字体用的是隶变,用方笔、铺毫,转折处喜翻笔挫锋,看他的字,端直快厚,奇古凝重,深秀雄浑,味醇意隽,颇富金石之神韵。

　　封底的"武汉市古籍书店"的篆印也是黄松涛的手治,该印于平实中见气势,于精细处见生动,平实而不呆滞,生动没有怪妄之陋。

　　另据沈必晟先生所撰黄氏小传,说他对音乐亦是精通,"雅擅古琴演奏,曾师从方眉、谢耘僧、徐瑞芝诸先生,在1956年中央民研所全国琴人调查及录音汇编时,曾录制有平沙、醉渔、渔樵、梧叶诸曲，先生亦精通梅花、阳关、高山、忆故人、鸥鹭、孤猿词、普安、石上流泉、樵歌、捣衣、风雷引等诸曲目，为世人称赏"。

一本薄薄只有二十来页的小书，没有一字前言后记，却又如此的富有情趣，确是难得。

2006 年 4 月 29 日

9. 茅盾墨迹

不久前，在东海作协主席殷开龙先生书房喝茶闲谈，墙上一幅书法小条屏，引起我的注意，细看，原来是我国著名文学家茅盾的书法作品，十分惊讶之余，也大开了眼界。

该条屏是茅公 1975 年元旦书赠戈宝权及夫人培兰先生的。戈宝权是我国著名的外国文学研究家和翻译家，也是著名藏书大家，自幼就喜欢读书、抄书、钉书，信奉"房子是一块砖头一块砖头造成的，学问是一本书一本书读成的"。戈氏藏书。以俄国及其他民族的文学史料、1900 年前后东欧作家作品及当代作家签名本为主要特色，仅原版外国文学就多达二万余册，他在《我的万卷书斋》里说："我终日生活在书堆中，工作在书堆中，寝睡在书堆中。"茅公和戈宝权是老友，早年在上海就多有交往。这张小条屏的内容是："南腔北调话家常，眉黛口红斗靓妆；昨夜东风来入梦，横塘十里桨声狂。""微醺春透双蛾，欲语还休，旁顾回眸低头。忽问相爱何如相妒。"

杜甫有一句诗，叫"书贵瘦硬方通神"，我每每翻看书帖，如欧阳修、宋徽宗等，就会想到这句诗。茅盾的字，似乎也有点"瘦硬"的味道。在我的书架上，有不少本茅盾题签的作品集，像《文学论集》《回忆鲁迅的美术活动》等等，还有《小说月报》这样的名刊，都是线条坚硬，落笔干净，清隽秀逸。但是"瘦硬"只是我的感觉。我读过的关于茅盾书法的鉴赏文章，几乎都认为他取自于"瘦金体"，其实，茅盾本人并不这样认为，在《尘封的记忆——茅盾友朋手札》里，有茅盾和施蛰存的数封通信，施先生也认为茅盾的字"大有瘦金体笔意"，"欲乞先生为书一小条幅"。此信写于1979年，茅盾已经83岁高龄，他在回信时说："我的字不成什么体，瘦金看过，未学，少年时曾临董美人碑，后来乱写。近来嘱写书名、刊名者甚多，推脱不掉，大胆书写，都不名一格……"《董美人墓志》是隋代楷书中的精品，布局缜密严谨，笔法粗劲含蓄，秀逸疏朗，淳雅婉丽，茅盾的书法作品里，果然透出这样的笔致。

纵观开龙先生收藏的这幅字，整幅作品大多字字独立，每字之间，虽无缠绕形迹，却字字呼应而"血脉"未断。有人评价，"茅体""清瘦而骨肉停匀，内敛而自由舒展，洒脱而起止有度"，在这幅字里也大有体现。该墨迹取竖式立轴形式，凡六行，并夹有小字说明，第一首诗之后是"所见四五年作于重庆"，第二首的"所问四七年于上海"，可能是答戈宝权先生信里的问题。茅盾是文学大师，十分谙熟"对立统一"规律，就像创作小说一样，善于创造冲突，却能"举重若轻"，或"举轻若重"，丝毫不见经营的痕迹。不过，茅盾毕竟不是书法家，书法创作难免瑕瑜互见，比如说妩媚有余，蕴藉不足，略显平淡，章法上也不甚讲究，出锋尖细，线条纤细，每字整齐划一。然而，茅盾的书法毕竟充满着学问之气，郁郁芊芊，清逸出尘，这正是学者书法的魅力，所以，才有像巴金、施蛰存、周而复、戈宝权这样的大名家跟他索字，以获得茅公一幅墨宝为幸。我每每在开龙先生书房小坐，都要细细品味一番，每一次都会得到不同的享受。

2006年5月2日

10. 一本小书的封面题字和插图

在旧书摊购得一本小书《达吉和她的父亲》，只有91页，是一本电影文学剧本，内收一部同名短篇小说。该书出版于1962年3月，1963年10月第二次印刷，作者高缨，由上海文艺出版社印行。

让我对这本小书感兴趣的，并不是剧本或小说（老实说，这部反映"大跃进"期间的电影和小说实在是空洞和无趣），而是它的封面题字和插图。封面题字是大书法家沈尹默，行草横书，7个字搭配匀称，亲切柔和，流畅自如，体现了一代大家的风采。插图更是有话可说，薄薄的一册小书，竟配了5幅，作者为王仲清。观其插图，画家的用心和用力跃然纸上，线条极精，疏密有致，勾画准确，人物表情各异，且特别生动，人物和人物间互相照应，静物、动物均充满质感，一顶草帽，一盏油灯，一只纸篓，一本打开的书，雨伞，坛子，包括富有民族特色的服饰，都看出作者在谋篇上的铺排得当和在细节上的精雕细作，虽然是黑白画，却能处处感受其艳丽的色彩和自然的风光。

再看看我们现在的有些图文书，铜版纸，印刷精，开本大，却有种拒人于千里之外的感觉。请名家题写书名的书更是少见了，即便有，也大都是一些伪名家。读者购书，一方面考虑的是书的内容，另一方面，对装帧大方、散发出文化气息的书也情有独钟，如果能从书封、书底、前言、后记以及插页图画中看出书外的信息，则更是喜不自禁了。

《达吉和她的父亲》的作者高缨，我对他了解不多。从作者1961年所写的"后记"看，电影导演是王家乙，电影在全国放映后，"《文艺报》《四川日报》《电影文学》《四川文学》等报刊，开展了热烈的讨论"。再加上作品所反映的是大凉山地区，可以推测作者是四川人。作者所描写的内容为"民族大团结"，但从小说艺术的层面看，还流于简单和模式化，没有逃脱那个年代"主题先行"的毛病，所以这样的作品留不下去也就不足为奇了。

但是，这本小书的封面题字和插图，还是有其欣赏价值和一定意义的。

2005 年 10 月 6 日晚

11. 绣像本《二度梅全传》

《二度梅全传》石印本，凡四卷四十回，分装 4 册，由上海育文书局印行于民国六年。该书有短序一则，序于"光绪十八年孟冬月"，署"淮海居士"。查孙楷第《中国通俗小说书目》，记载云：二度梅全传六卷四十回，益秀刊本。五云堂刊本。题"惜阴堂主人编辑""乡虎堂主人编辑""绣虎堂主人编"。石印绣像本《二度梅全传》显然刊于益秀堂刊本和五云堂刊本之后，封面签条已失，衬页题有"绣像忠孝节义二度梅"，张子文书，并印章一枚。在回目之后，插绣像 8 页，前 4 页为书中主要人物 14 人，后四页为回目中主要故事情节。所谓绣像，王稼句先生在《看书琐记·绣像与小说》里云：

> 绣像本来是指刺绣的佛像或人像，因其华丽精美，明清书坊就将小说、戏曲印本里的插图也称为绣像。书坊刻书还常在扉页、卷首或牌记里用"绣梓"两字，意思相当于"精印"。如"书本与耕堂朱仁斋绣梓""潭邑书坊刘兴我绣梓""潭邑书坊刘兴我绣梓"等等。在版刻术语中，

"绣梓"要比"绣像"早得多，南宋人谢枋得《代干杜按察追索书板启》就有"布衣命薄，忘绣梓之群书"；胡一桂《上叠山先生书》也有"付之书市绣梓"。"绣像"作为插图的概念进入版刻，则已在嘉庆以后。从这个"绣"字，已可看出书坊对图书质量的不断追求。

绣像放在书里，大致有三种情形，一是在每页正文之上，下则为文，占文近三分之二，图占三分之一略多，大致画着本页故事的情节，也就是后来连环画的滥觞。二是置于卷首，往往是书中主要人物的白描画像，鲁迅在《连环画琐谈》里说："明清以来，有卷头只画书中人物的，称为'绣像'。"三是插在每回起首，画的是这一章回最精彩的场景，即徐念慈《余之小说观》所谓"回首之绣像"，它有两面皆图的，有正面是图，背面是诗或杂画的，即所谓合页连式，有的数页相连为一图，有的两合为一图。至于插图的图形，有满版、有方形、有图形，使得版刻的装帧艺术呈现丰富多彩的景观。

从王稼句先生的文字里，我们大致了解了绣像与小说的意义。绣像本《二度梅全传》为小开通行本，字体小而密，阅读较为吃力，而绣像却特别精致，人物神态特点鲜明，栩栩如生，系石印中的上品。我所得足本回卷，系在宝利藏宝楼首届收藏艺术品交流会上淘得的，目前市场价大约在200～260元左右。据我国著名藏书家薛冰先生介绍，民国初年的精致石印绣像本，其价格每年都在以20%的速度上涨。

2008 年 11 月 12 日

12.《王国维遗书》

搞旧书收藏和旧书交易的武兴友先生答应送我一套《王国维遗书》。他说过就忘了（也许是后悔），但我没有忘，一有机会，我就跟他要书，他也屡屡答应，就是不兑现，说是藏在书库里不易翻检。后来他的旧书店关门了，说是要去外地发展。临行前，给我来过电话，对他的承诺没有兑现表现出一定的遗憾。

半年之后，我再一次接到武先生的电话，说要请我喝酒。电话中，我旧话重提。这回他爽快答应了。在幸福路豆腐厂附近的一家小酒馆里，我看到了心仪已久的十六册《王国维遗书》。

关于这套巨制，我是久有耳闻，最先是从孙犁先生的《购〈王国维遗书〉》一文中看到的文字记述。孙犁先生的文章改讫于1983年12月17日，文中说："一九八三年十月二十四日，金梅同志代购《王国维遗书》一部，共十六册，价二十六元。此书系上海古籍书店据商务印书馆原印本影印。"武先生送我的这套《遗书》，就是这一版本。该版本全部为繁体字竖排，顾廷龙先生题写书名，书前有一帧王国维先生像、七幅墨迹，陈寅恪序、宋春舫序、王哲安序也置于书前。

相信对我国传统文化稍有常识的人，对王国维都不陌生，他是真正的国学大师（和当今那些号称自己是国学大师者，简直是天壤之别，所以加上"真正"二字，以示区别），是中国传统文人治学的典范。

我曾两次去浙江海宁王国维故居去参观，一次是和作家李建军先生，有日记为证："二〇〇九年九月九日晴。早上和廷君、建军（从上海）一起前往海宁……又去王国维故居。王氏只比鲁迅、周作人、钱玄同大几岁，却是他们在日本的国学老师，真是大才子啊。盐官的王氏故居门对钱塘江，坐北朝南，是一座二进砖木结构的庭院式传统民居，是他父亲靠经商与做游幕的积蓄而建造的，号'娱庐'。从十一岁到二十三岁，王国维在娱庐生活了十二年，也是他学习的十二年，在这里，奠定了他一生的学术和思想的基础……"

　　武先生送我的这套《王国维遗书》，十品，盖有"海州师范学校图书馆"印章，从书页的借书记录上看，无一次借阅记录，从书品上看，十六册皇皇巨制，也无翻阅的痕迹，可见当年这部书是"藏在深闺人未识"啊。

2010 年 5 月 9 日得书次日记

小　跋

　　这组小文写完以后，以"读艺小札"为栏目，陆续在我供职的报纸读书版刊载，还配发了书影和相关照片，受到许多爱书人的好评。不久后，有人就按照文章体例寄来了稿件，写得比我的文章更有小趣味和小情调，是我喜欢的那种路数。

　　手里有了积稿，我就没有继续写下去，把版面让给了更多的读书人和爱书人。因为整理这本书稿，我在翻阅这组小文时，觉得还有点意思，就用了当初的栏目名。

　　后三篇是从前的旧作，看着也还搭调，便拿来凑数。

2013 年 12 月 6 日记于常熟

闲读的美好

多年以前，我喜欢泡图书馆。我的乐趣，不是事先要去借什么书或读什么书，而是到借书处去闲逛逛，看看那些新书的预告，看看那些进入图书馆的读者，然后再在一排排大书柜的缝隙间走几趟，脚步要轻，要慢，要闻一闻书香，要让自己置身在书间。在某个角落，再停下脚步，聆听一会儿书们的窃窃私语。毫无预兆地，我的目光会停留在某一本书上，书脊上的字会亲切地跟我微笑，也仿佛在跟我打招呼。我伸手抽出来，翻开一页，读几行——这居然就是我喜欢的书，它就躲在这里，等着我来，仿佛我们气息早已相通。

这种感觉真是妙不可言。

这种奇特的幸福感一直延续着，一直是我进入图书馆的诱因，它让我在闲读中汲取许多营养，也培育着我对书的美好的情感。不知谁说过，图书馆是一座城市的思想，也是一座城市的灵魂。但是我却把图书馆当作答案，当作家里的一个房间，或者是我家门前瓜棚下的一块阴凉。我在这里可以随心所欲地和大师们对话，领略并感受大师们那充满智慧的思想和他们的思想放出的光芒；也可以和名不见经传的作者喁喁闲谈，聆听他们的趣味和风情。如果在书中，巧遇那些出入图书馆的主人公们，那种亲切和美好，真如春风拂面。说真话，这种闲适的阅读，一直影响着我，也一直是我心向往之的，这让我想起历史上一些闲读的或闲写的趣事。

早在1927年1月，成仿吾先生在《洪水》杂志第三卷第二十五期上，有一篇很标榜的文章，《完成我们的文学革命》，文中略带嘲讽的口气，说鲁迅先生"坐在华盖之下抄他的小说旧闻……这种以趣味为中心的生活基调，它所暗示着的是一种在小天地中自己编自己的自足，它所矜持着的是闲暇，闲暇，第三个闲暇"。到了1932年4月，鲁迅先生编辑他的第四本杂感集时，对成仿吾的话还有些耿耿于怀，在序言里重提了这件事，"而且'有闲'还至于有三个"，因此，把文集"编成而名之曰《三闲集》"。

鲁迅先生被人家说"闲"有些不痛快，也许并不是成仿吾的"浅"，原因可能比较深奥也比较复杂，我们不去推想。丰子恺先生写文章标榜自己闲，却是真心的，他的画和散文，大都反映悠然、自在、恬淡、轻闲、自然、质朴、乐观等内容，有一篇《闲居》，还把"闲日月中的闲日"的生活情调，比作音乐，举了一大堆音乐俗语和音乐家，很有些自得其乐。方成作画，姜德民作文，印过一本《闲人与闲文》，记述不少京城名流悠闲自得的读书生活，倒是让人神往。记得若干年前，看过一本小书，叫《中国人的悠闲》，讲了许多种中国式的悠闲，散步、游历、养花、钓鱼、谈天、喝茶、下棋、观剧、听书、唱曲、斗鸡、斗蟋蟀、玩鸟、吟诗……还把读书之乐当作悠闲的一部分，让我特别有同感。"读书不独变气质，且能养精神，盖理义收摄故也。"这是明代文人陆绍珩在《醉古堂》里的话，又说，"披卷有余闲，留客坐残良夜月；褰帷无别务，呼童耕破远山云。""闲中觅伴书为上，身外无求睡最安。"一向以玩乐为上的清人李渔在《闲情偶记》里更是说，"读书最乐之事，而有人常以为苦……就乐去苦，避寂寞而享安闲，莫若与高士盘桓、文人论道"。现代作家孙犁在读书之余，喜欢给书包上书衣，并在书衣上题简短文字，记述有关的书人书事，独创一种"书衣体"，结集有《书衣文录》，留下佳话。孙犁喜欢理书、整书、读书，觉得这是生活中高境界的悠闲。

汪曾祺在《谈读杂书》一文中说，"泡一杯茶，懒懒地靠在沙发里，看杂书一册，这比打扑克要舒服得多"。

以上这些，都是说读书的"闲"的，不过，能达到这种闲的境界的，可不是一般人都能做到。有人说，"好读书如果是天性，那当然什么都不用说，肯定是乐在其中，不读则苦。嗜好的读书正是无功利目的的读书，是一种人生悠闲而有意义的享受。"宋代大文人黄山谷也说，人要不读书，会言语无味，面目可憎。林语堂把读书比作是一种心灵的活动。清代文人张潮的《幽梦影》里，对读书更有妙解："善读书者，无之而非书。山水亦书也，棋酒亦书也，花月亦书也。"又说，"有功夫读书谓之福，有力量济人谓之福，有学问著述谓之福，无是非到耳谓之福，有多闻直谅之友谓之福。少年读书如隙中窥月，中年读书如庭中望月，老年读书如台上玩月，皆以阅历之浅深为所得之浅深耳。"

这些前人的妙论，多少次都让我回味无穷，所以也就无法改变我泡图书馆的习惯。试想一下，如果你躲在图书馆里，手把一本书——当然是亲自淘来的书，于闲读中，体味书人书事，沐浴智慧之光，其间妙趣，非三言两语可以说尽。

那么，也许有人会说了，如今商潮滚滚，谁还有心情把玩闲书呢？那是他对所谓的"闲"还理解不到位，或者说修行还不够。所谓闲书，不过是相对而言，透出的，应该是读书人的心态、智慧和气质，是只可意会不可言传的东西。是的，正是这种略显古怪的闲读，一次次地唤醒我的创作欲望。也正是图书馆的魔力，唤起我闲读的兴趣。闲读就像疯狂的强效药，能让我得到意想不到的收获。

2011年3月29日　草房

兄弟我……

熟知法国文学的朋友,没有不知道柳鸣九先生的,他的译著,可以用"等身"来形容,而且,柳鸣九先生还有一个让读书人特别喜欢的习惯——在每一部译著前,都有一篇长篇序论,谈人、论事、解析均准确、到位,有助于读者对作品的理解。有那么一阵,我在读他译著的时候(法国新小说、午夜文丛等),想,老先生要是将这一篇篇精彩的序言汇集成册,必定受到喜欢法国文学的读者的欢迎。其实,我的想法多此一举,老先生早就有多部此类著作问世了,我只不过是孤陋寡闻,没有见到而已。直到2002年,我才读到他这方面的著作,如《凯旋门前的桐叶》《塞纳河岸的桐叶》等。

"兄弟我……"是北京大学老校长马寅初先生的口头禅,在很多场合,无论是讲话或做报告,马老开篇都会有:"今天,兄弟我向诸位表示欢迎……"这样的句式,"平易近人,给人以亲切感、亲和感,虽然只是这么一个自称,倒是充分表现出了马老那种我行我素、不流俗附和的风度。"多年后,柳鸣九先生在回忆马老时,曾这样深有感触地说。

《兄弟我》是柳鸣九先生又一部关于读书的书,是作为"空灵书系"的一种,由东方出版社出版的,书中收关于《白夜》《繁星》《茵梦湖》《苹果树》《变色龙》《一个女人一生中的24小时》《不合时宜的人》《伊豆的舞女》《初恋》等作品的书评多篇。然而,深深触动我的,不是占全书大部分的书评,而是第三辑里的一篇短文,这一篇关于马寅初的一部电视连续剧的观后感言,讲述了马老《新人口论》遭受的不公正待遇,文中说:

> 前几天,从电视剧里我总算了解到,《新人口论》遭到泰山压顶式的批判后,他仍坚持自己的立论,拒不认错,即使有多年老友、政界名流、党国要人纷纷以"大局为重""权宜之计"等等的理由,劝他交一纸检讨了事⋯⋯

在狂热迷乱的年代里,从北大燕南园里产生的《新人口论》提出了中国人口过剩危机的问题,大声疾呼要控制人口增长,这是20世纪下半叶中国思想史、经济史上的一道巨大的灵光,是北大近半个世纪历史上的光荣与骄傲。它关系到全中国的国民生计,如果当时虚心听取它的声音,今天中国人的日子要好过一些,中华民族的包袱远不会像今天这样沉重,它作为科学真理,像神谕一样不可抗拒,对它轻侮与践踏已经招致了严厉的惩罚,它象征着北大科学精神与人文精神的力量所在,作用所在。对它的"批判",是横加给北大科学精神与人文精神的屈辱。

对于这篇文章,对于这段文字,我的心头总觉得压着一块石头。我老会想起那个后来被免去北大校长职务的马寅初,想起那一代学人的遭际。

2006 年 4 月 2 日

《三同志》

一代文学大师巴金先生，给我们留下了千万字宝贵的文学遗产，"激流三部曲""爱情三部曲"、《随想录》《海的梦》《憩园》《寒夜》等等，这样的名单能列出长长的一串。但是，巴金有一部"失败"之作却鲜为人知，这就是16万字的长篇小说《三同志》（巴金称中篇小说）。

《三同志》完稿于1961年秋天，巴金在1991年7月15日致树基（即李仰晨，人民文学出版社编辑，曾主持编辑《鲁迅全集》。树基是他在1943年以前用的名）的信中说：

> 我认为它是一部失败之作，缺少出版或发表的条件。小说写成后，只有萧珊一个人看过我的全部手稿，她也同意我把小说锁在箱子里，不给人看。但是我们不曾交谈过小说失败的原因，有一次她讲过一句话："小说要有点情节。"《三同志》的一个缺点就是缺少"情节"，因为我不熟悉我写的部队生活，我不理解那些土改后参军的青年战士的心灵。

从这段话里，我们已经约略知道了《三同志》一直未出版（发表）的原因。

早在 1977 年 4 月 27 日，在致树基的信中，巴金就提到《三同志》："我还有一部中篇《三同志》，原稿尚未退回，说是没有找到。我以后还是要索取的。"（"文革"期间，巴金家的部分房间被封，文稿和存款等被查抄）几个月以后的 8 月 10 日，在致树基的信中首次表露出对该稿的不满意："中篇小说已找到了。我看了一遍，很差，不能用，改起来很费事，一时毫无办法。"可见巴金当时对这部作品既重视又"毫无办法"，无奈之情溢于言表。

《三同志》是巴金作为战地作家赴朝体验生活后，创作而成的反映"抗美援朝"战争的小说，起笔于何时，不得而知。1952 年 3 月和 1953 年 8 月巴金曾两次赴朝，共一年多时间，对于长期以写作为生（巴金是真正意义上的职业作家，他一生只靠稿费生活）的巴金来说，写作是他的职业习惯，一年多的生活体验，不可能没有感想，甚至感想很深。这些感想，在十几万字的《赴朝日记》里有较详细的记载。把所感所想化成小说也是理所当然的事。所以，巴金在创作《三同志》之初，并非是心血来潮，而是经过深思熟虑的。但是，多年后，在出版文集时，一向创作严谨的巴金，还是把小说"锁在箱子里"，这只能说明，巴金作为文学大师，不仅是对自己的严要求，也是对热爱他的读者的负责。

直到 1977 年，《上海文艺》（《上海文学》前身）准备创刊，罗荪先生向巴金组稿，谈到《三同志》时，罗荪建议从《三同志》中抽出几章发表。巴金表示同意，便"找出旧作，从头到尾读了一遍，越读心越凉，最后不得不下决心，丢开这个废品，根据杨林的事迹另写一个短篇"。这就是发表于 1977 年 10 月 20 日出版的《上海文艺》（总第一期）上的《杨林同志》（收《巴金全集》十一卷），该短篇的主人翁杨林，也是《三同志》里的主人翁。一部长篇小说，被作者封锁了十六年之后，才以短篇的面目亮相，可见巴金对自己的作品够"苛刻"的了。

1986年，人民文学出版社编辑出版《巴金全集》，编辑拟收入《三同志》，以恢复巴金创作的完全面目。巴金表示同意，但直到1991年巴金对《三同志》依然认为：

> 我写出失败的作品，出了废品，我得承认自己的无能，本来，我没有勇气揭露自己的疮疤，但是同你一块儿编辑《全集》，我不再有什么顾虑，写不出就写不出，写不好就写不好，即使写作了六七十年，我也无法将不熟悉的题材编成美好的故事。

这就是一直提倡讲真话的巴金，多么率真，多么让人崇敬。我们现在看到，在《巴金全集》第二十卷（1993年首印仅950册）《三同志》的前面，有这样一句话：

> 我写了自己不熟悉的人和事，所以失败了。这是一个惨痛的教训。
>
> 巴　金
九零年一月八日

2005年10月17日，一代大师以百岁高龄仙逝，许多纪念文章扑面而来，我怀着沉痛的心情翻检书柜，检索出巴金和关于巴金的书40多本，我们面对大师，重温巴金对创作的真诚，能说些什么呢？"所有的批评都显得荒谬，所有赞誉都显得多余。"（罗望子语）只能以此文来祭奠我们心中的偶像。

2005年10月20日于新浦河南庄

《郊叟曝言》

北大名教授周一良老先生,出生于上海滩豪门望族,曾祖父周馥、祖父周学海都是近代中国著名实业家,其家业"富可敌国";其父周叔弢不仅是大儒商,还是著名藏书家,在近代中国藏书界有其一席之地。对于父亲的藏书,周一良在自传中写道:"父亲藏书丰富,有不少善本,又喜欢搜集文物字画等等。这种嗜好与修养,使子女无形中耳濡目染,提高了文化素质。"关于周叔弢买书藏书的故事很多,宋路霞女士在《龙门风雨——周馥家庭商海沉浮记》(学林出版社,2004年1月)里多有记载,这里不再多说。难能可贵的是,周叔弢在新中国成立后,把自己经年所藏,分几批全部捐献给国家:

1949年周叔弢将花重金购买的宋版《经典释文》第七卷捐赠故宫博物院,使故宫的缺卷之书合成完璧;1950年,为振兴教育,他将家祠"孝友堂"中珍藏的380余箱共计60000万余册书籍,以及明刻本《南藏》,捐献给了南开大学;将"孝友堂"及其所在周围的土地亦一并捐献给了国家;1951年他将精心收藏的两卷《永乐大典》捐献给了北京图书馆;1952年他又将其藏书中的至精部分,即宋、元、明代的刻本,以及校本、抄本和稿本共计715部,共2672册,全部捐献给国家,入藏北京图书馆善本室。1954年以后，他逐一将其清代藏本及其他图书作一整理，又向南开大学捐书 3500 余册；1955 年他将清代版本的古籍 3100 余种，共计 22600 余册捐入天津图书馆。从 1952 年至 1961 年，又分三批，将他珍藏的历代书法和绘画珍品捐献给天津文化局；1953 年他又将吴平斋（吴云，晚清苏州大收藏家）旧藏的"二百兰亭斋"的全部印谱捐赠给故宫博物院……

20 世纪 80 年代初，弢老已近九十高龄，他再次亲自检视藏品，其中善本 1800 余种、9190 册，各类文物 1262 件，其中有敦煌卷子 250 余卷，清代铜、泥、木三种活字印刷的版本书 700 余部，战国、秦汉古印 900 余方，还有一大批隋唐时期的佛经写本，均为难得一见之精品。这是弢老的最后一批收藏品，现存于天津图书馆和天津艺术博物馆。

周一良先生成长、生活在这样的家庭氛围里，理所当然受到了良好的教育，尤其在"旧学"方面，更是得到了多名"名师"的指点，他的老师都是大名鼎鼎的旧学"精英"，如做过溥仪南书房行走的温肃（字毅夫），河北诗人张玉裁、大学问家唐南等，都是"学富五车"的饱学之士。特别是唐南，在周家家馆任教之余，"还给天津《商报》办学术性的副刊，内容涉及经学、小学、诸子、金石、校勘及诗词等，稿件全由他一人包了，当时就得到吴世昌先生的盛赞：'当今学人中，博极群书者有四个人：梁任公、陈寅恪、一个是你、一个是我！'从这个家庭教师的名单中，就可知周叔弢在儿子教育上的投资和苦心了。"

周一良先生和他的老师唐南一样，天生就是"读书种子"，他在自家家馆几乎读过所有"旧学"经典，"直到 1930 年才进入新学，跳跃了小学、中学、大学，径直考取燕京大学国文专修科的研究生，后进入陈寅恪、傅斯年主持的史语系，又去哈佛留学七年，获博士学位"。回国后，一直在北京大学历史系任教。数十年间，他写作了大量的学术专著,如《世界通史》(中古部分)、《亚洲古代各国史》《魏晋南北朝史论集》等多种,1998年,他还出版了五卷本的《周一良集》(辽宁教育出版社)。而《郊叟曝言》所收文章,是周一良先生1997年患帕金森症以后"继之双腿先后骨折、卧床数月,加以左脑腔隙性梗死,以致右手不能写字,一切口授,由他同志笔录的文章"(《郊叟曝言·前言》)。

《郊叟曝言》是作为"名家心语丛书"第一辑之一种,由新世界出版社于2001年9月出版的。该"丛书"另四种分别是《千禧文存》(季羡林自选集)、《三论一谈》(何滋全、郭良玉伉俪自选集)、《晚晴集》(侯仁之90年代自选集)、《文化古今谈》(金开诚随笔新作)。季羡林在"名家心语丛书"序里,约略说明了该"丛书"的出版经过:"拙著《千禧文存》问世后,蒙读者垂青,销路广通。具有出版工作'特异功能'的周奎杰女士和张士林先生,慧眼如炬,看出了读者是欢迎这一类文章的。于是别出心裁,以拙作为滥觞,扩大作者范围,编成了一套丛书,名之曰《名家心语》。"顾名思义,"名家心语"就是名家的内心话语。周一良的"内心话语"就是"曝言"了。在出版是书时,老先生已经88岁高龄,是真正的"老名家"。关于书名的"郊叟"一词,周先生在"前言"里作了解释:"20世纪70年代中期,社会上给了我一个代号——某教授。其谐音为牟郊叟。既然久居西郊,称为郊叟亦无不可。从此家人包括老伴和孩子们都以此见称。我也刻了一枚郊叟的图章。代号的谐音成了我的别号。"

那么《郊叟曝言》所收的文章,以怀人和序跋为主,是心里的真话。文章多为短文,体现了周先生一贯的文风,灵动、传神,也不失幽默。《纪念丁声树先生》《纪念邓先生》《悼念王岷源同志》等文,情真意切地叙述了同辈学人的人文思想和学术成果,说"邓广铭是二十世纪海内外宋史第一人"。说"他在史才、史学、史识这三方面都是很有特长的。他的考证是很精确的"。这样的评价非常中肯,也很负责任。

《郊叟曝言》里的序跋文,占全书近一半的比例,《〈自庄严堪善本书影〉后记》是关于周叔弢藏书捐献的记述,其他序跋文也都凸现出作者的思想和趣味,并透露一些鲜为人知的名人趣事。这些文章,大都由他口授,经学生笔录而成的。有趣的是,书中还收一篇用日文写作的、发表于1973年2月5号《北京周报》上的《回顾在日本逗留的一个月》,另有他注释的《大方先生联语集》。这位大方先生,集中也有一文,曰《〈大方联语辑存〉前言》,"联圣大方先生名尔谦(1872—1936),字地山,一字无隅,别号大方"。周先生对他的评价是:"文酒风流,声色追逐,其一生为典型的旧式文人。"《大方先生联语集》里,有许多联语都是关于周家的,计有数十条之多,如《赠弢翁三十岁生日寿对》,云:

> 生日似荷花,六月杯盘盛瓜果;
> 宗风接莞圃,三郎沉醉在图书。

另有赠周一良:

> 生小便能通鸟篆;闲来每与说龟藏。

周一良自注:

> 我童年在家塾中学写篆书,临摹泰山二十九字、汉碑篆额等,对钟鼎甲骨文字,也很有兴趣。还曾到大方先生家里,摹写他所藏的甲骨文字。大方先生赠我一联:"生小便能通鸟篆;闲来每与说龟藏。"是长辈对后辈加以鼓励的口气,借用《龟藏》书名指甲骨文,与鸟篆相对也工

稳。但当时有人看了说："小便能通四字相连，未免不雅。"大方先生说："那我就给你改写一下吧。"于是改为"生小善书通鸟篆；闲来考古说龟藏"。这样一改，严肃而死板，情感和风趣都远不如原来了。我后来还是裱了第一副，而我的篆书始终没练好，甲骨之学更未入门就放弃了。及今思之，有愧前辈厚望。可惜此联存南京成贤街史语所宿舍中毁于战火。

关于"联圣"大方先生，周先生对他大约颇有感情，周先生不但注释他的"联语集"，还在《郊叟曝言》的《附录》里，收《风月画报》和《北洋画报》关于大方的文章6篇，内容涉及大方的"新联""近作"的相关新闻和他逝世后亲友的挽联等。可见周先生对这位名士还是非常怀念的。

读《郊叟曝言》，能让我们更贴近地了解这位名教授的人生趣味和思想追求，以及心随学术的晚年生活。

在《郊叟曝言》之前，周一良先生另有一本引起学界关注的自传兼带回忆师友的集子，名《毕竟是书生》，书中"详叙了他的身世、求学过程以及新中国成立后历次政治运动中，尤其是十年浩劫中的种种遭遇，文笔轻巧秀丽，如一位极具幽默感的历史老人，对人间是非如数家珍般地清点……"如果将两书对照来读，则更能清晰地读出他硬骨书生的形象，由此生发出对老一辈知识分子的敬意之情。

（文中未标明出处的引文，均引自宋路霞的《龙门风雨——周馥家庭商海沉浮记》一文）

2005年9月21日连云港河南庄

斜阳下的往日庭院

> 朱雀桥边野草花,乌衣巷口夕阳斜。
> 旧时王谢堂前燕,飞入寻常百姓家。

南京是六朝古都(现在的最新考证是十二朝古都),还不如说废都更准确些。刘禹锡的这首《乌衣巷》,传神而生动地描绘了"废都"的景象。

"江南佳丽地,金陵帝王洲","六朝金粉","秦淮笙歌"。古都的气质,南京的情调,早就被这样"定义"了。正如我们东海籍老乡朱自清所说,逛南京像逛古董铺子。的确,走在南京的街市上,不小心就会碰到某个古老的遗痕,或这个巷,或那个楼,虽然这些遗迹有许多已经没有什么实际的建筑,只空留一个个让人遗憾的名称,却"不妨过客凭吊,也不妨遐想联翩"。翻翻现代文学诸多名家的文集,几乎每人都有关于南京的文章,陈独秀的《江南乡试》、朱自清的《南京》、周作人的《南京下关》、阿英的《陵汴卖书记》、叶灵凤的《岁暮的乡怀》、郭沫若的《漫游鸡鸣寺》、储安平的《豁蒙楼暮色》、周瘦鹃的《秋栖霞》、张恨水的《清凉古道》、俞平伯的《桨声灯影里的秦淮河》、孙伏园的《浦镇十三日之勾留》、赵元任的《南京三年》、胡适和吴宓的《南京日记》、梁实秋的《南游杂感（五）》、鲁迅的《琐记》、陶行知的《从南京路说到南京城》、巴金的《从南京回上海》、田汉的《秦淮河之夜》，当然不能遗漏黄裳的《金陵五记》等书，还有很多很多，如果算上历代古诗文，那就更是数不胜数了。但是，迄今为止，还没有一本描写民国时期南京老公馆的书。《往日庭院·南京老公馆》（百花文艺出版社，2005年1月版），弥足珍贵地填补了这一空白。该书是南京评论家、《钟山》杂志主编贾梦玮先生历时三载，走访了大量的公馆别墅，掌握了许多鲜为人知的资料，穷数月写作而成。这也是国内第一部以老公馆为专题的图文集。

"公馆"一词，《辞海》上是这样说的："公馆：古代诸侯的宫室或离宫别馆。《礼记·杂记上》：'大夫次于公馆已终丧。'按诸侯死后大夫在诸侯宫里守丧。又：'公馆者，公宫与公所为也。'郑玄注：'公所为，君所作离宫别馆也。'引申指一些比较高级的住宅。"而《汉语大词典》却很倾向地说："指官僚富人的住宅。"是的，《往日庭院》的重点着笔处，就是以民国时期的"达官贵人"的住宅为主要写作对象。

南京作为古都，可谓历经沧桑，老公馆见证了繁华与颓败。作为民国的首都，南京曾经朝气蓬勃，清新俊朗，南京的公馆也沾染和体现了这清新俊朗之气，这是北京、上海、武汉、广州等地的公馆所没有的。

该书选择了具有典型意义的18座公馆，有张爱玲祖父张佩纶在南京隐居的大宅，有蒋介石、宋子文、孔祥熙、陈果夫、陈立夫、孙科、白崇禧等国民党达官贵人的豪宅，有做了汉奸的汪精卫、周佛海的公馆，有国际友人拉贝、赛珍珠的住宅，也有大艺术家徐悲鸿的公馆画室，还有驻华使节如美国总统特使马歇尔的宁海路5号公馆……《往日庭院》，以文字为主，配以大量的珍贵图片，通过主人和公馆的关系，来为历史搭脉，以怀旧的情怀和优美的文字，还原历史场景和历史人物，追寻南京逝去的人和事。从民国时期的社会事件到公馆日常生活细节，使很多往事鲜活如昨，让人读后禁不住感慨唏嘘。通过这些公馆和来往于公馆的显贵，还可以从另一个侧面，更好地了解民国，更好地知道那个颓败的腐朽的时代——那曾经的繁华与颓败，实际上离我们并不遥远。

南京作家叶兆言，准备以编年的方式创作一部反映日寇步步紧逼下的民国南京，最后写出来的却是一部情爱小说《一九三七年的爱情》。小说中的故事和人物，许多都发生在南京的老公馆里。我在阅读《往日庭院》的时候，情不自禁就会走进叶兆言的小说里，想象着颐和路附近一幢幢大宅里灯红的舞会和时尚的酒绿，想象着南京城外的枪声和硝烟，想象着爱情的缠绵和悲欢……

> 旧时江水旧时潮，难怪行人说六朝。
> 飞过夕阳鸦点点，散来秋草马萧萧。
> 多年王气山头满，昨夜钟声梦里消。
> 欲问兴亡向何处，秦淮沽酒破无聊。

梁佩兰的诗很有意味地道出了六朝古都留给诗人的感叹，"飞过夕阳鸦点点"，和"终古垂杨有暮鸦"一样，都是心境的表现。"甚是金陵古，诗人乱有怀。自安三驾老，谁暇六朝哀。曾道齐黄拙，终亏马阮才。肉髀愁不鼓，伧父过秦淮。"这首诙诡、波俏的诗，仿佛在说，不必乱写怀古诗文，而忘记实际的奋进。但是，《往日庭院》不仅仅在叙述旧日的故事和故都的情怀，而是以明亮俊朗的文笔，勾画往日图景来彰显今日的安宁，正如作者对我们说，"清晨的薄雾中，鸟鸣啾啾，掩映在雪松、梧桐、广玉兰中的幢幢公馆尚在晨睡之中，我觉得它们不仅美丽，更是年轻。"能从沧桑和悲凉的老公馆中看出美丽和年轻，也许正是我们读这本书的另外所获吧。

2005 年 5 月 3 日下午

书书有情

难得这样有闲，理了几天书，也读了几本关于书的书，有的是重读，有的是新读。书人谈书，真是书书有情。

周作人的《书房一角》经止庵校订后，清新爽朗，洒脱俊秀，加上开本的特殊，让人爱不释手。出版家范用编了一本"怪"书，《爱看书的广告》。范用在"编者的话"里说："我爱书，爱看书的广告。"又说："印象最深的，是商务印书馆的'每日新书'广告，印在《申报》《新闻报》的头版报名之下，豆腐大小的一块。"也许正是这些书的广告对他的影响，才让范用最终成为出版家吧。这本《爱看书的广告》，就是他从20世纪三四十年代的报刊上收集汇编而成的，该书所收的书的广告，大多出自名家，鲁迅、叶圣陶、巴金、郁达夫、郑振铎、赵家璧、胡适等，这些广告文字，其实都是文辞优美的文学作品，或者是短小的书评，有时还传达出撰写者的感悟。如叶圣陶为朱自清《背影》撰写的广告云："这是他最近选辑的散文集，共含散文十五篇，叙情则缠绵悱恻，述事则熨帖细腻，记人则活泼如生，写景则清丽似画，以至于嘲骂之冷酷，讥刺之深刻，真似初写黄庭，恰到好处。以诗人之笔做散文，使我们读时感到诗的趣味。全书一百五十余页，上等道林纸精印，实价伍角伍分。"这哪里是书的广告啊，分明是一篇文采飞扬的抒情散文。董宁文撰写的《人缘与书缘》，更是一部关于"书人书事"的书，记录的是读书界大家如施蛰存、柯灵、曹禺、季羡林、杨绛、王辛笛等人的读书、著书、编书的心路历程，文辞优雅，言之有味，加上一幅幅珍贵的照片和手迹，有精有神，使该书具备了多重的品质。奚椿年的《书趣》，通篇在"趣"字上着眼，对书的渊源细细道来。全书共分"书史篇""藏书篇""著书篇""读书篇"，谈了"形形色色的做书材料""奇特的古书装订式样""只此一家的孤本"等书趣，还说到"古人抄书""盲人著书""名人对书的比喻"等等，让你知道，书不仅是传递知识的载体，还有那么多生动的典故和逸闻。《中国书名趣谈》，和《书趣》又是截然不同的内容，前者是对上到《易经》下至《围城》的中外书籍的"书名"为论说对象，每一本书名都有一段故事，所谓"趣谈"重点在一个"趣"字上，涉笔成趣，落笔成趣，居然"趣"谈了一百八十多本书。《藏书故事》是编者读书万卷，从中摘录的历代藏书家的藏书、读书、写书、淘书故事，每篇都不长，先介绍藏书家的生卒年、主要经历或事迹，然后叙述他的藏书故事，或摘录其诗文、言论，或转述别人对他的评议。《品书奇言》和《藏书故事》有些地方相似，不同的是，《品书奇言》重在摘录《朱子品书箴》《读书十六观》《演读书十六观》《读书通录》《先正读书诀》等旧籍里的精言妙句。这些金玉良言好比陈年佳酿，历久弥新，慢慢品尝，这些箴言能为我们修身养性、为人处世方面提供有益的借鉴和启示。

有时间理书，已经是幸福之事了；有时间理关于书的书，又是幸福中的幸福。

2005年6月17日

别调秦腔

不久前,也就是 2005 年春天的一个上午,阳光正明媚,花儿刚盛开,朋友从上海打来电话,说贾平凹晚上要来讲课,值得不值得去听。我说当然要听啦。朋友又问贾氏都有哪些著作。我告诉对方,《白夜》《商州初录》《高老庄》《怀念狼》《我是农民》《病相报告》等长篇,他的作品量很大,仅单行本就出有 120 多种,文集出版了 20 卷,当然还有《废都》这样引起争议的作品和《朋友》这样的平庸之作。他的新作是今年《收获》第一期和第二期上的《秦腔》,据说写了两年改了三稿,你可以找来看看。对方对我列举这么多贾氏著作好像还不太明白,笼统地问,贾平凹——怎么样啊?你喜欢不喜欢?我说,我不喜欢。对方问为什么?我说我崇敬他,但不喜欢他,有人说他的小说最具民族性,而我恰恰就是不喜欢他的文字,稍嫌啰唆,也不够俊朗和尖锐,不像汪曾祺那样平和冲淡,那才更具民族性。当然萝卜青菜,各有所爱,我不喜欢,不一定不是好小说,我主要是觉得此人的小说方言味太浓,和我的欣赏趣味不对路,对我不能产生影响。对方对我的话显然非常不满,说,那你怎么看人家那么多小说?又说,狂啊你。我说不是,不喜欢有两种心态,其中之一就像我讨厌尤文图斯,可人家是意甲本赛季最好的球队,我最热爱的 AC 米兰,却在冠军杯上倒在利物浦的脚下;还有一比,就像我不喜欢 NBA 的马刺,可人家是全联盟最好的,三年拿了两次总冠军。

　　和朋友通完电话，我又想着早年看贾平凹的许多散文和《腊月·正月》等中短篇小说，想起当初贾氏对中国文坛的冲击和给我们的震撼，觉得我的话是不是过了头，伤了朋友那颗对贾氏热爱的心。

　　贾平凹19岁那年告别丹凤县棣花街去省城西安，他在秦岭撒下一泡尿，在哗哗声中，对自己说，我终于把农民的皮剥了。但时隔多年，他发现骨子里依然是农民，于是就有《我是农民》一书问世。我没有看他这部书。我也是农民，至今还是，他小说写得好，农民的感受未见得比我深。今年"五一"长假期间，读了贾平凹新著《秦腔》，断断续续，囫囵吞枣总算看过一遍了，但感受实在不受用，就像吃了一顿海鲜大餐，最后闹了肚子，只好说是水土不服了。

　　《秦腔》（作家出版社，2005年4月出版）是写清风街的事，故事也就是那个故事，民间的，乡村的，也涉及革命和文化，也涉及情爱纷争和亲情离仇，却是拉拉杂杂碎碎叨叨，像一锅东北乱炖，人物一个接一个不讨我喜欢，也不让人恨，对秦腔来回地卖弄，让我想起已经绝了多年的老太太的裹脚布。不过，贾平凹的优势还是在我讨厌的方言上，就是他推崇的"秦腔"，从一张张嘴里说出来，滚瓜烂熟，准确到位，常使人不禁会心一笑。但整个故事，实在是一本流水账，从清风街走出来的各色人等，就是流水账里的一个个数字，123456789，987654321，变化和不变化没有多大区别，用小说里的一段话说："还说什么呢？清风街的事，要说是大事，都是大事，牵涉到生离死别，牵涉到喜怒哀乐。可要说这算什么呀，真也不算什么。太阳有升有落，人有生的当然有死的，剩下来的也就是油盐酱醋茶，吃喝拉撒睡，日子像水一样不紧不慢地流着。"多好的话。当我看到这里的时候，后边还有五六页，我觉得不用看了，便一目十行，算是完成了一项任务。

　　贾平凹对乡村的经验都在这本书里了，是他"为故乡竖起的一块牌子"。他在后记里说,是"奠祭了棣花街上近十年二十年来的亡人,也为棣花街上未亡的人把一杯杯酒洒在地上……我的写作充满了矛盾和痛苦,我不知道该赞歌现实还是诅咒人生,是为我父老乡亲庆幸还是悲哀……"贾平凹说了他真实的乡村,说了他的祖父辈们还有祖父辈们周遭的人和事,是与非,看似真诚,实则肤浅(乡村经验),难道这就是秦地人民的生活情状?这就是他们歌哭的人生?小说并没有触及当下农民真实的内心。不禁让人发问,你的经验和农民朋友的感受对接了吗?文学(小说)不是作家要说什么,也不是作家说了什么,而是他表述的,是不是能够引起他表述对象的共鸣。文学不仅仅是娱乐(娱乐文学本身没有错,好像此活不是贾氏干的),不仅仅是用来享受,总还有一些别的功能,比如要承担责任什么的。具体到《秦腔》,我倒觉得有"戏说"的成分,至少是"别调"的。

贾平凹不糊涂,他在答《深圳晚报》记者问时,说了实话,说出了对这部作品的怀疑:

对,我第一次那么具体真切地写自己成长的那片土地,我对它心存感激。我以一种描写生老病死、吃喝拉撒的流年式的叙事手法去写一堆鸡零狗碎的日子。他只能是这样一种写法,于是难免担心:农村人能进入,但城里人能进入吗?陕西人能进入,但外省人能进入吗?在时尚于理念写作的今天,我把浓茶倒在宜兴的瓷碗里,会不会被人看作是清水呢?于是我反反复复,写了将近两年,写完后,我对故乡,从此就失去了记忆。

以上点滴,是我读《秦腔》时的最新感受。《秦腔》从贾平凹的嘴里吼出来了,不知道是一首高音的陕北民歌,还是别的乱炖。

此文写到这里,我想起一直跟踪贾氏人迹和文迹的孙见喜先生,此君早期以小说见长，后来写了几本有关贾氏的书尝到甜头，便成了"贾学"的带头人，他有一本《中国文坛大地震——贾平凹畅销书创作出版纪实》（中国广播电视出版社2000年1月出版）。仅从书名看，就是玩花头的活，但是书的内容却颇有意思，简直可以当作贾氏的创作传记，对每一部书都有翔实而有趣的记录。我倒是想看看孙先生是如何记述《秦腔》出笼的。

2005年5月27日写毕

《神乌赋》

连云港对于中国文学的贡献，很多人都知道一部《西游记》，作者吴承恩不仅是灌南人，还有书中著名的花果山。其实《镜花缘》的作者也出自连云港板浦。这两部巨著，为连云港人争得不少荣誉，吴承恩和李汝珍也因为《西游记》和《镜花缘》而名满天下。

但是，时间的列车行驶到1993年时，一部《神乌赋》的出土，让连云港文学史一直上溯到汉代。众所周知，汉赋是汉代很普遍的文体，用今天的话说，就是有韵律的散文。汉赋的特点是散韵结合，专事铺叙。它在汉代的流行程度，就好比今天报纸副刊的散文，稍懂文墨的人都能写几篇。在两汉四百年间，写作这种文体的人之多，也好比今天的报纸散文一样，可谓盛极一时。

现在，这部抄写在竹简上的《神乌赋》，就收藏在连云港博物馆里，是和《尹湾汉简》同时于东海县温泉尹湾出土的。这次出土的汉简上，不仅有这篇汉赋，还有其他竹简和木简（竹简有133枚，木简有24枚）上的大量文字，大约40000多字，内容包括：政府文书档案、术述历谱、私人文书等。竹简上明确记有"永始""元延"年号，其年代为西汉晚期成帝时期。1999年，中华书局出版《尹湾汉墓简牍》一书，较详尽地记述了出土的过程和汉简在史学、文学、书法艺术等多方面的成果。

这些汉简中,竹简有《元延二年日记》《刑德行时》《行道吉凶》,木牍有《集簿》《东海郡吏员簿》《东海郡下辖长吏名籍》《东海郡下辖长吏不在署未到官者名籍》《东海郡属吏设置簿》《永始四年武库兵车器集簿》《赠钱名籍》《礼钱簿》《神龟占·六甲占雨》《博局占》《元延元年历谱》《元延三年历谱》《君兄衣物疏》《君兄缯方经中物疏,君兄节笥小物疏》以及名谒等。

抄写在竹简上的《神乌傅(赋)》("傅",在汉代,是"赋"的通假),是这批出土文物中唯一的一篇文学作品,该赋书写在21枚竹简上,每枚竹简长23.5厘米,宽0.9厘米。《神乌赋》全文660余字,是歌颂太阳鸟的一篇俗赋,其风格,更接近于今天的民间文学。此赋以四言为主,用拟人化手法,讲述的是乌乌争巢的故事:雌乌和偷盗筑巢材料的盗鸟展开了一场争斗,在血腥的争斗中,雌乌受伤严重,奄奄一息。临死前,雌雄乌生死诀别,依依难舍,其情其景,催人泪下。赋中引用了《诗》《论语》《孝经》等儒家经典中的话,富于哲理,极富感染力。

乌,是远古神话中的神鸟,又叫太阳鸟,或"三足乌",化身于光明,象征着生命。王充《论衡·说日》曰:"日国有三足乌。"《淮南子》曰:"尧时十日并出,草木焦枯,尧命羿射十日,中其九日。日中九乌皆死,坠其羽翼。"留下的一乌系三足,传为日精。

"惟此三月,春气始阳,众鸟皆昌,执虫坊皇。环蜇之类,乌最可贵,其性好仁,反哺于亲……"

《神乌赋》的发现,不仅将汉赋提早了二百余年,在古代文学史上具有重大意义,补充了费振刚先生所编《全汉赋》的空白,同时,在书法艺术发展史上,也改变了传统的提法,为书法发展史提供了新的资料。

《神乌赋》的书法书体为章草,严格地说,是一种没有成熟的、不规范的章草。仅从书法学意义上来看，它的价值非常之高，在已经发现的几十万枚简牍中，还没有这样用章草书体所写的文字内容；两汉的简牍帛书多为实用，像这样带有明显"书法创作"的作品，非常罕见；可以看出章草从初始到成熟的演变过程。

另外，这篇赋自身的书法审美价值也很高。从整体的效果来看，既具有浓厚的古朴美和神秘感，又有八分的开张和草书的流利、飞动。在用笔上，它保留了篆书古拙、圆转，给人的感觉是流畅中，透出迟涩，格调古雅，气韵沉雄；在字的结构上，它的内涵丰富，有繁复的篆书、隶书结构，又有后来成熟草书的简约，所以它的每一个字都显得高古不俗。

正是因为《神乌赋》在文学及书法上的重要价值，日本每日新闻社、每日书道会，和连云港市博物馆、扬州市博物馆，于2000年7月，出版了一册精致的《江苏连云港、扬州新出土简牍选》，《神乌赋》被全篇影印选入，让我们一睹了《神乌赋》的文章风采和书法精髓。

随着《神乌赋》一同出土的其他汉简，同样也是"稀世珍品"，仅拿《东海郡吏员总簿》来说，在长23厘米、宽7厘米的木牍上，在正反两面，用规整的隶书，写了3480多个汉字，它记载了东海郡太守、都尉两府和所辖38个县、邑、侯国以及盐、铁两个都官的一共2203人的吏员设置，包括职名、俸秩、人数。

尹湾汉简的出土，被誉为是震惊世界的考古发现，出土的简牍以及毛笔、帛绣等一百多件文物，被列为国家一级文物，得到了科学的保护和珍藏。

尹湾汉简的历史价值、学术价值和文学价值，举世无双，它对中国的秦汉史、文学史、档案史、军事史、术数史、简牍史、中国政治制度史等方面，都将提供全方位的、有着第一手实物资料的补充。北京大学古文字专家，著名教授裘锡圭先生说："就学术价值而言，对尹湾汉简牍怎么评价都不过分。"中华书局编审李解民先生还专门撰写文章,发表在《书品》杂志上,称其"将载入史册,长久地成为历史界、考古界关注的一个课题"。

2011 年 4 月 28 日修订旧作

卷二
流年书影

岁月流逝　生命饱满
——《世界杯中国梦，那些年那些事》读后

"我们这个时代是一个没有古典英雄的时代，足球运动可以满足我们的英雄梦，美好的绿茵场是诞生新世纪英雄的地平线。"

这是著名评论家、《小说选刊》副主编王干先生诸多精彩的评球语录之一。

巴西世界杯的硝烟刚刚散尽，一本关于"世界杯中国梦"的新书就新鲜上市了。该书由中国书籍出版社2014年8月出版，作者王干先生是个老球迷，这个"老"当然是要加引号的，因为他正值精力充沛的中年，和"老"还不搭界，但仅仅世界杯的球龄就有三十多年，说他是"老"的球迷实在是当之无愧。

《世界杯中国梦，那些年那些事》就是他多年评球文章的结集。书中，出彩的经典名言随处可见，在《足球颂》一篇里，他说："在足球运动中，脚传递大脑的信息和思想，脚同时产生着信息、情绪和思想。"在《世界杯来了，梦又开始了》中，他更是把足球上升到更高的境界："足球的颜色原来是黑白的，后来改成了五颜六色，而这一次世界杯在南非，当改成黑白两色。黑白两色，记录南非的历史，也象征这个世界的两极构成。天地万物，阴阳黑白，互为补充，互为依存，同一个世界，同一个梦想。"作为著名评论家，他的球评不仅局限于足球本身，还往往用艺术和哲学的思维，来诠释

足球，把足球赋予更多的意义和内涵，提升到更高的境界，"足球其实是多面体，可以是体育，也可以是政治，还可以是娱乐，还可以是艺术。人类有了足球运动，世界多了几分期盼，多了几分欢乐，有时带着几分泪水，有时带着烦恼。"是的，足球承载的东西，更多的时候超越了足球本身。难道不是嘛，如果说1982年的世界杯因为得益于改革开放之初的黑白电视机的转播，才培养了最初的中国球迷。那么中国人对足球的纠结、情结、怨恨、爱，还有苦苦的期盼，到1986年墨西哥世界杯预选赛期间达到了顶峰，在首都工体上演的黑暗的"五·一九"事件，至今还是老球迷们心头的痛，有多少人在看完转播后情绪失控，又有多少球迷挥泪痛哭，可以说，经历"五·一九"的球迷，此后经年，再无眼泪。而著名作家刘心武的一本《五·一九长镜头》，更是让这一代球迷永远也走不出那一年那一天的工体。

王干热爱足球，对于足球的情结，更胜任何一位资深的球迷。早在江苏作协工作的时候，就成立过江苏作家足球队，亲任领队，队员有著名作家苏童、叶兆言、毕飞宇、赵本夫、朱文、韩东等，在一段时间里，这支队伍征战在南京的多个"赛场"，成为当年全国文化界的"一景"。多年后他调到北京工作，又组建了北京文人足球队，队员有格非、孙郁、李冯等作家和编辑、出版界的文化精英，在柳芳中学的操场上，经常看到他们奔跑在绿茵场上的矫健的英姿。

王干喜欢评球，早在"甲A"时代，他就在《扬子晚报》开了专栏"门外论道"，写了几十篇关于"甲A"赛场的风云变幻。要说中国足球有多少往事可以重提，要说中国足球人的中国梦，"甲A"肯定是绕不过去的"话说从前"。这一系列的文章，是我们寻找中国足球梦开始的一条必经的道路。回顾过往，才能收获未来，那些年，那些事，笑也带泪，哭也芳华，一代代球迷看过来，也挺过来了。

从美国世界杯开始，历次世界杯期间，王干还信笔写作了多篇"世界杯记"，"巴西世界杯记""南非世界杯记""德国世界杯记""法国世界杯记""美国世界杯记"等等，这些评球文章，不仅文采飞扬、妙趣横生，还具有专业足球人士精准的一脚——直击要害，直达命门，让读者感同身受足球世界的魅力。此外，他还在《大家》《中华读书报》《光明日报》《东方文化周刊》《新民体育》等杂志和报纸上发表多篇关于足球的访谈和足球文化的文章。在专业评球的同时，极大地提升了足球文化的内力和空间。著名评论家、文化学者张颐武先生这样评价他："王干用批评家的敏锐提示了足球的奥秘，把足球放在人性的角度思考，看球也要看他的解析，相得益彰。"央视"足球之夜"前任主持人刘建宏先生也深情地表示："那些记得的才是我们的真生命。世界杯是很多人的特殊生命年轮。因为记得，所以融入了我们的生命。岁月流逝，生命饱满。"

王干先生一路写下来，写出了一代球迷对足球的"爱恨情愁"，写出了"那些年那些事"的足球梦想。如今，虽然时过境迁，通过这本书，我们依稀记得当年的甲A风云，感受历届世界杯弥漫的滚滚硝烟。《世界杯中国梦，那些年那些事》的出版，是中国足球界和文化艺术界相互融合和借鉴的最好范本，可以说填补了这方面的空白。央视著名足球评论员张斌在该书的推荐语中说："足球，作为一项高度社会化属性的运动，原本无须证明，无须说服。但在当下我们的时代里，很有必要。中文的足球写作鲜有传世之作，但愿这本书可以。"我非常赞同张斌先生的话，王干的这本关于足球和梦想的专著，确实有了"传世"的基本条件——有些作家，兴趣来时，可以写三五篇球评，也可以写一两年球评，或一两届世界杯，但像王干这样，一写就是二三十年，而且写得如此专业，如此用心，如此投入，如此情感充沛、爱恨交集，在作家界还真不多见。难怪央视名嘴白岩松在看了该书后，深有感触地说："足球，是用双脚进行的书写；书写，是永远没有终场哨的比赛。都需要才华，都需要闪光的那一刻。"苏童更是一语中的，王干是在"从文学与足球之中，寻找同样美好的人生气象"。

《世界杯中国梦，那些年那些事》的装帧设计也是别具一格，扉页上推出了历届世界杯的用球还有它们的专属姓名，让我们能够切近地感受足球滚动的历史。而反映历届世界杯风云变幻的数十张照片以及一次次举起"大力神杯"的冠军球队的英姿，更让我们再一次走进那些永不磨灭的峥嵘岁月。苏童、张颐武、刘建宏、张斌、白岩松等文学界体育界大腕的联袂推荐，更为是书增色添辉。

2014年8月8日于北京草房

《书衣文录》

近日得"孙犁劫后十种"小书十部,印制非常整齐,装帧也素雅大方,常置于案头,随手翻之阅之,对孙犁先生越发敬重了。

我对孙犁的认识,不是始于他的小说。说实话,用我现在的欣赏趣味和阅读体会,对他的小说,还不敢妄加评论,倒是他"劫后"的十种小书,包括单列的《书衣文录》和《云斋读书记》等,很是让我爱不释手。

特别是《书衣文录》我更是常常从书架上抽出来,读一两页或一两篇。有时也不读,只是看看,就像好酒人怀揣一壶酒一样,不时地抿两口,身子暖了,精神也好了。一方面,为孙犁独创这种文体而叫好;另一方面,也为文章所感动。众所周知,"书衣"就是给书穿一套衣服,我们小时候叫"书皮"。孙犁对书非常爱护,每得一本好书,都要给书裁剪一套合体的衣裳。他的一生"嗜书如命""珍如拱璧"。"我对书有一种强烈的、长期积累的、职业性的爱好。一接触书,我把一切都会忘记,把它弄得整整齐齐、干干净净,我觉得是至上的愉快……"孙犁如是说。

孙犁爱给书包书衣,然后,在书衣上记些关于这部书的掌故、趣闻、逸事,或所见所闻,或所思所想,这就是"书衣文"了。

早在《陋巷集》出版的时候,孙犁就在集中编入了"《书衣文录》拾补",文前有一小引,云:"余前辑存书衣文录,近二百条,已刊行矣。去冬整理书册，又抄存前所未录者若干条。前之未抄，实非遗漏。或以其简单无内容；或有内容，虑其无关大雅；或有所妨嫌。垂暮之年，顾虑可稍消。其间片言只语固多，皆系当时当地文字。情景毕在，非回忆文章，所能追觅。新春多暇，南窗日丽，顺序排比，偶加附记，存数年间之心情行迹云。"

小引记于1986年3月4日，在此之前，已经刊行"近二百条"。据孙犁研究者刘崇武先生考证，这近二百条"书衣文"分别发表于《长城》《天津师院学报》《长春》《河北大学学报》《芙蓉》《柳泉》等刊物上。对于这种文体，当时还鲜有人注意，它既是书话、题跋，又是日记、随感，甚至可以当成文字简洁的"书史"，从中可见当时读书、整书时的心情和氛围。后来，孙犁把陆续整理的"书衣文"编入《陋巷集》《无为集》《如云集》等书中，最后一并收入1992年出版的《孙犁文集》（续编三）。

《书衣文录》共收《耕堂书衣文录》《甲戌理书记》《耕堂题跋》三组文稿，因为都是写于书衣上的文字，属于一脉相承之作。此外，还收录了《我的读书生活》《装书小记——〈子夜〉的回忆》两篇，附刘崇武《孙犁的书法与〈书衣文录〉》及其"编后琐记"。

从《书衣文录》里，我们可以看到孙犁的读书既丰富又庞杂，而且每有所读，都有所获，所写文字也准确、深刻。在读《中国古代史》时，他说："夏氏此书，余于保定求学时，即于紫河套地摊购得二卷本。抗日战争中，已与其他书籍亡失。此册购于天津解放初，盖犹念念不忘也。今幸存，乃为之装来。"落款为"1975年4月3日晚无事灯下书"。短短文字中，告诉读者许多信息。在读《小沧浪笔谈》时，他的评价更是一针见血："此大人物之著作也，装腔作势……同为'文达'，其文笔不及纪晓岚远矣。"

读文如闻作者之心声，在《书衣文录》里，这种感受更可见一斑。"孙犁不是个写史诗的人，但他的作品直通心灵。到了晚年，他的文章越发老辣得没有几个人能够匹敌。"这是贾平凹评价孙犁的话，我觉得是非常准确的。

2005 年 6 月 11 日

我爱"傻瓜"

"毫无疑问,这世界完全是一个幻想的世界,但它同真实的世界只有咫尺之遥。"这是傻瓜吉姆佩尔的内心独白,他赞美上帝,认为,在那儿,连吉姆佩尔都不会受欺骗。

美国文学大师辛格的名篇《傻瓜吉姆佩尔》,给我们讲述的,就是这样一个卑微的、弱小的灵魂。余华认为这是"一部震撼灵魂的杰作,吉姆佩尔的一生在短短几千字的篇幅里得到了几乎全部的展现,就像写下了浪尖就是写下整个大海一样,辛格的叙述虽然只是让吉姆佩尔人生的几个片段闪闪发亮,然而他全部的人生也因此被照亮了。这是一个比白纸还要洁白的灵魂,他的名字因为和傻瓜紧密相连,他的命运也就书写了一部受骗和被欺压的历史。"也可能余华过于偏爱这部小说了,所以,我们读余华的小说《我没有自己的名字》时,能看出这两部作品的相似之处。

无独有偶,苏童也喜欢辛格这个短篇,1999年,新世界出版社出版苏童选编的《影响我的十部短篇小说》里,和余华一样,也有《傻瓜吉姆佩尔》,只不过,译名叫《傻瓜金佩尔》,译者是杨家盛,而余华所选的译者是刘兴安、张镜。我在阅读时,曾经有意比较了两个译本,以我的阅读趣味,我似乎更喜欢苏童的那个选本。比如吉姆佩尔有一句内心独白,余选为"今天你不相信自己的妻子,明天你就连上帝也不相信了"。苏选是这样的,"今天你不相信你老婆,明天你就会不相信上帝"。我觉得，后者更为简洁些，语感也恰到好处。然而，更有意思的是，2005年苏童在《一生的文学珍藏》里，再次选了《傻瓜吉姆佩尔》，而译者是万紫。显然，在三种不同译者的译本中间，苏童认真比较，并做出正确选择。事实也正是这样，万紫的译本更为理想，文字更为优雅。苏童在评价辛格时，认为他"有一种累死拉倒的农夫思想"。"通常是饱满得能让你闻到他们的体臭。"是的，傻瓜吉姆佩尔给我们的印象太深了，"当吉姆佩尔善良而忠诚地面对所有欺压他和欺骗他的人时，辛格表达了人的软弱的力量，这样的力量发自内心，也来自深远的历史，因此它可以战胜所有强人的势力"。

傻瓜吉姆佩尔最后的肖像是这样的："坟墓在等待我，蛆虫肚子饿了；寿衣已准备好了——我放在讨饭袋里，带在身边。另一个要饭的等着继承我的草垫。时间一到，我就会高高兴兴地动身。这都是真实的，那儿没有纷扰，没有嘲笑，没有欺诈。"

善良而真诚的吉姆佩尔只能把希望寄托在坟墓里，这是我们司空见惯的悲剧，但是，悲剧的力量竟如此的强大。

2005 年 5 月 16 日

望仙河的雪

我没有到过望仙河——那应该是一条河吧？但我知道那是一个村庄。拥有这样一个美丽名称的村庄，一定有其不凡的传说和动听的故事。

我常常读到来自望仙河的诗。那是真正从内心流出的诗，朴素，自然，诗意浓郁而单纯，忧伤而惆怅，有时像河水一样清洌，有时像泥土一样芬芳。作为一个农村长大的阅读者，我能够感受到诗人内心的敏感和对庄稼、对土地的眷念，还有倾诉和怀想的欲望。

当我收到一本来自望仙河的诗集《等待一场雪》的时候，我的思绪首先定格在"等待"上。等待，是生命中自然的常态，很多时候，我们都在等待，等待收获，等待理想，等待情感，等待诗歌。等待，其实就是希望。而霍禹甫的等待，竟是一场雪，不免让人有些惊异。雪是洁白的，无瑕的；雪是单纯的，简朴的；雪是伤感的，多情的；雪是"永远献出的湿润的眼睛"，我仿佛看见诗人面对一派安静的雪原，伫立于孤独的舞台，灯光映现的是洁白的背景和他冷峻的面孔，他是在感受雪花的声音吗？他是在回忆善感的童年吗？他是在怀念逝去的青春吗？

你走时，我看见了雪

这雪，可是你一生飘落的白发

> 奶奶,我善良的奶奶
> 你回归苍天的灵魂
> 使故乡的雪洁白
>
> ——《雪情》

这样的诗句,贴近的是读者内心的情感,我在读到这里的时候,仿佛也看到我祖母的一头白发在雪中飘散——那究竟是雪花还是白发啊,突然的,那种哀怜的感怀充溢心田,一曲挽歌不由从心中唱响……

我相信每个人的内心都流淌着一条诗歌的河流,每个人的内心都潜藏着微妙的诗意,很多时候,那条河流会从我们遥远的灵魂深处漂来,拨动着我们敏感而脆弱的神经以及深埋的情感。我疏离诗歌已有多年,对诗,我只能怀有深深的敬意。但是,当我读到霍禹甫的诗歌时,感觉这就是我的作品,《篱笆》《绿叶》《玉米秸》《麦啊,娘》《村庄的那群羊》《割稻的故乡》,这分明就是我切身的体验啊。

> 青青麦
> 我亲亲的妹子
> 村庄在你永远的守望中长出翅膀
> 你永远的春天
> 不灭的芬芳
> 可是说,天堂不在天上
>
> ——《青青麦》

毫不讳言,我喜欢这样的诗句,我相信守望麦田的"妹子",一定有一双飞往天堂的翅膀,天堂不在天上,那就在人间最美丽的地方。可是,"眼泪却滴在秋天的脸上"。在这里,受伤的,不仅是"妹妹",还有亘古不变的爱情。

倾读《等待一场雪》,我能感受到诗人那颗被乡村纠缠的心,他呼喊和唱出的,是村头的小草和田畔的落谷,是一滴雨水和一粒雪花,是芦苇和春柳,是菜园里的红辣椒,是村道上的牛车,是窗外的蝴蝶和秋夜的虫鸣……可以说,每一首诗都是诗人的感同身受,都是自然的流露和蓄势的喷发,带有着乡土的灵性和露珠的晶亮。"蝴蝶飞过来/蜻蜓飞过来/沿着村道,是一群走不散的羊……/村道像一根柔肠/多少游子开始还乡"。好久没有读到这样的诗了。我们置身的诗歌环境,总是充斥着暧昧的因素,污染着言说不清的东西。许多诗人绞尽脑汁要把诗作得不像诗,或者把诗作得很像诗,如果不卖弄什么,或者不创造什么话题,就好像不深刻。当然,这也是诗,或是另一种诗,就我个人而言,我喜欢自然的诗,真实诗,让人感同身受的诗。

这并不是说,霍禹甫的诗已经达到完美的境界,我认为他的诗还不够"乡村",还不够"田野",写着写着会想到"深刻"。另外,诗句的提炼上还有待精雕细刻,有时候不够"诗",滑下去了。如果他内心能一直闪烁着节制、简单和乡村、田野的情怀,并且大胆地取舍一些"眉毛胡子",使诗句更洁净,那诗歌会将他变成一泓生生不息的清泉,长久地流淌在故乡的望仙河里,化成永恒的乡音。

2005年11月4日于连云港河南庄

《西谛书话》

今夏多雨,气候潮热,我的时间和精力常用于战高温斗酷暑,读书写作只能放在早晚。检索近日所读,发现枕边书突然多起来,而且都是关于书的书,细一想,居然和高温有关。

某日上午,过访海州碧霞寺,和昌林法师谈话至近午,法师送我一册《弘一大师永怀录》,并题签:常随佛学。看着法师的题字,心里确实平静许多。下午至海州名士江君尧禹寓所,沏一杯清茶"闲扯篇",说到读书,江先生兴致大增,遂打开秘藏之书橱让我参观。说来真是有缘,那么多书我一眼只看到《西谛书话》。江先生看我眼睛一亮,说,你要看好我可以送给你。

就这样,我遍访而不得的《西谛书话》(1983年,北京三联书店出版),终于蒙江先生割爱而得到了。

西谛是近代藏书大家、著名学者郑振铎先生的笔名,郑氏一生节衣缩食,费尽心力,搜集孤本别集,终成气候。他的藏书,除历代诗文外,还有总集、词曲、小说、弹词、宝卷、版画和各种政治经济史料等,总计近10万册。1999年,《中华读书报》发表北大文学博士张洁宇的《追踪文化名人藏书》,有一节专谈"大藏书家"郑振铎,披露了他许多爱书的故事:当年(1944)鲁迅遗属因生活困难,有意出让鲁迅藏书,书目刚传到上海,郑氏"就像割了自己身上的肉一样,紧张得寝食不安起来"(唐弢语)。在防止鲁迅藏书散失的过程中，郑氏利用自己与书店熟悉的关系，带信给北京多家旧书店，提供了许多切实的帮助。1950年，常熟"铁琴铜剑楼"瞿氏后人把所藏宋元明刊本及抄校本1816册书捐赠国家，当时任国家文物局局长的郑振铎亲赴上海验书。在运书中，不主张用飞机，而要求派专列并亲自护送。而他自己却乘飞机死于空难，可见其爱书之切。叶圣陶在《西谛书话》序里说，郑氏"下班之后常常拉朋友去四马路的酒店喝酒，被拉的总少不了伯祥和我。四马路中段是旧书铺集中的地方，振铎经过书铺门口，两条腿就不由自主地踅了进去，伯祥倒无所谓，也跟进去翻翻。我对旧书不感兴趣，心里就有些不高兴：硬拉我来喝酒，却把我撇在书铺门前"。不过，看到淘得好书的郑振铎高兴，叶圣陶"也就跟着他高兴起来"。

以上几则，只是他许多爱书故事的点滴，仅上海沦陷期间他在上海冒着生命危险抢救中华文化遗产的故事，就是一部丰富的爱书大著。

《西谛书话》普通32开本，为草绿色封面，朴素、典雅、大方，书中所收篇章，是郑振铎藏书之余的阅读、研究所得。展读是书，呈现在我们眼前的，是一本本珍贵的善本孤本的约略性介绍和关于书人书事的简单记述。这些书，世所罕见，价值连城，是郑氏一生心血的结晶。

《西谛书话》的题签是郑氏好友叶圣陶，封面设计也是老资格的书籍装帧大家钱君匋，叶圣陶还为该书专门写了序，叶老在序里感叹说："现在看了这部集子里的求书目录，才知道他为抢救文化遗产，阻止珍本外流，简直拼上了性命。"这部书显然不是郑氏生前就编好的，编者大致按作品写作的先后顺序，第一篇《中国短篇小说集序》写于民国十四年五月二十五日，最后一篇《古本戏曲丛刊四集序》写于1958年10月16日。郑振铎所乘飞机在出国访问中失事于1958年10月17日，那么这篇文章也是他生前的最后一篇遗作。爱书爱到这个份上，真是以性命作为代价了。

　　赵万里在郑振铎遇难五周年时，写过一篇文章，叫《西谛书目序》，该篇文章作为附录收在《西谛书话》后，可以看成一篇很好的导读材料，该文约略记录了郑氏藏书的大致方向和求书过程中的心路历程以及他对许多版本的独到鉴赏。据悉，《西谛书目》厚厚一大册，由北京图书馆王树伟、朱家濂、冯宝琳、冀叔英四人合力编成。

　　经常摩挲《西谛书话》，缅怀西谛先生，内心的钦佩和感激之情，常常不能平静，同时也非常感谢赠我《西谛书话》的作家江尧禹先生。

2005 年 8 月 27 日

剪纸民间

《中国戏曲剪纸》，硬面精装，上海教育出版社1998年10月版，英汉对照本，书前有林曦明先生题词："中国的民间剪纸是以抒怀、言情、喜庆和实用相结合的艺术，是我国民间风俗情感的产物。心手相印，刀笔传神，为民间艺术中之精华。"林氏的书法看来受过专门训练，古朴中透出韧劲，他的话也说得非常中肯。从《中国戏曲剪纸》后记中得知，该书是在纪念上海解放和建国五十周年期间，由上海民间文艺家协会牵头，特邀全国30余位专家和民间美术家共同完成的。

谈说我国剪纸艺术，最早要追溯到北朝时期，即公元386～581年，这是从新疆吐鲁番出土的陶罐上得出的结论。到了唐朝，剪纸已经很盛行了，胡令能《美人绣幛诗》云："日暮堂前花蕊娇，手拈小笔上床描。绣成安向东园里，引得黄鹂上柳梢。"李商隐有诗句云："镂金作胜传荆俗，剪彩为人继晋风。"宋之问在《奉和立春日侍宴内出剪彩花应制诗》说道："今年春色好，应为剪刀催。"虽然在宫廷内部也盛行彩剪风尚，但是，千余年来，剪纸艺术的生力军还一直在民间，而且，式样既丰富又单一。丰富，是说它的多样性和神奇的审美情趣；单一，是说形式上变化不大，一张纸，一把剪刀（刻刀）。但是，从窗花到门神，从鞋样到衣样，另外还有春幡、春燕、春钱等剪纸工艺品，这种古拙的、返璞归真的艺术，一直延绵不绝，这么说来，此"单一"，实际上也是别具匠心的丰富，它渗透到生活的各个方面，为广大民众所接受。

剪纸和大多数民间艺术一样，有三个鲜明的特征：实用性、民俗性和观赏性。它的创作，不仅仅是为审美，它在民间生活的日用品上，常作为装饰图案，用以美化生活，如鞋面、荷包、笆斗、米缸、柜门、桌腿等物件上。另外，它更多的是作为民俗活动的载体而出现的，生老病死，婚丧寿庆，以及生产和生活的许多场合，剪纸都是被用来作为祝愿吉祥、驱鬼辟邪的象征物，来表达人们的理想和愿望。同时，广大民众在这些活动中，也得到了美的享受。

我喜欢剪纸，最直接的原因是小时候看祖母剪的绣花鞋样。祖母有一本大画册，里面夹着许多花样，以鞋上的绣花样最多，村里小脚老太太的鞋尖上那些色彩艳丽的花，都出自祖母的手。很多时候，我会看到祖母戴着老花眼镜，坐在过道里，借着从门空洒下的阳光，仔细地剪。祖母的手很干枯，好像很大，手指上长年累月地戴着一枚"顶针"。就是祖母这双干农活的手，装扮了村上婚丧嫁娶人家的各种花样。

我和剪纸，有过一次不期而遇的经历。大约是2001年冬季的某天凌晨4点左右，在南京朝天宫的旧书摊上，我发现一套"文革"剪纸，有200余件，内容极为丰富，如《养猪姑娘》《夜战》《火烧变天账》《海岛女民兵》《斗地主》等，均为红纸单色，但刀功不错，摊主索要300元，我还价120元，未能成交。

在我的书架上，还有两本关于剪纸的书，一本《陇中剪纸》（黑龙江美术出版社，2000年7月出版），一本《剪纸绣花样》（黑龙江美术出版社，1999年2月出版），前者，纯粹是陕西民间的，看着那一幅幅透着善良愿望的质朴、饱满、亲切、从善的剪纸，禁不住怦然心动；而后者所收的一幅幅绣花样，同样透出古朴的民间气息。《中国戏曲剪纸》一书，所收的112幅戏曲人物和戏曲故事，正是在吸收大量民间艺术剪纸的基础上，精心构图，创作而成的。

我国戏曲历史悠久，剧种众多，剧目丰富，题材广泛，表现精湛，深受人们的喜爱，由此成为剪纸创作取之不尽的题材，剪纸作者在这里得到了启示，激发了创作热情。从所收的百余幅作品看，《西厢记》《十五贯》《窦娥冤》《桃花扇》《天仙配》《定军山》《群英会》《空城计》《打金枝》《长坂坡》等，无不是传统戏曲的精品，这些戏，本身就具备了民间性，经剪纸艺术家再构思再创作，一幅幅作品被赋予了新的形态和新的内容，并具备不同凡响的气质和深远的意境。戏曲人物的艺术形象很适合剪纸艺术的塑造和再创造，艺术家们深知，如果没有新的突破和创新，剪纸艺术是没有生命力的，在这一点上，《中国戏曲剪纸》所收的数十人百余幅作品，都是剪纸艺术在戏曲造型上的一个新的尝试和新的实践，这些作品，力图运用时代意识，创造出具有一定时代特征的艺术形象，正如林曦明所说，是以抒怀、言情、喜庆和观赏相结合的艺术精品。

有一点需要说明的是，剪纸并非全用剪刀，大部分时候还需用刻刀，所以，剪纸又叫刻纸。以出版剪纸为特长的黑龙江美术出版社2000年7月出版一本漫画集，干脆就叫《刻纸漫画》，作者是哈尔滨漫画家李成栋、王维荣夫妇，他二人也认为叫"刻纸"更为准确。有意思的是，这本漫画集里，有许多幅作品借鉴了戏曲人物的资料，和《中国戏曲剪纸》形成呼应，使剪纸漫画更为传神。不过，相比《中国戏曲剪纸》，《刻纸漫画》的戏曲人物没有前者构图饱满，刻工也不及前者精达，前者色彩典雅，更具有独立观赏价值。

2005年9月17日于新浦

《天才与环境》

《天才与环境——黎烈文艺文谈片》,是我看到的黎烈文的第一本书,作为"海外学者文丛"之一,由学林出版社印行。关于黎烈文,我早就从鲁迅的文章里略有了解,后来,又不知在一本什么书上,看到这样一篇文章,大致的意思是,新时期刚开始时,某部门牵头召开一个关于新闻方面的座谈会,重点讨论报纸的改革。某君在发言时,提到了早被人们忘却的黎烈文先生,说他是这方面的专家,应该让他来谈谈。坐在某君身边的也是一位老先生,拉一下某君的衣角,悄悄说,黎烈文已经去世了。从这件小事上,可以看出,黎烈文在老一代报人心中的位置。黎烈文早年编《申报·自由谈》,大胆革新,团结了许多左翼文人,和鲁迅亦交往颇深,鲁迅晚年的大部分杂文都发表在《自由谈》上。鲁迅在《花边文学》序言里说:"我的常常写些短评,确是从投稿于《申报》的《自由谈》上开头的;集一九三三年之所作,就有了《伪自由书》和《准风月谈》两本。后来编者黎烈文先生真被挤轧得苦,到第二年,终于被挤出了……"黎烈文被迫辞职以后,杨杏佛被暗杀,丁玲被逮捕,可见当时形势的紧张和险恶。

黎烈文离开报馆以后,大约是在1936年下半年,自己又办了一份半月刊,叫《中流》,还出版译著《冰岛渔夫》,"八·一三"之后,和巴金一起编了几期《呐喊》,就举家逃到湖南,后去了福建等地,抗日战争结束以后，应朋友之邀，去台北办报纸，做了报馆的二三把手，不久，便丢了官，到台湾大学教书。据《天才与环境》一书的编者在卷首语里说，他在这段时间里并不受重视，"于教书之余仍从事写作和翻译"。

《天才与环境》一书，薄薄的一小册，分两部，第一部曰"艺文谈片"，第二部曰"作品与作家"，黎烈文在谈到这些文章时，曾这样介绍："第一部分收的是比较轻松的谈论文学家和艺术家的小文，第二部分收的是一些比较严肃的评介作家与作品的论著及序言之类。这些东西都可以说是我许多年来从事翻译工作的副产品。"这本书中，涉及的外国作家艺术家很多，都德、福洛贝尔、伏尔泰、罗丹、巴尔扎克、屠格涅夫、匹克威克、歌德、小仲马、贝多芬、罗狄、缪利洛、梅里美、但丁、乔治桑、莫泊桑等数十人，还谈到法国文坛著名的"五人晚餐"，当年，在法国居住大半辈子的屠格涅夫，深受法国作家的喜欢和爱戴，他和福洛贝尔、左拉、龚古尔、都德四人过从甚密，互相欣赏，他们常在巴黎的蒙梭公园附近和福洛贝尔的寓所举行餐会，从来不邀请别人加入，就连福洛贝尔的入室弟子、晚他们一辈的作家莫泊桑都无法挤入，另有一位跟五位文学大师都很要好的出版家吉拉丹一心想插身进去，也被他们拒绝，因此"五人晚餐"的名气在当时的巴黎影响很大。我们可以想象一下，当白发飘飘的屠格涅夫周围，坐着听他徐徐而谈的都是法兰西第一流的作家时，其场面是何等动人和富有诗意啊！黎烈文还在另一篇《福洛贝尔的沙龙》里，带着羡慕的口气，描写了出入于福洛贝尔沙龙的诸多法国文士，说龚古尔"带着一种高贵而骄傲的特征"，说都德"带来了巴黎的空气，那活生生的、喜欢逸乐的、动荡而又快活的巴黎的空气"，说屠格涅夫的声音"使他所说的事物具有一种魅力"，说左拉"黑而近视的眼光，深刻、锐敏、含着微笑、时常带有讽刺的表情"，说福洛贝尔"用一句明显而深刻的话结束一番争论，他的思想一跃便经历了若干世纪"。从黎烈文的文字里，让我们切近地体味了世界最高规模的文学沙龙的气息，但是，黎烈文自己却一生坎坷，1972年11月，悄然病逝于台北，"晚年寂寞，丧仪冷冷清清"。

由于人所共知的历史原因，黎烈文的头上一直戴一顶"反动文人"的帽子，包括好几版《鲁迅全集》里的注释，不过，2005年最新一版的《鲁迅全集》里，已经客观地称他是翻译家了（其实，黎氏还是一位编辑家和作家，1930年左右就出版过散文集《崇高的母爱》）。

早在1980年5月，巴金先生写作《随想录》时，就写过一篇《怀念烈文》，对黎烈文的"反动文人"进行了平反，并深情地说，"好久，好久，我就想写一篇文章替一位在清贫中默默死去的朋友揩掉溅在他身上的污泥。""我不能不想起那位在遥远地方死去的亡友。我没有向他的遗体告别，但是他的言行深深地印在我的心上。埋头写作，不求闻达……"

多年以后，当我轻翻黎烈文先生这本小书时，我在想，如果有机会让他施展他的编辑才华，那会是一种怎样的情形呢？他还能发表那么多鲁迅（或鲁迅式）的杂文吗？

2006年5月15日

人生的雅舍

第一次读梁实秋的书是在1988年,百花文艺出版社出版一小卷《梁实秋散文选集》,是由徐静波选编的,梁先生也是这一年的早些时候在台北猝然病逝。那时候,对梁先生很新奇,对他的作品也很新奇。徐静波在长序里,对梁先生的一生和创作,作了简要的概括,这是我对这位大师较早的了解。后来,市场上关于梁氏的书就多了起来,各种选本都有,他的"雅舍"文体也一时风靡。而这本《解读梁实秋经典》(花山文艺出版社,2005年6月第一版),更是别具一格,该书所选梁实秋的代表作共69篇,加以逐篇解读。这些解读文字,有情有味,实际上就是梁氏作品的延伸。

在20世纪二三十年代人文透逦的文学长城中,梁实秋是一位不能不提的重要人物,他不仅和闻一多、徐志摩、胡适、周作人、老舍、冰心、沈从文等人是朋友,文章、人格也交相辉映,他写过《谈闻一多》《忆老舍》《忆沈从文》《忆冰心》等等都是情真意切的上乘之作。《解读梁实秋经典》里的篇章,多是抒情、叙事的小品,题材大至社会、人生,小至男女离情、花草鱼虫、饮食娱乐、什物家居等等真是无所不谈,将千姿百态的人性世相、杂色缤纷的凡心俗态一网打尽。这些文章的风格或委婉、含蓄,或广采博取,兼容并包,读者禁不住被梁氏的优雅从容所感动。正如选编者、北京师范大学教授刘勇在《一间安放人生的房子》代序中说:"他总是用一种随遇而安的心态，以超然的目光审视社会世相、人生百态，又以一种幽默、闲适的心态冷静地审视、玩味之，其中既有儒家的冲和，又有老庄的通达，也有佛禅的超脱。"是的，"在对待世俗人生上，梁实秋追求的始终是一种以人性为出发点的快意恬淡的尘世生活，这种人生之乐是物质的、感性的，而非断绝人欲、弃绝红尘。他喜欢的是一种恬适自然无拘无束的生活，不必孜孜于功名利禄、富贵荣华，但求内心的丰赡与适意。他以近于鉴赏艺术品的态度贴近世俗生活，以精通日常生活中衣食住行的各种规矩和讲究为风雅的情趣。一些被一般人所忽略的细微现象，梁实秋都予以关注，并津津乐道"。刘勇对梁实秋的解读可谓句句真切，而他对该书所做的每一篇"雅舍小品"的分析，更是充满着理性和机趣，在读《胡适先生二三事》后，他说："胡适对他人毁谤的态度来展现其为人的磊落清高，选取他对铃木大拙的态度来突出其对待自己学术观念的坚持乃至固执……所用所选看似随意，其实都是经过精心剪裁，因而能描绘出胡适其人的神采来。"在对这些"雅舍小品"的解读中，刘勇并不拘泥于作品本身，而是触类旁通，引经据典，从多方面、多角度对作品加以剖析，引领读者走进梁氏的艺术世界。

　　细读梁实秋的小品雅文，再看附于篇后的解读文章，不但很符合当今读者的阅读口味，也可联想到作者当年的风雅，那间重庆郊外破旧的却充满诗意的"雅舍"，以及一系列"雅舍"作品集。

2005 年 8 月 16 日

水上的潇洒

林语堂号称幽默大师，拥有大量的读者。东北师范大学出版社曾出版三十卷本的《林语堂名著全集》，他的许多单行本（小说、散文）也是各出版社的"长畅销书"，而花山文艺出版社隆重推出的"青少年图书馆丛书——解读名家经典"更是把林氏的许多美文精选一册，名曰《解读林语堂经典·风行水上的潇洒》。"丛书"主编程光炜先生说："丛书所选的10位作家，代表了中国现代文学不同时期的创作成就，他们各不相同的艺术风格，显示出这一时期文学极其丰富、多样的审美形态。"是的，"丛书"之一的《水上的潇洒》所选的文章，大致上反映了林语堂的个性风格。

众所周知，林语堂是现代著名作家、学者、翻译家，也是一个另类、边缘化的人物，他的文化思想和文学创作也是这样，"两脚踏东西文化，一心评宇宙文章"。如果说，20世纪中国大多数作家主要从西方"拿来"，而林语堂则更注重"输入"，即向西方介绍中国文化及其文学。林语堂"率性而为，自由天成，童心未泯，仁慈宽厚，快快乐乐，面目可爱"。收录在该书中的文章，共分四辑，一是"读书与写作"，二是"生活的艺术"，三是"个性追求"，四是"中亚文化"，共52篇。该书最大的特点，就突出在一个"解读"上，每篇文章的篇末，都配以视角独特的解读文章，多的千把字，少的三四百字，"解读者"王兆胜是中国社会科学杂志社编审，文学博士。

王氏的解读文字，实际上也是一篇"书后"，用优美的文词，独特的切入，把所选文章梳理得清爽利落，使我们的阅读受益匪浅。在读《说本色之美》之后，解读说："一般人作文，往往都喜爱华丽的辞藻，都偏爱浓艳的色调，而林语堂认为，这样的作品即使好也不过是贡品和妙品，难以达到神品和化品。因为真正的天地至文是并无斧凿之感的，是绚烂至极归于平淡的，即本色之美。"这样的解读真是妙到了极致，因为正如林语堂自己所说："文人稍有高见者，都看不起堆砌辞藻，都渐趋平淡，以平淡为文学最高境界；平淡而有奇思妙想足以运用之，便成天地间至文。"林先生的话，让我情不自禁想起周作人、张中行等文章大家，想起他们平和冲淡的文风。

西方人喜欢林语堂，有一个笑话说，一个外国人知道中国只有两个人，一个是圣人孔子，另一个是林语堂。又补充说，即使了解孔子，也是通过林语堂的介绍。此话虽有些无知，但从中可知林语堂在西方人心目中的位置。美国前总统老布什在任期之间曾这样说："林语堂讲的是数十年前的中国的情形，但他的话，今天对我们每一个美国人都仍受用。""今天我们竟然害怕善良、怜悯和仁慈这些淳朴的字眼。"在我的藏书中，有十位现代文学大师的全集，其中，三十卷本的林语堂全集，我把它放在最显眼的位置，我常常在余暇抽出一本，翻开来，读几页，没有特别的目的，只是想感受一下大师的风采。

2008 年 8 月 17 日

一本叫《平原》的书

许多年前,我对苏童的小说特别迷恋,在一篇叫《什么是爱情》的短篇小说里,我认识一个叫平原的青年,他喜欢弹吉他,爱上一个女孩叫杨珊,但是女孩后来却离他而去,转而爱上一个绰号叫肖邦的男孩。故事简单、朴素,调子却是一贯的忧郁、阴柔,充满着唯美的悲伤。我喜欢苏童的小说,对这一篇却说不上喜欢,也说不上不喜欢,但那个叫平原的青年我却记住了。

后来读到一个消息,说毕飞宇的长篇小说《平原》出版了。我立即想到苏童小说里的那个人物,明知道驴唇不对马嘴,但记忆这个东西说顽固也顽固,在什么时候有什么东西一勾引,居然很清晰地就映现了出来。当然,我还想到《平原游击队》《平原枪声》等和平原有关的书籍和影视,我甚至想到那篇著名的《草原》,想到俄罗斯美丽的草原风光,当然,这些肯定都和《平原》无关。和《平原》有关的,是在十多年前,江苏电视台播出一部片子,叫《苏北大平原》,说的就是我们生活的这块土地,高高的白杨树把大片大片的稻田划成一个个绿色的棋格,我们歌哭的父老乡亲就耕作在这里。

来自各方面的声音都说《平原》是一部很棒的小说,恐怕这和出自名家之手有关。不知为什么,我的阅读期望却并不高,我一直都觉得,毕飞宇对当下农村是隔膜的,他那些关于王家庄的故事,都是记忆里的农村生活和时下的乡村毕竟隔着太多的距离。但是,当我读了《平原》后，改变了我的想法，尽管，《平原》重复了他从前小说的意境、场景和环境，我还是由衷地觉得，《平原》确实是一部不可多得的好小说，尤其是小说叙事的语言，饱满而准确，有时像手术刀一样剖析，直抵人的内心，有时像山泉一样滑润通达，给人以快乐和享受。只是，作为一个读者，我觉得，两届鲁迅文学奖得主毕飞宇先生应该能够写得更紧凑一些，应该提供一个更经典的农村小说的范本。

《平原》写了三年，范小青把《平原》比喻成毕飞宇的"宝贝女儿"（《苏州杂志》2005年第五期）。毕飞宇本人对《平原》也非常满意，有一个细节可以看出来，2005年9月，江苏省作协召开青创会和紫金山文学奖颁奖会，开会期间，坐在前排的毕飞宇转过头来，变戏法一样在我们面前展示一本书，我一看，就是已经见到消息的《平原》，他得意（或者是狡黠）地问朱文颖，漂亮吧？朱文颖回答说漂亮。我以为他要把书送给朱文颖，没想到他把书送给坐在朱文颖旁边的何镇邦老先生。何镇邦是大理论家，曾做过茅盾文学奖的评委，说过"江苏的长篇小说作家很聪明，写得也聪明，但作品不大气，不是宏大叙事"之类的话。这一回，何镇邦拿到《平原》很开心，当即表态说，我回去一定看。

前几天在网上闲逛，读到李敬泽的一篇书评，叫《一本叫〈平原〉的书》，从行文获得的信息是，李敬泽先生很欣赏这部小说，"毕飞宇像一个缜密的力学家，精确地展示了一个身怀志远、生机勃勃的中国农民身上所负载的复杂的权力结构，那正是农业的平原表皮之下真实的神经、筋脉和骨骼，端方（《平原》主人翁）身在平原，而平原就在他的身体之中。"李敬泽如是说，"那是个平原式的心——永远在顽强地反复地寻求路径，承受一切直到碎裂、寂灭"。

2006年2月10日

音乐的河流

对于热爱电影的读者来说，想必对《钢琴教师》并不陌生，这部法国影片曾在戛纳电影节上荣获多项大奖。影片中，优美的钢琴声以独特的语言激情和美妙的旋律，构成了一条音乐的河流，让我们禁不住怦然心动，并久久难忘。

这部让人过目难忘的影片，就是改自奥地利作家耶利内克的同名小说。这部在自传背景下创作的《钢琴教师》，"在所提出的疑问的框架之内，描写了一个无情的世界，在这个世界里，读者面对的是强权与压抑，是猎者与猎物之间的根深蒂固的秩序"（节录自2004年诺贝尔文学奖授奖词）。

小说叙述的是一个叫埃里卡的女孩的故事。埃里卡的母亲是个变态狂，在变态心理作用下，她要做的，就是掌控女儿。尽管埃里卡已经三十岁了，但仍然时刻处于母亲的监视之下，不能越雷池一步，甚至连睡觉也要和母亲睡在一张床上。青春盎然的生命变成了封闭的小鹿。埃里卡被禁止和外人交往，不能穿时装，连一双高跟鞋都只能在梦里实现。埃里卡的内心因长期的压抑被扭曲了，变成一个行为怪异的人。这时候，埃里卡的学生克雷默尔适时出现。这个非同一般的青年，以他的青春、热情和才干，打破了母女之间死一般沉寂刻板的幽闭生活。然而，就在克雷默尔热烈地追求自己的女钢琴教师时，他可怕地发现自己陷入了一场情爱的陷阱：埃里卡的母亲固执而变态地从他手中抢夺埃里卡，埃里卡在对待情欲上表现出受虐狂的疯狂举动更是极端不正常。最终克雷默尔选择了逃离。而埃里卡也开始走出发霉的生活，试着走向远方的一缕阳光……

《钢琴教师》情节极度夸张又不失真实感，语言更是别出心裁。作者采用了一种冷漠、玩世不恭、充满尖刻的讽刺和嘲弄的叙述语言。尽管这种语言极具风险性，但和小说人物的内心情感和现实遭遇特别吻合。刚刚出版《后悔录》（人民文学出版社，2005年7月）的小说家东西在接受《文学报》记者采访时说过这样的话："只有把被遮蔽的生活写出来，作者才会获得读者的尊重……身体就在脚下，心灵却在远方。一个小说家的好坏，取决于身体与心灵的距离。"不知为什么，就在阅读《钢琴教师》的时候，东西的话老是萦绕在我耳边。我觉得《钢琴教师》在讲述这么一个"凶险"的故事时，最能贴近读者并能感动读者的，就是我们内心被遮蔽的情感。

在耶利内克2004年获得诺贝尔文学奖之前，我们对这位奥地利作家了解很少。在耶利内克获奖后，国内好几家出版社立即组织力量翻译她的作品，北京十月文艺出版社首先推出了获奖小说《钢琴教师》，与此同时，长江文艺出版社出版了耶利内克的五卷本文集，分别是《"钢琴教师"耶利内克》《情欲》《啊，荒野》《魂断阿尔卑斯山》《贪婪》，其中《"钢琴教师"耶利内克》是德语文学翻译家钱定平创作的一部传记，该书对女作家代表作《钢琴教师》的内蕴、脉络和语言、音色、心理分析与意象运用，作了极其细致地梳理和阐述。该书对我们了解耶利内克和阅读《钢琴教师》有很好的借鉴作用。

2005年9月20日

汪曾祺与《沙家浜》

许多人都知道汪曾祺是著名小说家，新时期复出文坛就以超凡脱俗、不拘一格的文笔，发表了《受戒》《异秉》《大淖纪事》《岁寒三友》等名篇而引人关注。后来，随着汪迷队伍的越来越大，对他在其他方面的成就如书法、绘画、散文、随笔、评论、戏曲、诗词、美食等也推崇备至，特别是"样板戏"《沙家浜》和汪曾祺的关系，以及汪曾祺在"文革"初期被突击"解放"、全力投入到"样板戏"创作中的许多鲜为人知的内幕，更是扑朔迷离，引人猜测。

汪曾祺研究专家陆建华先生创作的《汪曾祺与〈沙家浜〉》，以详细的笔墨首次还原了"文革"期间，汪曾祺创作《沙家浜》等"样板戏"的历史真相，最新披露了江青与汪曾祺及其"样板戏"的真实关系，书中还配有多幅珍贵的照片，有的不乏第一次发表，真实再现了一段不为人知的历史记忆，为广大"汪迷"奉献了一道精美的文学"大餐"。

陆先生和汪曾祺是同乡，和汪曾祺的弟弟又是同学，加上长期在文艺部门从事文艺领导和文学创作，很早就结识了汪曾祺，并结下了深厚的友谊，曾多次采访汪曾祺，和汪曾祺交流创作经验，聆听汪曾祺关于文学创作的许多独到的见解，当然也会听汪老侃些文坛趣事。在长期的接触交往中，陆先生对汪老的了解越来越深，曾创作多篇关于汪曾祺的散文随笔和文学评论，仅出版的专著就有《汪曾祺传》（江苏文艺出版社，1997年）、《汪曾祺的春夏秋冬》（河南人民出版社，2005年）、《私信中的汪曾祺》（上海文艺出版社，2011年）。另外还编辑出版了《汪曾祺文集》（江苏文艺出版社）。对于汪曾祺和《沙家浜》之间的关联与纠葛，更是在和汪老的多次交流交往中，逐渐有所了解和加深，对汪老一生的为文为人，也有了更多更为丰富的认识。经过多年的酝酿和朋友的"怂恿"，陆建华先生用短短三个月的时间，写出了这本很有市场前景的上乘之作。

众所周知，现代京剧《沙家浜》，家喻户晓，妇孺皆知，此剧由沪剧《芦荡火种》改编创作而成，主要执笔者是汪曾祺。但是《沙家浜》从它问世那天起就一波三折，风云变幻，汪曾祺也随之悲喜不定，起落沉浮，由此造成《沙家浜》创作过程中的云遮雾障，众说纷纭。本书以大量丰富确凿的资料，生动详尽地记述了从沪剧《芦荡火种》改编为京剧《沙家浜》的全过程；江青看中汪曾祺执笔的原委；汪曾祺在执笔改编创作中所作出的贡献；汪曾祺因《沙家浜》带来自身命运的变幻莫测；《沙家浜》从一台平常的现代京剧演变为"样板戏"的过程轨迹；《沙家浜》剧组和主要演员们的悲喜人生以及参与《沙家浜》主创人员对汪曾祺的中肯证评价等等，可谓内容庞杂、丰富，所披露的内幕足以吸引读者的眼球和好奇心。全书情节生动，作者笔墨老到，采用资料翔实，叙述精当，生动感人，可读性强，既给人启示，更回味无穷，还原了中国当代戏剧史上发人深思的一段史实，既有史料价值，又充满文学情怀，也从另一个独特角度揭示了被人们称为"中国最后一个士大夫"的汪曾祺的人品和文品。

该书由山东人民出版社出版发行，开本大方，印制精美，书中附录部分，选登了数页汪曾祺关于《沙家浜》的修改手迹。封底上摘录了数条著名作家、艺术家对汪曾祺的评价，如汪曾祺好友、著名作家林斤澜说："1963年汪曾祺开始参与改编沪剧《芦荡火种》，由此揭开了他与样板戏与江青十多年的恩怨纠葛，构成他一生创作中最奇异、最复杂、最微妙的特殊时期。"剧作家肖甲说："汪曾祺才气逼人，涉猎面很广。他看的东西多，屋里凳子上全是书。江青比较欣赏他，而汪曾祺依旧那么兢兢业业，在阶级斗争高度压力下，他过得很本分。谈不上重用，就是被使用而已。"这些手迹和同时代名人的评价，更从另一个方面透露了这本书的多重价值和意义。

此外，该书还透露一个令广大"汪迷"深感振奋和期待的信息：《汪曾祺与〈沙家浜〉》是作为"汪曾祺研读文丛"的一种出版的。该"文丛"由著名文学评论家、《小说选刊》副主编王干先生担任主编，编委阵容特别强大。另据透露，"文丛"的其余书目还有《汪曾祺评传》《汪曾祺年谱》《汪曾祺论沈从文》《汪曾祺书画》《汪曾祺书信》《汪曾祺诗联品读》等数种，也即将由山东人民出版社隆重推出。

2014 年 10 月 21 日写于北京朝阳草房荷边小筑

《小报告以外》及其他

河南人民出版社出一套"野蕨藜丛书",由牧惠任主编,内收他自己的一本杂文集《小报告以外》,收他各个时期的杂文近百篇,基本上是他的一本选集了。牧惠在该书"题记"里说:"在这几十年中,我写过小说、诗歌、散文、评论……更写过不少检讨、认罪书,其中散布过不少现在想起来十分羞愧的错误思想,唯独没有写(打)过小报告。"可见,牧惠对打小报告者深恶痛绝。

杂文家牧惠去世一周年前夕,得牧惠"杂"书数册,灯下读来,颇有感触,不禁想起他和《苍梧晚报》海州湾的一段文字情缘。

早在《苍梧晚报》试刊的时候,按照当时的办刊计划,有两个栏目不但要坚持下去,还要办出高水准,一个是反映连云港地方历史文化的"苍梧片影",另一个是"名家手记"。特别是"名家手记",主要靠编辑的约稿。副刊部的同仁不遗余力,利用各种关系到处拉名人加盟,一时间,海州湾的名家队伍蔚为壮观,老作家有流沙河、牧惠、黄东成、孙友田等,中年作家有陈村、赵本夫、徐雁、叶兆言等,青年作家队伍更为庞大,叶弥、朱文颖、赵大河、荆歌、刘兆如、张艳茜等更是来自全国各地。在这些名家稿件中,牧惠先生的稿件不仅量大质高,也更符合海州湾的风格,像《"寻人启事"》《知易何难》《治治冷漠症》《崇祯引出的教训》等篇,文笔老辣,文风质朴,或针砭时弊,或扬善褒真,深得读者的喜欢。

我知道牧惠，不是因为他的杂文，而是从他一本关于《水浒传》的小书开始，名曰《水浒简评》（文化艺术出版社，1985年12月）和《中国小说艺术浅探》（海南人民出版社，1987年7月）。他的关于小说艺术的浅探，探讨的内容确实较浅，不能算作成功的作品。对牧惠的文章开始有好印象，是从《雨花》开始的。2000年《雨花》改刊，有"世象漫谈"专栏，牧惠的文章常在这个专栏里打头，这才知道他是一个当代杂文大家。

牧惠在《开卷》"我的书房"专栏上有一份自撰简历：

> 牧惠，1928年出生于广西贺县的广东新会人。读书时叫林颂葵，入游击区后叫林文山，投稿时叫牧惠。1945年冬从贺县中学毕业，1946年去广州考入中山大学中文系，1948年被迫逃离中大去打游击。新中国成立后当区干部，然后被一级级往上调。1961年上调到中央，在《红旗》杂志当文艺组编辑。1988年离休。搞过基层群众工作、理论教育工作，当过政治经济学讲师和杂志编辑，最后归队全心搞文艺。写过小说、散文、杂文、文学评论（包括"大批判"），"文革"后搞过一段明清小说研究，终于又把主要精力用于写杂文。迄今出版了四十多种著作。

从牧惠先生的这份自撰简历中，大致知道了他的人生历程，但最终还是归队"搞文艺"。

从南京书友董宁文处，看到他在港台出版的部分书目，有不少是关于明清小说的，如《金瓶风月话》（香港中华书局、台北远流1989年1月出版），《西厢六论》（台北大川出版社，1990年5月出版），《歪批水浒》（台北大川出版社，1993年6月出版），后来他还出版过《闲侃聊斋》《今评新注〈聊斋志异〉》《红楼醒梦》

等书，这些关于明清小说的研究文章，大概是他除杂文外的主要著述了。

前几天整理书刊，看到牧惠先生寄赠的《头疼医脚》（福建人民出版社，2001年9月）《衣鱼集》（天津古籍出版社，2001年10月）和《沙滩随想》（山西人民出版社，2002年1月），不禁勾起我对牧惠先生的怀想。

我和牧惠先生没有见过面，但听过他的声音。我在单位值班，至少接到过他三次电话，他都是自报家门，说是北京的牧惠，然后询问一下他邮寄的稿件是否合适等等，言谈中，是个十分谦逊的老人。但是，2004年6月8日，牧惠先生在北京逝世。我从不少媒体上看到相关消息，都给予他高度评价，《雨花》在2004年8月号上说他是"我国颇具影响力和代表性的杂文大家……其人刚正诚挚，其文风骨独具，激浊扬清，正气浩然"。

我觉得，这样的评价是公允的。

2005年9月21日

《文化人与钱》

日前得"闲书"一部,《文化人与钱》(百花文艺出版社,2001年1月版),看到新文化运动先驱者陈独秀、胡适、鲁迅、周作人以及后继者田汉、夏衍、周扬等人当年的经济收入和生活状况,很是有趣。仅举鲁迅一例,"1928~1936在上海时期他总收入74508元4角1分,月平均716元……相当于今人民币2万多元"。这些钱是怎么来的呢?"除1928~1931每月有'大学院基金'300元固定收入以外,主要以'卖文为生',也就是靠版税、稿酬和编辑费为生。一开始,北新书局每月支付给鲁迅版税100元和《奔流》杂志的编辑费100元;他在报刊上发表文章的稿酬为千字3~5元……"文中还多次趣谈了鲁迅因经济而引起的纠纷,甚至找过律师打官司,"索回2万多元应得稿费"等等。

钱这东西,真是世上第一大妖怪,只要是略有思维的人,都绕不开它,更不要说有多少人在它面前摔得鼻青脸肿了。

从古至今,有许许多多对金钱的评述,早在西晋时期,有一个叫鲁褒的人,就专门写过一篇《钱神论》:"夫钱,穷者使通达,寒者使温暖,贫者使勇悍。""钱能转祸为福,因败而成,危者得安,死者得生,性命长短,福禄贵贱,皆在乎钱。"此文有点意思,是戏谑之笔,嬉笑甚于怒骂,是一部关于钱的杂著,也可以说是一部"钱学"。再说那个《题长安壁主人》一诗的作者张渭,对钱的感慨也别出心裁："世人结交须黄金，黄金不多交不深。"就是说，要想交情深，只能用黄金来打点。诗人用简明而深刻的语言，揭示了世俗社会的友谊之桥是架在金钱之上的，一千多年下来了，此招还十分管用，特别是对那些想结交权贵的人，你不拿钱来买路，别想办成事情，除非你甘愿一辈子做穷光蛋。可话虽是如此，君子之交淡如水的友情还是屡见不鲜。此话已经涉及另一层意思了，和本文的趣味有些相左，不谈。

还是说文人与钱。谈说钱的文人古今有，外国也有，大师级的如林语堂、梁实秋也正儿八经地谈论过"孔方兄""阿堵物"。林语堂还说："诗是最难卖钱的。这也是我反对女子卖文为生之一重大原因。"（《林语堂全集》第十四卷110页）外国的大文豪拜伦、莎士比亚、巴尔扎克也洋洋洒洒地说过钱。钱是一根伟大的魔棍，随随便便就能改变一个人的模样。莎士比亚在怒斥"金钱——这全世界的娼妓"之余，又在《雅典的泰门》一剧中说得十分透彻："金子，……这东西，只这一点点儿，就可以使黑的变成白的，丑的变成美的，错的变成对的。卑贱变成尊贵，老人变成少年，懦夫变成勇士。它可以使受诅咒的人得福，使害着灰色癞病的人为众人所敬爱，它可以使窃贼得到高爵显位，和元老们分庭抗礼，它可以使鸡皮黄脸的寡妇重做新娘……"左拉的小说《金钱》也入骨三分地刻画出金钱所扭曲的人性。一个流氓无意中得到了12万法郎的巨款，竟能使皇帝的情妇甘愿与之睡觉。大家熟知的《百万英镑》，更是淋漓尽致地昭示了人的灵魂。

但是，也有不少"俊杰贤达""文人豪士"于诗文中表达自己洁身如玉的思想。皮日休写道："阴阳为炭地为炉，铸出金钱不用模。莫向人间逞颜色，不知还解济贫无。"如果这只是对钱发生怀疑，寄托一丝忧民情绪的话，那么古代骚人墨客为人清高，使钱清爽则更值得赞赏。那个风流一世的唐寅，也有一首"不炼气丹不坐禅，不为商贾不耕田。闲来写就丹青卖，不使人间造孽钱"的诗。这首诗的意思和宋人苏东坡一则趣闻逸事相类似。相传大才子苏东坡在京都相国寺和佛印和尚对饮小谈，酒意盎然间，佛印和尚便挥毫题"酒色财气诗"来：

> 酒色财气四堵墙，
> 人人都往墙里藏。
> 谁能跳出墙垛外，
> 不活百岁寿也长。

这是和尚专对苏东坡说的，有些劝诫的意思。和尚不去直截了当评说东坡大学士的诗里充满着"酒气财色"，而是拐了个弯儿。

钱也能鞭策人。1924年冬，沈从文贫病交迫，写信向郁达夫求援，郁达夫请沈吃了一顿饭，掏五块钱付账，把找回的3.3元送给沈，让沈感激了一辈子。也正是从那之后，沈从文的写作更加勤奋用功，后来终于在文学的道路上顺风顺水，成为新文学史上的一代大家。

"宠辱不惊，闲看庭前花开花落；名利无意，漫随天外云卷云舒"——想不起来是谁的对子，但是，这种高境界和大气魄，或许于我们凡夫俗子是做不到的，估计谁都很难做到，说不在乎钱的人，不但不实在，依我看，实在是虚伪了。鲁迅说过一句话，大意是这样的：对钱无所谓的人，饿他几天肚皮，再来讨论这个问题。其实对父母的孝心，对子女的爱心，对社会的关心，不少时候也是需要用钱来实现和体现的，中国现代文学馆，倡导者巴金捐赠了15万，上海设立一个文学基金会，巴金一次就捐赠了500万，这可都不是小数目。当然，钱要取之有道（这是谁都懂的浅显道理，话又扯远了），少些处心积虑、尔虞我诈的积财聚钱，不去取不义之财。《金瓶梅》中"戒贪词"说得好："钱帛金珠笼内收，若非出道少贪求。亲朋道义因财失,父子怀情为利休。急缩手,且抽头,免使身心昼夜愁;儿孙自有儿孙福,莫与儿孙作远忧。"

小文写到这里,该收尾了。闲翻《文化人与钱》,大致的印象是,书中并没有避讳那些名流大家在各个时期对待金钱的态度,并且还考证了他们在各种经济背景下的生活状态,归纳、比较、分析了他们金钱的收支情况和生活费用,了解这些,有助于我们从钱这样一个特别的角度,体味他们的个性、人格、问学路程及心路历程。

2002年10月18日

2005年5月4日上午修改

补 记

巴金逝世以后,某报"周末"上有一篇文章,大意是巴金"不为人民币写作",只为理想写作。这话也对也不对,至少只对了一半。作者的初衷可能是想表达巴金不写粗制滥造的作品。我觉得这种话是可以说的,但是要看准对象,对巴金这样的大师说,恕我直言,就实在是浅薄和无聊了,就好像对九段围棋高手讲解什么是"死活"一样。这篇评论巴老的文章确实太一般化,从头至尾充满着假大空的语言,满篇都是"'文革'腔"。谁都知道,巴金不写粗制滥造的作品,是他的品行决定的,即便是写出像《三同志》那样不成功的小说,他也不拿出去发表换稿费。再说,巴金是靠稿费为生的,写作只是他的一种工作,至于他写什么和不写什么,那是作家的趣味和志向,是道德修养来决定的,说不为钱,这不是空话吗?仅举一例,巴金在朝鲜战场体验生活的时候,和夫人萧珊有过数封通信,有许多封信就是谈钱的,如1952年2月23日萧珊给巴金的信里说:

"你现在还没有穿上毛裤吗？……钱已经汇了，如果信到的时候钱尚未送来的话，你可以去开明拿了。"看看，没有钱连毛裤都穿不上。再看1954年8月5日萧珊给巴金的信："诚实书店已把法文字典送来了，可是一定要50万，钱我已经付了……那一批俄文书价还未说妥，书有一部分在我这里，我已经按你的价钱给他116.5万元……"1950年11月21日，萧珊致巴金的信里说："开明的版税已经送来，出乎意外的少。只有五百多万，我大吃一惊……"当年，巴金不但写书，还编杂志，开书店，经营出版社，都是为了生活，不为金钱怎么能过好日子写好文章？作者的意思和编者的意图也许是拿巴金和那些大量的地摊文学、通俗文学的作者相比的，可这样的类比，实在是给巴金抹黑了。

2005年10月28日下午于黄昏将近时

《小癞子》里的一句话

  他经常和我妈来往,在我家过夜,我妈就给我生了一个很俊的小黑人。我摇他睡觉,让他渥着我取暖。记得有一天我那黑后爹逗他的娃娃玩儿,那小娃子瞧我和妈妈皮肤白,他爹另是一样,有点害怕,躲在妈妈身边,指着他说:"妈妈,黑鬼!"我后爹笑着说:"这个婊子养的!"我虽然还是个小孩子,听了我小弟弟的话暗想:"他瞧不起自己,倒躲人家,像他这种人世界上不知该有多少呢!"

  这是西班牙小说《小癞子》第一章里的一段。这一段的精彩部分是"我"心里暗想的那句:"他瞧不起自己,倒躲人家,像他这种人世界上不知该有多少呢!"我每每看到这里,就要禁不住会心一笑。想起生活中也常常有这些人,在编派、诽谤、污辱别人的时候,实际上也是在说他自己。我在听到这些议论后,也会情不自禁想起《小癞子》里的这句话。明明自己就是黑鬼,还躲着黑鬼爸爸,并骂自己老子是黑鬼。这种人,现实生活中的确太多了,要举例子,可以举不胜举。既然例子太多,想必大家也都明白,我就不再饶舌了。我把这一段抄在这里,奇文共欣赏,读者可以把它当成一篇杂文,也可以当作一篇小小说来读,总之是有点嚼头和内涵的。

  几年前,我在某次酒桌上说起这个故事,有人当场拍桌子,大声叫好，并表态，我立即写一篇小小说！我没告诉他这个故事的出处，也不知道此君的小小说写没写。我倒是希望他能写出来，我相信，经过他的生花妙笔，一定能演绎出精彩的故事，让更多的人来看看自己的弱点。

《小癞子》译者是杨绛。1950年杨绛在清华大学任教时开始翻译，1950年4月由上海平明出版社初版，1953年月10月重排，为"文学译林"丛书之一，1956年7月改由作家出版社出版，1962年12月人民文学出版社出版，后收在《杨绛译文集》（译林出版社1994年11月）第三卷里，小说只有三万来字。我手头的这本《小癞子》是上海译文出版社1978年7月印行的，是经过译者根据三种原版本考订后的新译。《小癞子》的故事梗概，杨绛的"译后记"里有一段话可略作替代：

>写小癞子这种人物的小说，所谓流浪汉体小说，在西洋以此书为首创。它把一个流浪汉——小癞子——作为主角，由他自述一生经历：先是做瞎眼花子的领路孩子，后又一次次当用人，渐渐从饥寒中挣扎到成家立业。他描写自己怎么样挨饿受罪，怎么欺骗偷窃；同样暴露各主人的贪婪、鄙吝、欺诈或愚蠢。

原作者在"前言"里也有一句话，倒是能说明该书的旨趣："您叫我详述身世；我认为不要半中间起，最好从头讲来，让你能看到我的全貌，也让贵公子们想想，自己何德何能，无非靠运气占了便宜；苦命的穷人全凭自己挣扎，居然历经风波，安抵港口，成就比起来要大得多呢。"其实，"贵公子们"何止全靠运气啊，作者看来也太客气了。

《早春一吻》

癸未冬，过盐河边旧书市，偶得一部油印本《早春一吻》。该书装帧较为认真，书名为大字楷体，著"编剧周维先"，下款落"南京电影制片厂"和"一九九一年四月"字样，推测该是此油印本的印制单位和印制年月。

早几年，周先生曾送给我一部签名本《早春一吻》，我也斗胆写过一篇同名书评（收书话集《流年书影》）。那本《早春一吻》（简称出版本）是一部剧作集，收除电影剧本《早春一吻》外，还有电影剧本《当我们年轻的时光》《长相知》《生命的秋天》《夏之雨·冬之梦》《魂牵鹿特丹》《陈圆圆》《百年梦幻》等八部，该书封面设计周明亮，出版者为中国广播电视出版社，初版为1992年11月，大32开简装，印10000册，定价6.50元，书前有作者自序《我将爱到最后一刻》，书后跋文为文学评论家李惊涛先生精心创作的《作为文学表象的爱与生》。

周维先先生出生于1937年，江苏宜兴人，是中国电影、电视、戏剧家协会三栖会员，曾担任连云港市文学艺术界联合会主席和江苏省电影文学学会副会长。周先生退休后，依然创作不辍，写出了八集电视连续剧《小萝卜头》（南京电影制片厂拍摄，国庆五十周年期间在全国播出，荣获金鹰、飞天两项大奖）等电视剧本。

油印本《早春一吻》共64页。从出版本文后得知，剧作家于

"一九八八年春初稿于锦屏山下桃花涧边；一九九一年夏四稿于紫金山麓玄武湖畔；原载于《钟山》一九八九年第六期"。出版本大概是根据油印修改本收入的。

据周先生介绍，油印本《早春一吻》是南京电影制片厂为方便拍摄而印制的。

南影厂早就准备投拍这部影片，并多次请周先生到南京锁金村（南影厂所在地）修改剧本。1991年的这个修改本，已得到各方面的认可，但制片厂一直拖了两三年还没有动静。真所谓好事多谋，早就钟情于该剧本的广西电影制片厂准备中途挖走，南影厂这才搭班子正式投入拍摄，于1994年拍竣。影片一经上演就好评如潮，荣获当年金鸡奖、全国五个一工程提名奖和北京大学生电影节优秀影片奖。是年，德国柏林电影节来我国选片，很欣赏这部影片的李准先生力荐该片，德国选片专家在认真看了电影后，认为在描写真爱和探索人性方面，是近年来不可多得的好片子。但曾经策动两次世界大战的德国人，非常挑剔地认为，片中6岁主人翁早春因剧情需要而玩的玩具枪，不符合德国人痛悔战争的原愿，只好忍痛割爱。但是该片仍然被我国权威部门推荐，参加在美国、新加坡等国举办的中国电影展。

2003 年 12 月 17 日于新浦河南庄

两本关于苗运琴的书

水晶收藏家苗运琴先生原是作家,出版有散文集《故乡风情》(江苏文艺出版社,1990年)和小说集《敲门》(江苏文艺出版社,1991年11月),并担任过连云港市作家协会副主席和东海县作家协会主席,1990年代初开始水晶艺术品收藏,历经数年,终成一代收藏大家,在我市成立首家水晶艺术品博物馆,我曾到牛山镇牛山北路文工巷二号参观过,真是大开了眼界。20世纪90年代后期,该馆移至上海。

近日在宝利藏宝楼淘宝,意外得到关于苗运琴的两本书,其一是早期《连云港文艺》,其二是其小说集《敲门》,两本书的价值在于,扉页都有题款——

早年,苗运琴创作颇丰,并担任《东海文艺》主编,和连云港市诸多文艺家素有交往,这本1979年出版的《连云港文艺》第四期,就是当时任职于连云港市博物馆的著名文博专家丁义珍先生题赠苗运琴的。题款云:"赠《东海文艺》编辑部苗运琴同志存阅。连云港市博物馆丁义珍1980年3月9日。"那时候,丁义珍和苗运琴也许不是很熟,二人都是三十来岁,正赶上文学爆炸的年代,特别是比苗氏稍长的丁义珍,不但是文博专家,还是诗人,更是搜集、编写了很多有趣的民间故事,是个很有才华和见地的地方文史学者,他有一首写孔望山的诗,可以略知他的文采:

兹山曾是海边山，地近蓬壶一水环。
孔圣观澜名孔望，秦王立石号秦关。
胡僧布道图其上，汉相求神庙此间。
文物今犹随处见，游人谁不乐登攀？

丁义珍先生不幸于1997年英年早逝，生前是中国民间文学家协会、中国博物馆学会、中国建筑学会的会员。时隔多年，见到丁先生题赠的旧杂志，就尤其珍贵了。

《连云港文艺》是《连云港文学》的前身，由连云港市文化局创作组编辑出版，该期封面设计者王景，内容比较丰富，有"民间传说特辑"，头条即是丁义珍创作的《吴承恩上云台》，另有名家魏琪、张文宝、刘洪石、孙佳讯的作品，杨炳昌、吴海浪、金大学的插图也颇为出彩。

《连云港文艺》是丁义珍赠送苗运琴的，而这本《敲门》，则是苗运琴赠送给连云港市一位老作家的（不便透露姓名），赠送日期为"九二、二、廿"，落款"运琴"。《敲门》是苗运琴的代表作，说是小说集，其实，首篇《敲门》，就是一篇报告文学。关于《敲门》的含义，苗运琴在《后记》中说道："运琴已年逾不惑，四十多个春秋中他敲过柴巴门、木板门、铁门、钢门，也敲过爱情之门、财富之门；官门、民门、乞丐门、流氓无赖门，他都敲过；他的门也同时被各种各样的人敲了一遍又一遍。他喜欢敲门，也喜欢被敲。"还说，"他决心继续去敲文学殿堂之门。"也许在写这篇后记的1991年9月，他还没想到，不久之后，他就成为我国水晶艺术品收藏名家吧。

2006年10月30日于连云港

《日藏汉籍善本书录》

　　写下这个题目,心里突然一沉,和华夏五千年文化紧密相连的古代文献典籍,竟有一万零四百余种善本流传在日本列岛,这还不包括清代和清代之后的典籍,这是一个多么惊人的数字啊。

　　好在,北京大学严绍璗教授穷23年之功,曾30余次到日本访书,细心搜寻,精心整理,编撰了一部凡350余万字、分装三巨册的大著《日藏汉籍善本书目》。

　　该书从文化史学的立场出发,详细考察了汉籍善本的版本状态、保存机构、传递轨迹、识文记事、早期日本相关文献的记载,以及汉籍文化融入日本社会生活的诸种事项。它以最基本的文本事实,论证了中日之间两千余年的文化联系,并且为东亚文化研究和"日本中国学"研究奠定了坚实的实证文本基础,也为我国古籍版本目录学在"汉籍世界传播"的层面上提供了相当丰厚的基础性材料。

　　我们知道,在严著之前,关于日藏汉籍的著作,大约有十几种,其中,学术界经常提到的,有清人杨守敬的《日本访书志》十六卷和董康的《书舶庸谭》九卷。杨氏的《日本访书志》,著录汉籍善本236种,后经王重民先生补订,编成《日本访书志补》,两种加在一起,为282种,著录量只有严先生《日藏汉籍善本书录》的百分之三弱。而《书舶庸谭》著录流散于日本的汉籍,不足200种,不及严著的百分之二。

如此简单的回顾，就不难看出，严先生的《日藏汉籍善本书录》在规模上，不是一倍两倍的超越前人，而是十倍乃至数十倍的超越。在著录方面，严先生的《书录》"继承了我国传统书目由班固《汉书·艺文志》开创的叙录体简明扼要、画龙点睛的长处，同时又有所开创。他十分注重这些日藏汉籍来源的考溯，一一注明它们的当今收藏者和原收藏者。如著录的《周易注疏》十三卷，严先生按一般书目著录说：'（魏）王弼（晋）韩康伯注（唐）孔颖达等疏'"。"这些著录，已经把此本《周易注疏》的特点、价值及其收藏情况等，都做了简赅的报告，如果就此打住，就书目来说，已经无可挑剔了。而严先生在此基础上，继承并提升了我国传统书目由马端临《文献通考·经籍考》开创的辑录体广录前人有关资料的特点，用《按语》和《附录》的形式，增录了许多与该书相关的文献资料，为全面了解和进一步研究该书提供了广阔的文化视野。仍以上书为例，严先生首先用《按语》说明了该书每页的行数和每行的字数，然后一一开列了该书的刻工姓名，并有简明扼要的考定文字：'卷中避宋讳，缺画至宋高宗构字，由此推为南宋初期刊本'"。（崔文印著《根深实遂　膏沃光晔》，载《北京大学学报》社科版2007年第五期）

由此可见，严先生对版本目录学的学识是如此的深厚，已经远远地突破了传统"目录学"就书论书的局限，而是开阔了学术视野，开拓了著录内容，把文本著录与学术研究在"跨文化综合研究"的层面上结合在了一起，可以说，是开创了同类著作中的先例，具有不可估量的示范作用。

作为有史以来，在世界范围内研究中日文化关系最宏大的基础性文献考察报告，自然引起多方的关注，该书早在1986年就被列为全国高校古籍整理重点项目，1990年列为国务院古籍整理与出版十年国家重点规划项目，1995年列为国家新闻出版总署"九五"重点出版规划，2000年列为北京大学"九八五"创世界一流大学学术规划项目。该书封面题字是我国已故著名书法家启功先生所书,我国国家图书馆名誉馆长任继愈先生、我国中央文史研究馆馆长袁行沛先生,以及日本当代最具权威的中国文献史学家尾崎康教授分别为该书作序,任序称:"《日藏汉籍善本书录》体现了现代学者治学的方法,透过中日汉籍的交流现象,揭示出文化交流的脉络。读此书,不仅广其见,而且助人开思路。"袁序称作者"多年从事中日文化交流史的研究,故能以不尽同于目录学家的眼光,追寻中国文化东传的轨迹,审视日本藏汉籍所负载的文化意义……本书所揭示出来的中日两国复杂的关系史,已超越了文献学的范围,而具有更加广泛的意义"。尾崎先生也说该书录的出版,"直接而具体地证明了日本对汉籍接受的历史"。

2007年11月7日上午,在北京大学英杰楼二层一间会议室里,举行了《日藏汉籍善本书目》学术座谈会。因为一个特殊的机缘,我有幸列席了这次会议,亲眼所见了我国著名学者任继愈、金开诚、白化文等老先生的风采,聆听了大师们对该书的品评与评价。座谈会由北京大学常务副校长杨忠主持,中华书局副总编辑徐俊先生介绍了该书的出版经过,然后,任继愈先生、金开诚先生等相继发言。九十二岁的任老在发言中说:"赶上好时候,国家发达,学术昌盛,才有可能出现严先生这样的学者和这样一本大著。日本的学者肯帮忙,比英国人好说话,我到英国去看敦煌卷子,从我们这里抢去,还限制我们看,一次只许看一件。当年梁漱溟先生在英国访学,用黄金换一本宋版书。近几年学风浮躁,像严先生这种人要适当鼓励。十年磨一剑,几十年磨一剑。北大有这个条件,可以争一争,鼓励十年磨一剑的老师。培养人才是第一位的。人才不能加工。人才培养是长期性的。我们迎接文化的高潮,必须有一个阶段准备资料,积累资料,拿出中国的、世界的精华部分。十七大提到古籍整理,也是时代的要求。时代要求要前进,要发展。北大开了个好头,培养了人才。"任老的发言言之切切，赢得了热烈的掌声。接着，金老在发言中说："我的眼睛瞎掉了，还剩一只眼，利用这一只眼看了目录和序言，翻一翻图片，心里有很多感触，情感很复杂，没想到有这么多书，这么多善本……国宝损失得太多。在我的概念里，很多人出国是为了发财。问严先生为什么出国，他是去做资料的。现在看见这本书，是多么的艰难，我是做不出来的。严先生访书这个事，有种种趣闻逸事，今天不谈这个。但是我深知这项工作不容易，一方面，跟他的个人魅力分不开，也和他的人格魅力分不开。他非常有亲和力，我和他见面，没有三句是真话，都是调侃。但他做事情极其认真，一个学者，要真正做出不朽的成果，必须是在德的方面得到多助，达到一定的境界。对于于丹我也很赞成，有了于丹，多几百万人知道《论语》，为什么不呢？我们的学术，要分两趟车，把一部分人推到大众里，还有一种人要沉下来做学问。"接着，白化文、程郁缀、蒋绍愚等学者都相继做了精彩的发言。

　　对于目录学，我是外行，但我喜欢这方面的书籍。检索舍间藏书，有关目录学的还有十数本，如《中国古代通俗小说书目》《书目与书评》《影印〈玉房山藏书薄录〉》《目录学概论》等，有事没事常把些书聚拢在案头床边，随手闲翻，一目十行地快读，看着那一本本浸润着无数文人学士穷多年心血和智慧创造出来的结晶，心里禁不住生出许多感慨。至于我写过的关于这方面的几篇"书话"小文，实在不足挂齿，只不过是聊着一个后来者对诸多前辈的深深敬意罢了。

2007年11月28日草于北大文博院

朱自清说诗

谁都知道，朱自清先生是现代文学史上著名的散文大家，《背影》《荷塘月色》等名篇，怕是无人不知，有的人甚至能从头背下来。其实，对于散文家的名头，朱自清先生的内心并不十分认同，事实上，他更是一位古典文学的学者。王瑶先生曾说过："朱先生是诗人，中国诗，从《诗经》到现代，他都有深（精）湛的研究。""对朱自清来讲，辉煌的散文成就，既是他的幸事，又是他的莫大不幸。他从不愿意以散文家自居——那并不仅仅是一位敦厚文人的自谦，而是他从不认为散文是他的本色。"王瑶先生的话，恐怕最符合朱自清的本意了。朱自清"在专业领域的孤高造诣使他被划入同时代最卓越的同侪之列"。

彩色图文本《朱自清说诗》（陕西师范大学出版社），就是朱先生论古典诗学的论文结集，该书共收朱自清诗学论著11篇，分别是《论诗学门经》《诗多义举例》《诗的语言》《论"以文为诗"》《乐府清商三调诗论》《日常生活的诗》《陶诗的深度》《唐诗三百首指导大概》《再论"曲终人不见，江上数峰青"》《什么是宋诗的精华》《王安石〈明妃曲〉》，此外，还收作为附录的《诗言志》。仅从所收诗论的标题看，就略知朱先生在这方面是下了大功夫并取得大成就的。细读朱先生这些论文，却又并非大学者高头讲章般深奥难懂，都是用平实的语言，把深奥的东西简化，在《陶诗的深度》

里,他说:"注陶诗的,南宋汤汉是第一人。他因为《述酒》诗'直吐忠愤',而'乱以瘦词,千载之下,读者不省为何语',故加笺释。""所以《述酒》之外,注的极为简略。后来有李公焕的《笺注》,比较详些;但不止笺注,还采录评语。这个本子通行甚久;直到清代陶澍的《靖节先生集》止,各家注陶,都跳不出李公焕的圈子。"从朱先生短短的几句话里,就理清了"注陶"的脉络。

更为难得的是,《朱自清说诗》里,还收有几十幅历代名画,和所述内容极为贴切,仅《唐诗三百首指导大概》里,就收名画29幅,有的画,是根据诗意绘制的,如《剑阁图》,就是根据李白的《蜀道难》的诗意而想象出的剑阁蜀道,《太白醉酒图》和《桃李园图》也是如此,在《桃李园图》里,四个文人秉烛而坐,饮酒赋诗,一看就取材于李白的《青衣宴桃李园序》。选编者匠心独运,能够巧妙地将古画融进诗论里,给阅读者产生联想和发挥并带来心理上的享受,王维的名句"闭户著书多岁月,种松皆作老龙鳞",明朝大画家沈颢根据诗意所作的《闭户著书图》,传神地再现了隐居深山的诗人的生活情态,与此相对应的,是一幅《长江积雪图》,该图描绘了大江两岸群山绵延,枯树寒林,村庄房舍,落雁平滩,俱沉浸在茫茫雪意之中。

总之,《朱自清说诗》,是一部形式上独到的书,在把卷之余,所得并不仅仅在诗,书中所传递的大量信息,才是读者真正喜欢的。《李叔同说佛》《徐志摩说文学》《胡适之说儒》是"彩色图文本"丛书里的另三种,也"同为不可多得的精心之作"。

2006年5月22日

魏微和她的小说

读魏微的小说,始终有一种期待的心理,期待故事如何发展和人物命运的走势,因为她讲述的,是我们共同的经验,那尖锐的、令我们疼痛的经验,会让我们久久不能释怀。此外,我喜欢她那种水墨画一样的写意,还有像优秀画家那样拿捏有度的叙述和描写。

《回家》(春风文艺出版社,2005年1月)这部书,是"布老虎中篇书系里"的一种,一年多前就买回来了,只读了孟繁华先生为"书系"写的总序,便因为手里的事放下了。直到今年五一长假期间,才从书架上抽出来读。

这本集中的某些作品,我在不同的书(杂志)里读过,比如《看叔叔们谈恋爱——储小宝的婚姻》《回家》等,前者在本集中收了三篇同题小说,单篇可以作为短篇来读,合在一起就是中篇了。储小宝逗弄"我"玩,"我"喜欢储小宝在夏天的中午跑步时那"含混而模糊"的身影,感受到别人那模糊的爱情,等等情节,是我的少年记忆里都曾出现或闪回过的,我与其说在读别人的小说,还不如说是在回忆自己的过去。小说中那些不经意的议论,环境的描写,氛围的营造,都是轻松的写意画,而且对于许多物象的表述,也是那么的亲切,像"针线匾子""毛线团子""搓麻绳"等等具有浓郁特色的单词,我妹妹小时候就经常挂在嘴上。魏微的这组小说,还有一种面对面讲述的味道,我仿佛看到她讲述时的表情,还有娓娓的有着微波一样起伏的语感。

比较而言，《回家》一篇，还是有些隔膜，虽然，为写这部中篇，她在网上查了许多资料，但是，没有那种感同身受的东西，尽管，追求的，还是一贯的平和，还是一贯平和中透着不经意的起伏。

我在读《姐姐和弟弟》时，心里时不时有一种刺疼感，说不上来的，隐约的，油洇在纸上渐渐扩大的刺疼。在她的另几篇小说里，也时常有这种感觉。魏微是我比较熟悉和喜欢的作家，她的作品，量不是很大，最早读她的小说，是在《小说界》上，小说很短，大概只有三四千字，题目很吓人，叫《一个年龄的性意识》，仅看标题，以为又是哗众取宠的东西，但小说的质地很纯，语言很静，涓涓溪水一样。后来又在《作家》上读到了《从南京始发》，这篇小说有些"怪"，讲一对年轻的情侣从这个城市到那个城市的游走历程，似乎在说明一个道理，人生的巡回，即出发地，也是目的地。我是在读这篇小说不久，在南京认识魏微的。那时候，《在明孝陵乘凉》还没有发表，而她就住在明孝陵附近的一所大学里，可能正值假期吧，校园很静，和魏微的小说有异曲同工之妙，我们在校园里散步，没有谈文学，只是对校园里许多叫不上名字的树木产生好奇。

> 这是2000年春天，我29岁，我在这里写下了一些文字，尽可能真实地反映我为人的某些状态。
>
> 写作对我来说，不是虚荣心，也不为欲望，更不为生活得更好。我没有说话的快感，也没有太多的私生活向别人展现。在生活的姿态上，我是低沉的。
>
> 现在，我生活着，也在写作，非常慵懒；而且，情感重新回到了我的体内，它激荡着我的心，改变了我的生活方式。这是多么好的改变啊！

这是魏微写在《今晚你不留下陪我吗》（天津人民出版社，2000年6月第一版）的勒口上的自述，多么安逸的文字，正像她在《一个人的写作》最后所说的那样，"我写作，日常地生活着，心中有一些理想"。她的理想应该就是"连续写作"吧，"我要写好小说，我要做一个气质纯正的写作者""我把小说当成一件工作去做，很努力……"魏微干得很好，她的获奖小说《大老郑的女人》（也是一部关于记忆的作品），和另一篇受到好评的《异乡》，都是难度很大的题材，但是因为叙述的角度和语言把握恰如其分，在表现人物内心的隐秘空间或者无法言说的情感状态时，总是能够清晰地捕捉到那些细节的关键部位，并以相当细腻的叙述拓展了某些丰饶的人性面貌，使我们于蓦然回首之际，不自觉地被其中的生命际遇所缠绕。大老郑的女人也好，许子慧也好，她们都在为活着做种种尝试和努力，但是生活给她们施加的压力太大，她们付出的是情感、体力、智慧，得到的却是伤害，大老郑带着女人离开了小城，许子慧也步入孤独的绝境。魏微总是能在日常生活中，发现属于小说的东西，或者说，她的小说很"生活"。

但是，魏微有一部标榜"长篇小说"的《流年》（花山文艺出版社，2002年5月版），却不是很好，其实不过是一些中短篇的堆积，前面提到的《储小宝的婚姻》，还有《叔叔和他的女人们》等，都作为其中的一个章节，不过，小说依然是关于往事和回忆的，正如该书"内容提要"所说："时光流逝，岁月如歌，一个孩子的眼神将你引入那躁动而朴实的80年代初期，怀旧、悠远、纯净、伤感。人生的种种况味由一个孩子单纯的眼睛来捕捉，别致而又另有一番滋味。小人物的悲欢，大时代的变迁，令人缅怀、沉醉。"

魏微现在生活在南国广州，还在做"连续写作"的工作，她是一个有着悲悯情怀的写作者，她的日常生活都和写作有关。

2006年5月19日

从历史中打捞人生的常态
——韩东小说《扎根》读后

对于韩东这样的小说家,我和许多读者一样,对他一直充满着期待。早期,韩东以诗名世,他的《有关大雁塔》无可争议地成为新时期诗歌的经典之作。这首诗给他带来的声誉,使他的"诗歌写作似乎再无意义"。至此,诗人开始了小说书写。十多年小说写作的成就,主要集中在《树杈间的月亮》《我的柏拉图》《我们的身体》《交叉跑动》《爱情力学》等小说集中。他的中篇小说《障碍》,被评论家多次谈论,作为经典被各种文集选编。虽然很多批评家对他的小说做了很多标签式的定义,什么"个人化""欲望写作""游走""消解深度"等等,但是,我个人认为,韩东对于小说的贡献,是他对生活平面的从容而有节制的叙述,无论什么样的题材,在他的笔下,都是生活的常态,都是日常的境遇,这在他近日出版的长篇小说《扎根》中,体现得尤为充分。

早在 2002 年冬,我就在网上看到韩东"竞卖"长篇小说《扎根》的消息,这部写作长达一年的小说最后终于在"四大名刊"之一的《花城》发表了。感谢《花城》,让我们在 2003 年春暖花开的时候,看到了经过三度重起炉灶的《扎根》。在这部小说中,作者沿袭了他以往的创作风格,虽然叙述的姿态较过去有所调整,并且注重写实,但是他平实和从容的文字却是一以贯之的,他以普通人的视觉去观察文学,把"文革"还原到普遍的生存境遇中去观照,认为那段生活的苦难是日常的苦难,是人生境遇里的常态,今天和过去是一样的,人类总是处于荒唐的处境之下。这就是韩东非常高明的地方。小说涉及的广阔时空,对历史必然性与目的性的颠覆,对真实生活的感受,充分地显示了一位优秀作家的叙述才能。这样的真实,申霞艳认为,《扎根》"呈现了一种与传统的现实主义作品不同的真实观,对叙述者来说,真正的真实是那种在他内心发生的接近自由的真实,现实发生过的事情并不是那么重要,重要的是他对《扎根》这段历史的温习和想象,尤其是这段历史如何不假思索改变了个人的命运。大量隐含反讽意味的生活细节使小说像秋天的稻穗一样结实、饱满。对身体和欲望的尊重更加彰显了那个时代的荒唐,加强了批判的力度"。

《扎根》共由十三章组成,依次是:下放,园子,陶陶,小学,动物,农具厂,赵宁生,洁癖,五一六,富农,扎根,作家,结束。早年参加革命的作家老陶,主动要求下放到苏北农村,他率领父母、妻儿,从南京来到一个叫三余的湖区,全家在这里扎下了根,造屋打万年桩,主动学习各种农活,"植树、种菜,加上饲养家禽,老陶家的园子不禁郁郁葱葱,鸡飞狗跳,一派繁荣景象"。然而,在老陶一家还没有扎稳根,政策又发生了变化,迁徙成为必然的命运。经历千回百转之后,老陶又成为专业作家,正在他准备成就一番事业的时候,疾病就夺走了他的生命,只留下了瞬间的辉煌。

《扎根》的责任编辑是王干和脚印,这两位大编家久有名声。王干作为著名理论批评家,在新时期文学批评史上独树一帜,对苏童、叶兆言、王安忆、马原、格非、刘恒、莫言、刘震云等作家作品的准确评价早已为文学界所认同,他曾经编过的《长恨歌》,无疑成为文学经典。身为人民文学出版社职业编辑的脚印,曾经编过无数种优秀书籍,阿来的《尘埃落定》就是经他手编发而获得茅盾文学奖的。两位名家联手编书，在文学史上也堪称佳话。

《扎根》的非同寻常之处还有插图和关于"扎根"的小词典，七幅木刻插图出自名家周一清之手，平实简洁的构图和粗犷大气的线条，与本书的内容遥相呼应。而《扎根》小词典里许多耳熟能详的词汇，更让人想起那个特定时代的诸多事物。比如社员、靠边站、走资派、揪斗、工分、早请示晚汇报、破四旧立四新、红宝书、下放干部、知识青年等等，韩东的解释，既准确，又让人忍俊不禁，和全书干净、节制、纯粹的语言相映成趣。

2008年春于新浦

《小说研究》

记得几个月前,就是夏末秋初的时候吧,在南京的一次文学活动中,我和罗望子、荆歌、汪政、贾梦玮、毕飞宇等躲在宾馆房间里聊天,毕飞宇突然问,你们那儿还有一个写小说的,叫张亦辉,他现在干什么啊?我说,他不在连云港了,他现在是浙江某高校的文学教授了。毕飞宇说,我看过他的小说,很有想法的。这让我想起20世纪90年代初期,风行一时的《作家》上刊发了江苏作家作品小辑,一共四人,分别是韩东、张亦辉、朱文和毕飞宇。后来,《作家》上又推出了张亦辉个人小说小辑和几部风格独特的中短篇小说,一时引起文坛的关注,毕飞宇大概就是那时候注意到张亦辉的吧。但和张亦辉一起发表小说小辑的四个年轻的江苏作家,另三位早已闻名于小说界了,而张亦辉却转向了文学理论研究,在《世界文学》等多家杂志发表相关文章。不久前,我收到一本来自天堂杭州的赠书,就是张亦辉教授倾注多年心血的大著《小说研究》。

其实,早在十多年前,还是小说家的张亦辉,就在《连云港文学》开设了文学随笔专栏,一连发表了《接近福克纳》《遥想纳博科夫》《契诃夫与〈草原〉》《谈"简单派"》等十多篇文章,这些视角新颖、观点独到的谈文论艺,已经初显了他在文学理论方面的卓越才华。那时候的连云港文学界,很有几个气味相投的人,文宝、建军、惊涛、亦辉等,常在一起切磋文艺,或高谈阔论,或喁喁小语,每至更深亦不觉天晚，他们共同构成了"那段时候的绝好风景"。后来的事情，落花流水，世事无常，许多人在别的领域大展宏图，连亦辉也戴上了管理学硕士帽。但是对于文学，他还一直痴迷，《小说研究》就是张亦辉文学理论研究的最新成果，该书共收《小说本体论》《小说写作论》《小说价值论》等文章四十篇，可以说，是张亦辉近年来关于小说研究的集中展示。他的这些文章，并不像有些专家的高头讲章那样高深玄妙或莫衷一是，而是精准无比，恰到好处，点中穴位，让人在充满温情的阅读中豁然开窍或禁不住会心一笑，在《小说本体论》中，他在多视角分析小说"本体"问题之后，说："小说是一条河流，一条源于神话并漫过时空的河流。涌流其间的是语言这种神秘而又透明的液体，河里无疑游弋着名叫意义的鱼……这条河流的河床也许就是生活，因此它始终拥有现实的体温。"类似这些精妙的阐述，在本书中无处不见。而他关于"起飞，滑翔，降落"的小说体会（阅读）或方法（操作），更是让人体味深刻，余韵无穷。

平生交谊仰文华。我和张亦辉交往很久，在小说写作中，他的言论和文章，对我产生了许多潜在的影响，在这部书中，他的很多观点和论述，我都在不同的场合听他聊过，比如关于小说的结尾问题，我们就曾经在茶社或他的书房里多次讨论过，但读到《叙述的降落》的时候，还是让我有耳目一新之感："与飞翔一样，任何小说最终都要走向结尾，任何叙述最后无不要降落和着地。"张亦辉这样对我们说，"结尾对一篇小说的重要性同样不言而喻。在某种程度上说，起飞和飞行过程的目的就是成功地降落"。"我更喜欢那种从容不迫的叙述降落，优秀的小说差不多都是这么降落的，它是飞翔的延伸……"接着，他列举了中外许多经典小说的结尾，并略加点评。

在《小说研究》的封底上，影印着张亦辉的手迹："小说乃精妙的语言结晶体，研究即爱抚它的隐秘纹理。"体会这句话的意义，不难看出他对文学语言的推崇，也可以说是我们共同的心声。

张亦辉大学毕业后,在连云港某高校任教 18 年,他把人生中最华丽的篇章留在了连云港。这几年,身在杭州的张亦辉,对中国古典文学发生了浓厚的兴趣,写了一部约 30 万字的文史随笔《穿越经典》,《人民文学》主编施战军先生对这部书的评价是:"文学作为文本的高妙,不是谁都能够感受得到的,更少有人能以高妙的言语表达清晰。而张亦辉就是这稀少的人中的一个,这本书就是有关经典文学无尽之美、无穷之魅的高妙之作。"《作家》主编宗仁发也说:"学贯中西,打通古今,是能力,也是境界;见微知著,一叶知秋,是敏感,也是睿智;不着一字,尽得风流,是才情,也是大气。这是我读这部书稿的印象。"在这本书的简介里,张亦辉说他从教 30 年,"教了 10 年物理,10 年经济,10 年文学"。这后 10 年,是他发挥才华的最佳舞台。

在整理这篇文章时,我和张亦辉有过一次电话交谈,他说,受《穿越经典》出版的鼓舞,他又着手另一本构思很久的大作品了,即用细腻的观点,来解读两部西方经典电影。我知道,这又是一部值得期待的"穿越"。

2003 年 12 月 13 日初稿于新浦河南庄掬云居
2013 年 12 月 15 日修订于北京草房荷边小筑

《海州鏖战》

早就知道刘风光先生手里有几部正在写的长篇小说——经年累月，春夏秋冬，他都一头埋在自己的作品堆中，不断修改，不断润色，不是体己的朋友，还以为他远足旅行或者过起隐居生活了呢。虽然有一段时间，他以开店为掩护，埋首于水晶店面的"后披间"里，在电脑键盘上敲敲打打，但大多数时间里，朋友们都很少见到他，偶尔在某个小场合见面，也是一副思考状，满面的忧郁，满腹的心事。也难怪，数百万字的作品即将行世，那可不是闹着玩的。对于他当时的行状，不知道的人以为他遇到什么解脱不了的事了，知道的朋友，又不免为他创作的认真和负责钦佩不已。一个作家对作品的态度，实则上就是对人生、对社会的态度。

某一天，我在他那间灰暗而低矮的小阁楼上喝茶聊天，说到创作，说到某些速成作品，他颇为忧虑，认为大到一部长篇，小到一篇短章，不经过思考和沉淀就动笔，是挺可怕的。他用"可怕"两个字，可见是真心的忧虑。说完之后，略做沉思，便把电脑里的几部书稿调出来，一连说了几部书名和内容梗概，都是历经时间磨砺的大制作，有的作品已打磨达二十年之久，几易其稿，仍觉得还有修改的空间，仍然很谦虚地说，不急，不急，慢慢磨，一定要磨好，至少要让自己满意，让自己不遗憾。

这样，继《苍梧随笔》之后，皇皇37万字的长篇插图本《光环》，终于于 2007 年面世了，这是一部带有鲜明社会色彩的小说，描写的是五味杂陈的当下社会，用手术刀一样的笔势把我们表面光滑的生活撕破，敞开并放大了令人窘迫不安的幽深和混乱，在读者中产生了强烈的反响。正如小说标题一样，这部作品给刘风光带来了应有的光环，也让那些怀疑者刮目相看。

时隔两年之后，一部带着历史的尘埃、沧桑、风云变幻和血雨腥风的巨制《海州鏖战》又与广大读者见面了。

说到这部作品，我还欠风光先生的一段人情，还是几年前吧，风光先生把这部作品发到我的邮箱里，让我先睹为快。由于当时手头事情较多，只看了一半便放了下来。不久后因事到他工作室小坐，看到他正在进行的工作正是《海州鏖战》的再一次修改。真诚、爽直而又厚道的风光先生"耿耿于怀"地说，我让你帮这部作品提点看法你至今没吭一声啊。他这一说，我立即不好意思起来。所以当我拿到这部散发着油墨芳香的大著时，便一口气读了下去。这是一部什么样的作品呢？"看法"自然是不敢提了，我只能用震撼来形容当时的感受，用时下对长篇小说的标准来衡量，这无疑是一部"宏大叙事"的大作品——大结构，大框架，大叙述，在作品的深度和广度上有深刻且独到的见解，体现的是真正的文学精神。

众所周知，历史小说历来都是难于驾驭的，这不光是体现在作者的文字功力上，主要的还是对历史的态度和文学的态度上，君不见不是有很多"大师"级的作家，不是把历史当作演义来戏说，就是生硬地还原了历史。而《海州鏖战》是在作者充分占有资料的前提下，用严肃且负责的态度深切剖析了那个特定时代所发生的"重大事件"，以敏锐的目光观察人在社会变迁中的复杂经验，分析了意义的变乱和人的磨蚀与坚守，准确地、富有历史精度地探讨和表现处于特定时代中的精神境遇，实在是难能可贵啊。

《海州鏖战》所发生的故事就在我们身边，"以宋朝张叔夜知任海州,于孔望山计灭宋江为起端,以宋、辽、金国家关系嬗变为脉络,描写了北宋靖康事变后,南宋建炎、绍兴年间海州发生的酷烈的抗金之战"。这段"提要"已经大致概括了本书的内容,使我们在阅读上消除了距离感,或者说拉近了读者和文本的距离,而许多熟悉的地名、人名,更是让我们感到亲切和自然——这是在我们祖辈居住的土地上演绎的人生大戏啊。所以,在阅读的过程中,禁不住掩卷思索,想象那宏大的战争场面,那诡黠的钩心斗角,那悲壮的生离死别。在阅读中,我甚至还发现《海州鏖战》中运行着不同的力量,一方面是强大的命运,它化为战争,化为英雄,化为异族恋情,化为种种蛮横和不可理喻的暴力;另一方面,备受摧残和折磨的生灵温顺、茫然、几乎无法反抗的渺小和无助,但是,当他们在黑暗中执着地发出微光时,他们勇敢、圣洁又不失痴情地保存了这个世界的最后的庄严。另外,我还从《海州鏖战》中看到了一层黑暗的底色,看到统治阶级无论以怎样的手段瞒天过海,那内在的残酷和悲凉,都让我们深深地不安,深深地惊惧。我想,读者的眼光是圣洁的,他们不仅看到英雄,看到酷烈,看到高尚,同时也看到粗糙和丑陋。

在这篇小文的最后,我要公布一下,作为乡帮作家的刘风光先生的下一部作品,那就是用小说家的观点,重新审理并定位晚清名臣、海州名士沈云沛的风雨人生。

2010 年 6 月 20 日

《关于〈金陵杂记〉》

许多年前,我在一家晚报编读书版时,写了不少关于读书方面的随笔、札记和读后感之类的小文章。2011年12月有个出书的机会,便努力编了一本。可是,原先说好的出版社因为种种原因,迟迟印不出来,一拖就是两三年。不久前,沪上著名青年评论家周立民先生让我编一本读书文稿交给他,于是便在北京的雾霭中,花了几天时间,把旧稿重新校读一遍,除删除了十多篇以外,基本上保留了原来的面貌。

顺便提一件事,黄裳的《图文南京》发表后,得到许多朋友的错爱,说还可读。甚至还惊动了黄裳先生本人,先生因此专门写了一篇文章,题目叫《关于〈金陵杂记〉》,发表在2006年4月3日《文汇读书周报》上,为便于读者了解,将裳公的文章照录于次:

在南京的《开卷》(七卷一期)上读到陈武先生的文章《黄裳的〈图文南京〉》,作为一个作者,能得到未谋面的读者如此深情的关切、期许,不能不萌生深深感谢之情。同时也想起不少尘封的往事,想在这里说说。

《金陵杂记》是1947年陆续发表在《文汇报》的副刊《浮世绘》上的。报馆被封,连载也被腰斩,因之只是一部残稿。报馆规定,内部稿是没有稿费的。余稿还有毛笔写成的一册,被当时的朋友沈鹏年借去，至今没有见还。沈君有一种"习惯"，久假不归。从我这里"借"去的记得起来的就有鲁迅在东京印的《域外小说》初二集、木刻原本鲁迅的《会稽郡故书杂集》、郑西谛的手稿《纫秋山馆行箧书目》和其他明刻书等。时间已过去五六十年，沈君素有珍藏新文学书秘本之好，希望诸书特别是《金陵杂记》的后半部仍有还来之日，得成全璧，不禁跂予望之。

《杂记》虽是一本旧作，新中国成立后却曾多次重印。最早是收入《金陵五记》的一次，1982年由金陵书画社出版，旋即再版，后有2000年江苏古籍出版社本。《杂记》又曾收入2000年《凤凰台丛书》的《南京情调》，事前编者曾枉道过访，商请同意，十分郑重。缺点是没有议及知识产权问题，因为那时谁都没有注意及此，与今天的情况大异。这以后情况大变，我戏称之为"天上掉馅饼"式。事前毫不知情，更未订约，忽有一日寄来样书一册、稿费若干，才知道自己又有一册"新著"出版了。这就是2004年吉林美术出版社出版的《黄裳·南京》。这算不算是"绑票"式，我不是律师，说不清楚。这样只有一册，写信去多讨几本，也置之不理。稿费标准则是出版社说了算，自然更无商量余地。对这本"更花枝"的书，我说不上多么满意，但策划编辑，确是花了心思。印刷也不错。但照片取材只是今天的南京，看不到1946年或更早的古城旧貌。

陈先生大概没有注意，更早三年四川文艺出版社就在2001年出版了一册《黄裳说南京》，事同一律，也是事前并不知情，忽地从天上掉下来的一张馅饼。这是26万字的一本书。除收入《杂记》外又收入我有关南京的全部新作。分成"说水""说湖"等12大类。没有插图，是搜罗得较为完备的我涉及南京的文字。这本书的出版方式，可以说与前一种别无二致，全然无视"知识产权"的一种做法。

说到转载作者的作品，更是五花八门，情况各异。自然最正规的是通过中国作家协会权保会，来信征求作者同意并告付酬标准。也有自动写信来的，凡此，我都一概复信同意。但因出版期相去辽远，也无从一一查对，是否履约，也心中无数。有趣的是，一个时期散文选本及报刊选收我的作品，十之八九是《秦淮拾梦记》，似乎众家选手英雄所见略同，此文似乎成了我的"代表作"，使我惶恐不安。还出现过一册"准盗版"的小书，即以此篇为书名。那是季羡林主编的一套丛书。出版后久久不见稿费寄下，写信给主编，不答。写信给出版社，复信矢口否认他们出过此书。等我将原书封面及版权页撕下寄去，才复函承认。也可说是一种书林怪现状。

至于一声不响地转载，再无下文的，老夫耄矣，耳目闭塞，无从查问。还有寄来一笔稿费，别无样刊或说明，使人莫名其妙者，也屡见不鲜。总之，在某些出版家眼中，视作者如无物，"知识产权"更不过是一句空话。现状如此，怕不是一声叹息便可了事的。

陈先生文说到《黄裳序跋》一书，还曾打听过内幕而不得要领。其实经过是很简单的，有热心的朋友，为我代编此书，还借去了原作若干册，辛苦编成，得到我的认可。不料书稿辗转到了编辑手中，就发生了使我"不舒服"的情况。我为新版《珠还记幸》写的序文，是想对时髦的图文书说些意见，原未涉及"知识产权"问题。《黄裳序跋》一书，平心而论，编者是花了一番心思的，图文并茂，颇有采芝斋茶食风度，不过图版颇多采用大象出版社版《黄裳自述》的原图，却无一字声明，这似乎也有些牵涉"知识产权"，不知确否？有些照片都是作者自藏，首次发表的。至于"自比刘姥姥"一节，我觉得比得不差。《红楼梦》一书，写了多少人物，但正面典型形象似乎不多。刘姥姥是受侮辱、损害者，据脂评，在已佚后三十回中，是有重要作为的人物。这可不是"唯成分论"的推论。取以作譬，总比自比林黛玉或焦大好一些吧。

最近接到的一张"馅饼"是河北教育出版社出版的一本书，共得样书1册、选入作品5篇，稿费300余元。一时兴起，退回了"嗟来之食"，并复信说明了自己的意见。后得编者来信，方知此书操造详形。原来出版社采用的是"大包干"办法，出一笔编辑费，约几位编者，一切全由他们经办，编选、和作者打交道，包括寄稿费，送样书，都是编者的事。这办法果然干净利落，不拖泥带水，自定稿费标准，更无与作者商量的必要。想起许多"豆腐渣工程"，都由包干方式造成，不禁为之担心。这种操作方式是否将成为出版业的新创造，套一句时髦新闻用语，"将拭目以待"吧。

最后感谢陈先生对新版《珠还记幸》的关心。这本难产的书，自签约迄今，已近两年。回想二十年前此书初版，自发稿至出书，仅用了一个多月，不禁有今昔之感。我最近得到出版社的消息是"希望能与春节水仙并为瑞景盛开"，今天已是丙戌二月初一，仍未闻消息，就让我们耐心地"拭目以待"吧。

黄裳先生是我顶顶敬畏的老作家，他的著作，我只要见到，都买。2012年9月5日先生去世后，我在家里把搜集到的先生著作全都找了出来，同时，也把先生写的《关于〈金陵杂记〉》找出来重读一遍，心里更加感佩这位学识渊博、文笔绝佳的文章大师了。

现在，我把先生这篇文章全文引用，也是对先生的怀念啊。

另外，关于《珠还记幸》的再版本，我早就买到了，是裘公的上篇文章发表不久之后，在北京大学附近的一家书店里买到的。这是一本大书，软精装，418页，印制非常精美，朴素典雅中，透出大气象。和初版相比，增加了不少的篇幅。在很长一段时间内，我把这本书放在床头，经常翻读，有的文章，读了不止一遍，还是爱不释手。而配在一篇篇文章里的那些文学大师的手迹，更是让该书熠熠生辉。

2013年12月12日写于北京草房荷边小筑

《被阳光照亮》

许多人都把散文创作当作文学创作的敲门砖，也把散文创作的相对容易入门等同了文学创作，好像全民皆作家了。造成这种印象的原因之一，多半是纸质媒体和网络文学发达的缘由，特别是报纸副刊的大量需求，形成了"泛散文"的繁荣。但这种表面的，或者说虚假的繁荣，早在十多年前，就被具有文学责任感的理论家们予以了否定，有的文学理论家甚至把报纸副刊文体与创作文学区别开来，作为新式文体样式另加讨论。对于这样的文坛话语，我一向不以为然，因为创作也可以用一句流行话来概括："如鱼饮水，冷暖自知"，就好比下棋，入门太容易了，车走直路马走斜，炮打隔子象飞田。但是，真正把散文写出味道，写出境界的作家并不多，也和下棋一个道理，人人都会走两步，但下到什么水平，自己心里还是有数的。所以，我始终认为，散文写作在文学类别中，是最具挑战性的文体，因为写一篇"散文"太容易，要想写好，要想真正成为一个散文家，太难了。

当我拿到散文作家曹兴戈的文集《被阳光照亮》之后，直觉让我预感到，这应该是和当下那些铺天盖地的散文集大相径庭的书，品质决非一般——便迫不及待地翻看下去。事实也正是这样，曹氏散文，秉承了中国散文的传统，又吸取了外国名家的精髓，洋洋洒洒，精雕细刻，许多篇章，在不同的程度和层面，显示出了鲜明的形象和动人的情感，阅读这样的文字，会潜移默化地提升自己对于人生的认识，陶冶自己对于情感的净化，升华自己对于哲思的揣摩，特别是作为书名的《被阳光照亮》一篇，更是值得反复诵读的精品，值得长久地品评和欣赏，《满地阳光》《文竹之忆》《有树名皂角》《如何书香满屋》等也都非同凡响。

众所周知，人类在不断奋斗、开拓的进程中，日益扩大与深化着对于周遭世界的认识和心灵的感悟，肯定会洋溢着无穷无尽的欢乐，也势必充满着没完没了的痛楚，这样，就让多少人抑制不住地把这些情感倾诉了出来，激荡着满腔的情怀书写出对于整个世界的印象和体验。也正因为这样，散文创作所涉及的领域就必然异常的宽阔和广大，既融合着社会史和心灵史，又包涵着历史文化和自然风物。曹先生文集中的《山路如歌》《寂寞黄窝》《命运的崖畔》《如梦伊芦》《白帝游思》《人在桥上》等篇章，无不透出智慧和深邃，阅读这些美丽的文字，就仿若行走在香花满径的丛林中，体味的是各个不同的风景。

恭维的话我不想多说，套话空话说了也没意思，但是，读曹先生的散文，我会情不自禁地揣度作家创作的起因，比如《这条捡蘑菇的小路》，童年对他构成的记忆，对他以后成功的人生造就了怎样的影响？还有《玫瑰色的黄昏》《感受冬天》《感性的雪》，那样的哀愁，那样的抒情，是什么样的情感触动了作家内心最丰富最隐秘的地方？我想，它可能是一个故事，一个人物，一个事件，甚至是一种理念。有了这样的动机，作家才能展开有关情节和叙事的书写。成功的作家，往往能够在展开叙述的时候，通过不断的演绎和发展来丰富最初的动机，把一个或一组单纯的音符，转换成复杂而有序的曲调，最终组合成变幻莫测又在意料之中的美妙乐章。

我感佩曹兴戈先生把握语言乐章的高超技艺，感佩他驾驭题材（动机）的能力。通过对他作品的阅读，我的直觉是，作家对于题材选择之后成为叙述中最关键的手段之一的时间和空间的关系，处理得特别独到，就拿《被阳光照亮》来说，在叙述时间的纬度上，显示了无数的可能性。或者，换一种说法，在叙述进程中，时间变成了一个被随意切换的橡皮泥，正序、倒序、闪回、预见、前后交错，都恰如其分地得到了运用。就这个问题，我还想说，在文本的叙述中，与时间相对应的空间转移，比如地点、比如环境、比如室内、旷野……当叙述顺时针或逆时针展开的时候，一个个相关或不相关的场景、情绪、意境，便在文字中生成，进而编织成整体气质相一致的完美作品。真水无香啊，真正的作者，总是能够按照自己的意图来处心积虑地安排情节和事件之中的位置，并给这些位置提供空间形态。毫无疑问，曹先生的叙述立场、叙述风格，甚至他的叙述口吻和行文气质、审美意义，都是随笔作品中的典范。如果对应我文章开头的话，那么曹先生已经是棋手中的顶级高手了。

　　这本书让我爱不释手的另一个原因，还有装帧和序言。我国微型小说界的代表人物徐习军先生的序言《育人：文学与教育的共同使命》和我市著名本土文化的代表人物崔月明先生设计的封面，都让该书增辉添色。

2009年12月8日

对"经典"的有效阅读

对于写作者而言,大量阅读经典、理解经典、感悟经典,就是要和经典产生冲突、碰撞、妥协、对话,把自己完全带入,并对经典进行延伸,这样的阅读,才能提升自己的写作水平和鉴赏能力,才有可能靠近经典。

那么如何阅读呢?因为不是每一部经典都适合你,这与个人的气质、禀赋、才情、思想和艺术观密切相关。有的经典,也许并不对你的路,就是通常说的,不是你的菜,读了多少遍也找不到感觉,甚至觉得不过如此。但这并不影响经典的存在。有的经典,一上手,就被吸引住了,读了几遍都不过瘾,还要一读再读,甚至颠覆了多年的艺术观,对自身的创作产生新的影响。这样的阅读,我称之为"有效阅读"。

记得第一次读《红楼梦》的时候,我还是个十五六岁的少年,读不进去,开头就很别扭,不像《三国演义》的开头,也不像《水浒传》的开头,上来就吸引人。但我知道《红楼梦》是伟大的,读不进去肯定是自身的原因。那么我就开始有选择地阅读,由于受越剧《红楼梦》的影响,加上年少多情,专拣"宝黛爱情"的部分阅读,进而扩展到和"宝黛"有关的人物和故事。几年后,兴趣又转向了书中的诗词曲赋楹联,还抄了整整一大本。过一段时间,突然对书中涉及的各种菜点和食谱产生了兴趣,继续抄写相关的段落。在抄这些词赋楹联和菜点食谱中，连带着对故事的发展和人物关系有了进一步的认识，渐渐能囫囵吞枣理解《红楼梦》的意趣、情趣及文本的架构和铺陈的繁杂了。近段时间，读王干先生在《小说选刊》上连载的《从〈红楼梦〉说起》的系列文章，《红楼梦》才在我心中真正清晰起来，也渐渐知道其伟大的根基和妙处。这应该是渐进式的"有效阅读"。

加西亚·马尔克斯的多部作品早已成为世界文学界公认的经典，《百年孤独》开头的句式更是被无数次模仿。但是阅读《百年孤独》也是有困难的。对于一个只注重故事的一般读者，很可能阅读不到几页就会放下来，因为冗长的句式和繁复的叙事，让读者摸不着头绪，就更不要说走进人物的内心世界和情感世界了，它不像《包法利夫人》《安娜·卡列尼娜》那样的小说有一条明确的情感线。而作为一个小说写作者，阅读《百年孤独》又不一样了，更多的是从文本的角度来探索。但话又说回来，也不是每一个写作者的气质和情趣都能和马尔克斯相契合，虽然也阅读了，也模仿了，模仿出来的东西就是一碗夹生饭。这样的阅读，就不是"有效阅读"。

而莫言推崇马尔克斯，是二人的文本气质的相近或相投。莫言在没有接触马尔克斯之前，叙述风格就有遮天蔽日、波涛汹涌之势和左冲右突式的夸张，而马尔克斯对他的影响更多的是丰富了这种风格。

相比较《百年孤独》，我更喜欢马尔克斯《一桩事先张扬的凶杀案》和《苦妓回忆录》这样的小说，这两部作品都不长，线条单一，情节也清晰、明朗。这样的作品，阅读起来同样十分过瘾，主要是小说中繁复和夸张运用在情感交集和内心世界里，特别是《苦妓回忆录》，描述了一个90岁老光棍在一次寻欢中的经历。这样的小说很容易写成下三烂的情色小说，但事实上，这是一部描写老年人情感历程和心路历程的严肃作品，无论老年人怎样的老，多么的孤独无依，生活依然充满希望，充满生机，也应该充满希望和生机，当然，也需要追求爱和被爱，"当我整理自己那干枯的纸张、墨水瓶和鹅毛笔时，太阳在公园的巴旦杏树林与内河邮政船间爆射出了光芒，那艘船因干旱迟到了一个星期，正咆哮着驶入港口的水道。终于真正的生活开始了，我的心安然无恙，注定会在百岁之后的某日，在幸福的弥留之际死于美好的爱情"。小说结尾的话，实际上也是这部作品的宗旨。

海明威是公认的大作家，《太阳照常升起》《永别了武器》《老人与海》等更是世界性经典，但许多人阅读却有障碍，包括我自己，老实说，在海明威浩瀚的文学作品中，我对他的长篇并不感冒，只读过不多的短篇小说，比如《在密歇根北部》《雨里的猫》《阿尔卑斯山牧歌》《乞力马扎罗的雪》《白象似的群山》等。这些短篇小说都是典型的"海明威风格"，即通常所说的"冰山理论"，这种风格考验的就是读者的耐心和理解力——像白开水一样的描述，众多的背景深藏在文本的背后，要调动读者强大的想象才能明了作品的意蕴。在《白象似的群山》里，这种风格被运用到了极致，通篇只是一对男女的对话，读者要从每一个句子中甚至标点中，去感受隐藏在对话之外的故事和人物的情感遭际，女人对远山不停的观察和喋喋不休的叙述，男人心不在焉的有一句没一句的对答，都会让读者感到阅读的辛苦和无趣，甚至读完之后也不知所终。读这样的小说仅仅感受叙事的泛滥、好看，享受语言的狂欢、冲击是不够的，需要读者走进人物的内心，贴近人物的情感，甚至把自己当成主人公，才能体会那种冲突和波澜。男孩明显是不耐烦了，而女孩也终于了解了男孩的底牌。不知道别人怎么样，反正我是对女孩怀有深深的同情，对他们最终的分手抱有深深的遗憾（我觉得他们是分手了）。

说到这里，我们还可以略谈一下福克纳的小说。同样，他的《八月之光》《我弥留之际》《喧哗与骚动》等长篇小说早就被评论家奉为经典被多次解读，读者也"仁者见仁，智者见智"地发表过多种感慨，但他的短篇小说和海明威的短篇一样，更适合我的阅读情趣，《烧马棚》《献给爱米丽的一朵玫瑰》《干旱的九月》等短篇小说都是我十分喜欢的经典，其中《献给爱米丽的一朵玫瑰》我读过不少于三次，每一次的阅读都会产生创作的冲动，我喜欢的，不仅是爱米丽这个谜一样怪异的人，更主要是叙述的把握，那种轻淡的语言，那种避重就轻的、看似无关痛痒的平稳的描述，把一个复杂的、宏大的爱情故事呈现出来，而且贯穿爱米丽小姐的一生，在感慨唏嘘之余，不禁为作者的驾驭能力击掌赞叹，特别当结尾部分出现的时候，睡衣里腐烂的荷默·伯隆那拥抱状的睡姿，在尸体旁边那落满灰尘的枕头上新印的睡痕，还有遗落的一绺铁灰色的长发……爱米丽悲惨的爱情遭际跃然纸上，给我们情感上的冲击是巨大的，留下的思索也是持久的，那种奇妙和眩晕也随之而来并久久不散。这就是经典的力量，也即达到"有效阅读"的最佳状态。

　　曾获得诺贝尔文学奖的法国作家莫迪亚诺有一本不长的小说《青春咖啡馆》。这是一家怎么样的咖啡馆呢？它坐落在著名的"巴黎的左岸"，它像一块巨大的磁铁，吸引着许多正值青春年少的男女，他们"四处漂泊，居无定所，放荡不羁"，但却无一例外地喜欢文艺，在咖啡店这样特定的氛围里享受着文学和艺术的庇护，他们中有一个叫露姬的美艳少女特别引人注目，故事也就从此展开，她从哪里来？有着什么样的身份和过往？她迷人的外表下隐藏着怎样的思想？她又有着怎样不为人知的故事和秘密？她突然失踪了，就像一朵刚一开放就消失不见的美丽花朵，让许多人产生无尽的怀念和猜测，于是，四个叙述者依次登场。小说就这样展开了，四个"我"在寻找露姬的过程中，层层剥笋般地把露姬短暂的人生和情感经历展现出来……正如龚古尔奖评委贝尔纳·皮沃所描述的那样，这是一部令人心碎的作品，"一如既往地充满调查与跟踪，回忆与求证，找不到答案的疑问",我们的幸福在哪里?露姬的幸福找到了吗?咖啡馆?书籍?大街上的游荡?爱情、婚姻、逃避、躲藏,她都试过了,甚至极端的行为,比如毒品和神秘学,她都有所尝试,就和她身边许许多多人一样,最终消失在时间的长河中。我们能读出书中的庄严、伤感和悲怆,同时也连带地对自身的命运感同身受。

阅读经典,寻找经典,经典也在寻找我们。阅读的过程,就是寻找的过程。

对经典的阅读,首先不怀疑它们是经典,然后要找到切入的角度,更主要是要寻找切合自己情感体验的经典来阅读,说到底这就是个人趣味,这样的趣味和我们得到的"滋养"是一样的,期待也是一样的。我的意思是说,不是每一部经典都适合我们。而真正抵达心灵的阅读,是和个人的情怀密切相关并能感同身受的。能把自己带入进去的阅读,才是适合自己的阅读,也即真正的"有效阅读",经典才会有意义。

2015 年 11 月 8 日于北京草房荷边小筑

琐谈文学翻译

关于翻译的论争似乎一直都没有消停过,有翻译家"内讧"的,有读者对于翻译作品比较阅读感受的,也有读者对翻译家不满的批评。就在不久前,还有王家新、黄灿然和北岛们的争斗。我不懂外文,按常理说,不应该关注这些。但恰恰我是个爱读书的人,又恰恰爱读外国文学,所以也常常掩饰不住想要表达什么。

著名小说家莫言先生在今年的一次演讲时,毫不掩饰马尔克斯对他创作的影响,也毫不掩饰他对《百年孤独》的喜欢。很早以前,他还说过,当他铺开稿纸准备写作的时候,老福克纳就像一个巨大的火炉烘烤着他。与此有类似表述的还有多位当代作家,余华也在文章中回忆过川端康成和卡夫卡对他早期写作的影响。苏童读大学时就对一本《当代美国短篇小说选》非常推崇,还提到书中的一篇小说《伤心咖啡馆之歌》给他带来的惊喜,熟悉"香椿树街"系列的朋友或许会从这篇小说里发现苏童创作的"源头"。大约早在20世纪80年代末或90年代初,一些批评家们就指出过欧美文学对中国先锋作家和新潮作家的普遍启蒙,并撰写多篇对号入座式的文章,被提到的这些外国作家有卡夫卡、博尔赫斯、福克纳、普鲁斯特、乔伊斯、纳博科夫、卡尔维诺、罗伯特·格里耶等响当当的名字。那时候,连我们的作家们也连带地患有"影响焦虑症",似乎谁不被影响谁就不够先锋,谁就不够新潮,谁就不能在当代文学中占有一席之地。

记得很早以前,萧乾先生翻译的《尤里西斯》出版不久,有一篇文章就批评冯亦代先生,说他没有读过原文就赞美《尤里西斯》译得如何如何的好,似乎不够严肃。文章中有些观点我是赞成的,有些观点我也不太赞成(比如没读过原文,当然可以评论译文的好或不好了,这基于我们对文学的基本感受和理解,不好的译文是逃脱不过优秀读者的眼光的)。

既然是"琐谈",我只能谈谈我个人的阅读感受。老实说,我对于译文一直不太放心,往往是一边阅读,一边去想着原著的语感啊,句式啊,节奏啊,韵味啊,有时候还会给译文重新断句,或根据上下文意思,添减一两个词汇。因为我相信,每一个有独特个性的外国作家,特别是已经公认的文学大师,都必定有自己的语言体系,就像余华、莫言、苏童、马原、韩东、朱文、残雪、王小波、贾平凹、汪曾祺等人的文学语言,其独特的个性符号都是相当鲜明的,可以说,都形成了自己的语言体系,形成了自己的叙事风格。那么,我们的翻译家,如何把风格各异的外国文学作品鲜枝活灵地呈现给读者呢?我有时会天真地想,一个好的翻译家,只能译好一个作家的作品,比如一个成功翻译了《傲慢与偏见》的译者,很可能译不好《麦田里的守望者》。一个能翻译好莎士比亚的译者,未见得能把卡佛的作品译好。我相信译者必须也要有自己擅长的语言风格,而这种风格一旦被"固化",是很难有突破的,就像我们要求莫言的文学语言要像汪曾祺那样。同理,翻译家的语言风格是不太可能随着原著的变化而变化的(即便努力变化了,那译出的作品也难以准确达到原著的风貌)。现成的例子就是,周克希把《追忆似水年华》(译林出版社出版的多人译本),译成《追寻逝去的时光》,仅从书名上看,不分伯仲,但我首先不赞成把一部七卷本的巨制,分由15个人来翻译。普鲁斯特的文字、语言和叙事风格肯定是一以贯之的，我们15个译者如何统一？就像一个作者，说能在不同时期写出余华、莫言、苏童、马原、汪曾祺式的小说一样，这可能吗？周克希先生是当年这15个翻译者之一，他翻译福楼拜的小说非常成功，几乎成了范本。他想独立重译这部巨制，一定有他非常充分的理由。但就像周克希这样有鲜明个性风格的翻译家，也没有能力把《追寻逝去的时光》译完，只译出了第一卷《在斯万家那边》、第二卷《在少女们身旁》和第五卷《女囚》，共110万字，他给出翻译不下去的理由是，太难了（句子太难，语言风格太难）。我个人的理解，所谓太难，是没有真正走进普鲁斯特的内心世界，没有切身体会普鲁斯特的语言世界。据他个人接受采访时说，在他弄不懂一个段落和一个句式时，试图找来英译本参考一下，可惜最好的英译本也把这一段跳过去了——知难而退。还有就是2014年诺贝尔奖的获得者莫迪亚诺。很多年前，我读过译林出版社的一本《暗铺街》，被译者精美的语言所感动，后来又有人译成《暗店街》，一字之差，哪个更好些呢？仅从书名上是看不出来的。但也说明译者对法语的理解存在差异。想想吧，一个书名都有差异，何况整本书呢？《暗铺街》的开头是这样说的："我什么也不是，这天晚上，我只是咖啡店露天座上的一个淡淡的身影。这场大雨是于特离开我时开始下的。"《暗店街》的开头是这样的："那天晚上，在一家咖啡馆的露天座位上，我只不过是一个模糊的影子而已。当时，我正在等着雨停——那场雨很大，它从我同于特分手的那个时候起，就倾泻下来了。"从我个人的阅读习惯上，我更喜欢前者那样的译法，更简洁、明快。而后者的语感有些拖泥带水。但两种译文都有不尽如人意的地方。所以当我又陆续购买了莫迪亚诺的《缓刑》《地平线》和《青春咖啡馆》三本书之后，发现三本书是三个不同的译者。在阅读这三本小书时，我有意注意了三个译者的文风。当然，阅读的感受也是大相径庭的。与此类似的阅读经验还有《洛丽塔》。关于这本书，现在通行的译本是 2000 年译林出版社出版的于晓丹的译本,但我第一次阅读,却是内蒙古文化出版社 1995 年出版的译本,译者刘励志。如果仅从个人的喜好上来讲,我更喜欢刘励志的译本(当然,也都有不尽如人意的地方)。为了朋友们方便赏析和比较,我继续摘录两个译本的开头两段:

罗丽塔,照亮我生命的光,点燃我情欲的火。我的罪恶,我的灵魂。罗—丽—塔:舌尖顶到上腭做一次三段旅行。罗。丽。塔。

早晨叫她罗。就简单一个字。当她只穿一只袜子出现在我面前的时候。穿便服时,我叫她罗拉。学校里,人们叫她朵莉,表格的虚线上填的是朵莉雷斯。可是在我的怀抱里,她永远叫罗丽塔。

——《罗丽塔》刘励志译,内蒙古文化出版社,1995年 10 月第一版。

洛丽塔,我生命之光,我欲念之火。我的罪恶,我的灵魂。洛—丽—塔:舌尖向上,分三步,从上腭往下轻轻落在牙齿上。罗。丽。塔。

在早晨,她就是洛。普普通通的洛,只穿一只袜子,身高四尺十英寸。穿宽松裤时,她是洛拉。在学校里她是多丽。正式签名时她是多洛雷斯。可在我的怀里,她永远叫洛丽塔。

——《洛丽塔》于晓丹译,译林出版社,2000年 3 月第一版。

仅凭我个人的阅读经验,可能说明不了什么问题,对译文的质量人们可以用"仁者见仁,智者见智"来一笔带过。所以,这些年来,翻译仍然是一笔糊涂账,尤其是评论界,几乎没有人愿意对译文进行分析、研究和批评。而那些公认的权威的译本,其语言、语感、句式、意韵等都值得商榷。能不能把不同的译本,加以比较,然后合二为一呢?比如《洛丽塔》的两段译文,都分别存在一些问题。可不可以经过整合,变成第三种译本呢?我试着整合如下:

洛丽塔,照亮我生命的光,点燃我情欲的火。我的罪恶,我的灵魂。洛——丽——塔:舌尖向上,顶到上腭,做一次三段旅行。洛。丽。塔。

早晨叫她洛。就简单一个字。当她只穿一只袜子时,还是个稚气未脱的少女。穿便装时,我叫她洛拉。学校里,人们叫她朵莉,表格上的正式签名是朵莉雷斯。可是在我的怀抱里,她永远叫洛丽塔。

当然,这样"比较翻译"的尝试也会存在许多问题,比如版权,比如署名,弄不好还会成为大杂烩,两边不讨好。但话又说回来,外国文学名著都有自己的风格和语言特点,因为译者的气质和修养不同(很难和原著者对应),或汉语言文学的功力不足,达不到原著的水准,译文自然也就"不三不四"了。最显著的一个例子,是草婴翻译的《安娜·卡列尼娜》,这是早就被定论为权威的译本了。但我每次翻读第一句时,就会对整本书的译文产生不信任感。因为开头这一句已经成为世界性的格言了,而在草婴的笔下,竟然是这样的:"幸福的家庭家家相似,不幸的家庭各个不同。"事实上,我们后来熟悉的句式是这样的:"幸福的家庭都是相似的,不幸家庭各有各的不幸。"既然第一句的语感和句式(甚至氛围)相差这么大,如何让读者对整本书都信任呢?

江北先生在《用缪斯智慧再创造缪斯》一文中，举一个例子，曼德尔施塔姆有一首诗叫《列宁格勒》，共有6位翻译家翻译过不同的译本，其中3位是诗人，3位是学者，对照这6个译本，仅从文本和诗意上看，相差不是很大，而是大得离谱。仅举其中两行，北岛是这样译的：

> 我回到我的城市，熟悉如眼泪，
> 如静脉，如童年的腮腺炎。

刘文飞是这样译的：

> 我回到了我的城，这非常熟悉的城，
> 熟悉到每道纹理，孩提起就在此周游

谁能说这是同一首诗呢？更奇怪的是，6个译者的译本都不相同，最离题太远的是顾蕴璞的译文：

> 我回到了熟悉至噙泪程度的故城，
> 连木石的纹理和儿童微睡的淋巴都熟稔。

不久前，和朋友去拜访著名翻译家江枫先生，他谈到弗罗斯特的诗歌翻译问题，谈到也翻译了弗罗斯特诗歌的曹明伦先生。江枫对曹明伦的翻译有着不同的看法。为了"比较阅读"，我找出了二人翻译的同一首诗《未来之路》（江枫是《一条没有走的路》），抄录译诗的第一节，比较如下：

未走之路（曹明伦译）

金色的树林中有两条岔路，
可惜我不能沿着两条路行走；
我久久地站在那分岔的地方，
极目眺望其中一条路的尽头，
直到它转弯，消失在树林深处。

一条没有走的路（江枫译）

金黄色林中有两条路各奔一方，
可惜，我是一个人独自旅行
不能两条都走，我站在岔道上
向其中一条，长时间凝神眺望
直到它弯进灌木丛失去踪影。

第一节的原文我也找到了：

Two roads diverged in a yellow wood,
And sorry I could not travel both
And be one traveler, long I stood
And looked down one as far as I could
To where it bent in the undergrowth

对于诗歌我更是外行，不敢对江译和曹译做更多的评论，立此存照，供对译诗有爱好的读者和诗人们欣赏。但在刚刚收到的《星星》诗刊上，看到了希梅内斯的诗选，我又生发了感想。在收录的十五首诗中,共有六位翻译者。我反复阅读这十五首诗,感觉基本风格虽然大体一致,但由于出自不同的译者,细微的差别还是有的,特别是在用词和转韵中。仅从六人翻译的十五首诗中,我不知道哪一位译者的气质、修养和语言风格更贴近或接近希梅内斯,或者至少是内心里更喜欢希梅内斯,如果这十五首诗出自其一人之手,我倒是更欣赏的。

"不放心"的阅读依然是许多外国文学爱好者普遍担心的问题。翻看近些年大量新出版的外国文学,译文的语言依然比较粗糙,经不起琢磨和推敲,更读不出外国评论界对其评价的氛围和意境。许多经典作品的重译或新译,更有明显的误译和错译的地方。我有时会极端地想,如果译者不是小说家,他不会译得好小说的。如果译者不是诗人,他更译不好诗。即便译者是小说家、诗人,最好是译他欣赏或风格相近、趣味相投的外国作家的作品。

2015夏写于傲来国花果山下
2015年末改于北京荷边小筑

边界的打破者

——《杂草的故事》读后

读有思想内涵和思想深度的书会让人陷入更多的沉思,也会激发更多的想象,进而衍生出更多元、更复杂的情感。但这并不取决于什么书,主要取决于阅读者的思想。我一直认为,读者的深度和拥有的读物是相向的,同步的,最好能产生互补和共鸣,进而激发读者更丰盈的情愫,这样的阅读,才算得上真正的阅读。

当我第一眼看到《杂草的故事》的时候,我立即想到屋后的草地上(不是那种规整的人工种植的草坪),嫩黄的新芽正拱出潮湿的土层,几朵或黄或白或蓝或紫的小野花散淡而恣肆地开放,细小的蛾虫振动着单薄而强劲的翅膀在草叶间飞绕,还有矫健的草婆和蚂蚱也安闲地吮吸着叶芽上的甘露……它们的世界是多么的和谐而温馨啊。我想,读这样的书,就是人和植物的一次交流,一次沟通,一次互访,就是在"人世间"和"草世间"的边界上的一次联欢,感觉真是棒极了,仿佛一杯优雅的下午茶,一定会让人心清神怡的。

《杂草的故事》的优雅,不仅是我们读书的方式,还有叙事的方式,结构的方式,更主要是语感和句式,都透出那种不经意的闲适和自在,作者观察细致入微,描写同样精致考究,杂草在他笔下丰饶茂盛,清香四溢,时而为流浪的植物辩护,时而为它平凡的贡献而歌咏。书中还不时地提醒我们,无论时代如何沧桑巨变,杂草可能是硕果仅存的唯一，因此我们要向它们致敬，要为它们喝彩。

一花一世界，一树一菩提，对于花草的喜爱，在中国古已有之，许多花草树木都入诗入画，成为文学长河中一道迤逦的景观。记得十多年前，一位在基层工作的老植物工作者，送给我一本他自己创作的七十余万字的《诗经里的植物》，这是一部巨著，开创了《诗经》"读后"的先河。通过对这本书的阅读，我为作者严谨的考证、扎实的文笔而叹服，同时也喜欢这类读物，更因此而爱上了"自然文学"，对早先就深以为然的《瓦尔登湖》《沙乡年鉴》等更是推崇备至，恰巧当时上海的文汇出版社出一套"美国自然文学"系列丛书，便买了数本，一路读下来，知道这一流派在美国已经形成气候，涌现了不少著名作家，有影响的就有约翰·巴勒斯，他被称为"鸟之王国中的约翰"，一生观察鸟类生活，和鸟类同栖同食，创作出版了《醒来的森林》《冬日的阳光》《鸟与人》《蝗虫与野蜜》等多部著作。还有被称之为"山之王国中的约翰"的约翰·缪尔，他长年和大自然亲近，不辞辛苦跋涉在美国西部古老的山区，写出了《加利福尼亚的山脉》《我们的国家公园》《阿拉斯加游记》等作品。这部《杂草的故事》，也是一部纯粹的"自然文学"，书中着重描写了贯叶泽兰、宽叶车前、夏枯草、三色堇、牛膝菊等寻常的植物，对它们的习性、特长和情状进行铺叙和描述，连带的，作者把自己"带入"进去，为自然界这些不被待见的"下里巴人"式的植物进行辩护，并从历史、小说、诗歌、戏剧、音乐和民间故事中钩沉杂草与人类的复杂关系，它们有时相依为命，有时反目成仇。通过作者的巧妙的铺陈，我们发现，文明背后的野性从未消退，也不曾走远，杂草依然是杂草，它的存在依然充满顽强，充满博弈，在流浪和迁徙中不断消亡又不断繁茂。

有时候，阅读也可以愉悦。这本书是愉悦的，是可以让我放松地躺在靠椅上像饮下午茶一样地慢慢品尝；也可以在夏日树荫下或冬阳里，一页一页翻动书页，听纸张发出细微的声息，像是与我私语，而蓝天上白云在徜徉，身边相伴的小草正在向我微笑，"我捕捉辽阔田野上的缤纷颜色，一块块不同颜色的作物，像一幅地图；古铜色的三叶草正盛放；晒成棕绿色的是熟透的干草；颜色略浅的小麦和大麦与放着耀眼光芒的黄色田芥菜混着，鲜红的玉米穗与蓝色玉米棒如同落日晚霞，绚丽的颜色饱满地洒向整片土地；农田笼罩在这摄人心魄的美丽之下，不知如何是好"。这是英国作家约翰·克莱尔在《悠闲》里描写的一段文字，我们是不是很熟悉他笔下的场景？读《杂草的故事》就像在重温，重温我们的乡村，重温我们的童年，重温我们的青春，还有逝去的心情和幻象。

然后，掩卷沉思，这本《杂草的故事》，却给了我另外的启示：如果某一天，当我们周围连一棵杂草都没有的时候，这个世界会怎么样？早点想象不是什么坏事，曾几何时，我们还没有想到我们呼吸的空气会出现问题，也没有想到我们饮用的水源会出现问题，我们吃的粮食会出现问题。现在问题都来了。如果我们周遭的世界连杂草都没有，那和置身沙漠会有什么二异呢？极端地想，会比置身沙漠更加恐怖。在我生活的那个小城的某一处海边，洁净的滩涂已经被化工废水严重污染了，如今，不要说杂草（原先生长着茂密的芦苇、蒲草和海英菜），连所有生物都不复存在，海水变成了赤红色，海里的鱼虾绝种，终日里散发着异臭味。据电视新闻说，附近村镇的居民，已经多年没有新兵入伍了，原因是体检不合格。但当地政府还在为所谓的GDP而大力推进化工工业的发展。在这样的环境中，杂草茂盛的景象是多么的令人期待啊。

查理德·梅比在《杂草的故事》的最后，也不无无奈地说：杂草"是边界的打破者，无归属的少数派，它们提醒着我们，生活不可能那样整洁光鲜、一尘不染。它们让我们再次学会在自然的边界上生存"。现实是，杂草付出的代价太巨大了，要何时才能打破这样被污染的寸草不生的"边界"？我们可不可以这样说，当我们回忆杂草的时候，不是杂草的不幸，而是人类的不幸。

2016年1月5日写于北京荷边小筑

卷三
尚书有味

让文学关注我们细微的生活
——答问"中国书籍文学馆"

人们感慨于生活压力越来越大，感慨于各种诱惑越来越多，感慨于在林林总总的大部头和眼花缭乱的书籍面前望而止步。我们好像更适合于短、微一些的东西，于是微博就产生了；我们更喜爱轻巧别致一些的东西……在我们的文化、我们的文学关注于社会的变革、世界的风云变幻、历史的波澜壮阔的同时，文学是不是也要关注我们身边细微的生活，发现我们周围的平淡与美丽？日前记者采访到"中国书籍文学馆"丛书策划者之一、江苏省作协理事、小说家陈武。

记者：看到您作为策划者之一的"中国书籍文学馆"丛书，感觉很受鼓舞，我的第一个问题是：您策划这套丛书的初衷是什么？

陈武：应该是"中国书籍文学馆"丛书中的两种，一种是"轻散文系列"，一种是"微小说系列"，我们还有许多系列要做，比如"名家随笔系列""长篇小说系列""中短篇小说系列"等。说到这两种系列的初衷，当下的阅读环境是让读书界颇感忧虑和担心的，人们一方面在大量地阅读"手机"、阅读平板电脑，另一方面，许多优秀的纸质书籍又成为滞销书，包括许多著名作家的作品，首印也不过区区几千册，而且不少也只是摆摆门面，最终无人问津。分析这方面原因，并不是读书人口的减少，也不是阅读环境有什么变化,而是"阅读心情"发生了转向。关于"阅读心情",我曾在一次全国性的民间读书会上有过交流,阅读有多方面的因素,一种是主动阅读,这种阅读的驱动力是爱好,另一种是被动阅读,这种阅读更为功利,是要立竿见影达到某种目的。我主要讲前一种,只有前一种才有"阅读心情"。众所周知,阅读是人的一种本能爱好,是一种内心的需要,喜欢阅读的人抬脚就往书店,一有闲暇就捧起书,或者把读书、理书、淘书、藏书当作生活的一部分,是调剂生活、提高生活质量的有效调味剂,是提升自身修养、净化心灵的必经途径。但是,在当下这样一个忙碌而功利的社会,有这样心情的人越来越少了,大家疲于奔命,忙忙碌碌,要应付生活中各种琐事,再加上方方面面的诱惑,"阅读心情"不知不觉中被消磨掉了。但是,就像"山那边还有零星的枪声"一样,还有一批坚守的阅读者,希望还在。基于这样的考虑,我们经过精细的调研,决定先期推出"轻散文卷"和"微小说卷"。

记者:丛书的作者和作品在"同类"中有些什么样的特点?

陈武:特点还是有的,我们所探索的"轻散文",包括短而精美,轻而隽永;也包括回归自然,回归质朴。简单说,就是写自己日常的生活,写自己内心的感受。对所见所感如实呈现,对所思所想真诚相告。并希望,在人们对当下生活渐感浮躁和麻木的时候,能够发现生活的新奇和诗意,发现周围的平淡和美丽。这种写作的价值,事实上是散文文本的一种尝试,也是倡导一种新的写作姿态,即,精短而真实,亲切而和谐,自觉降低观察生活的视点,呈现那些很少被人关注或者未曾发现的视阈,在快节奏的现代生活中,仔细并缓慢地品咂日常凡俗的美感和复杂,品咂生活的温润和愉悦,安抚当下人凌乱而无处寄托的情思,表达出对生命的尊重,对生活的礼赞,重新回到崇尚真实、体悟自身存在的散文传统,以改变当下散文的浮躁和矫饰。同时,也切合阅读者内心的感受,不知不觉中，和作者进行文本的互动和心灵的沟通。关于"微小说",目前,微小说越来越受到读者的追捧,主要原因,就是一个"短"字。短,是微小说最大的优势和特色,读者在有限的时间内,欣赏到一篇有趣的文学作品,那种愉悦和欣喜,就像喝一杯雨前龙井新芽,而且用的也是龙井泉水,入口浓香,直透肺腑,回味悠长。

记者:当下人们的生活压力越来越大,人们习惯于读些通俗的东西,而文学承载一定的社会责任,引导人们对人类对社会的深度思考,"中国书籍文学馆"丛书是否具备文学的这一特质?微小说、轻散文能否承载这样的功能?

陈武:我们打造"中国书籍文学馆",严格地说,就是要弘扬真正的文学精神,引导人们重新唤起对文学的热情,从而对人类社会进行深度思考。但是仅靠"微小说"和"轻散文"显然是不够的,承载不了为样的功能。我们打造的"文学馆",是中国书籍文学馆,那么就要包罗中国所有的优秀文学创作者的优秀作品,长篇小说、中篇小说、短篇小说、随笔、散文,也包括诗歌。青春文学、校园文学也是以后要重点考察的。这是一个浩瀚的大工程,不是一蹴而就的,要有精密的前期策划,包装营销,市场运作。我们争取用两到三年时间,初见成效,在五到十年的时间里,把"中国书籍文学馆",打造成中国图书的品牌。

记者:有些文学作品思想性与艺术性很高,但可读性不强,文学成了少数人的文学;而有些作品可读性很强,但思想性和艺术性不够,文学成了大众的文学,就时下"文学市场",您更倾向于哪一种?"中国书籍文学馆"丛书又属于哪一种?

陈武:这个问题,在任何文学环境里都是两难问题,在任何国家也都存在,而且都是并存发展的,并不矛盾。通俗文学有通俗文学的读者群,严肃文学或高雅文学,也有他们固定的读者群体,有时候,这两个群体也互相交融,现在还出现了网络文学和手机文学。

目前的文学市场，在相当长的时间里，还是多种文学形态并存发展，严肃文学成为少数人的文学并不奇怪，说是正常现象也不为过。我们可以看一看文学发达的国家，严肃文学和艺术新产品也是需要基金会来资助的，有市场的、大众叫好且又有很高艺术性和思想性的优秀作品，毕竟可遇不可求，这甚至和文学的大环境都有关系。但是我们不能因为可遇不可求就放弃我们的追求，也就是说，"中国书籍文学馆"，更倾向于纯文学市场。

记者："中国书籍文学馆"两种丛书出版上市以来，读者反响如何？

陈武："中国书籍文学馆"的"轻散文系列"和"微小说系列"刚刚上市，就目前反馈回来的销售信息来看，可以用"火爆"来形容。

2013年10月8日对话于北京朝阳草房荷边小筑

寻找精神真相

自从 2008 年底接手一本杂志后,我的小说写作基本陷于停顿,组稿、编辑、校对、出版、发行、催款等完全是我一人包办,弄得身心俱疲,焦头烂额,连一向喜欢的翻书闲读,也没有时间了。2012 年杂志终于脱手,这才有这篇小说的构思。

其实,这部作品的影像,存在我内心很久,它就像某种病毒,潜伏很深,一直需要某一个触点,让这种病毒发作。

需要说明的是,关于火葬场的题材,我曾在十几年前发表过几篇,《崔大个子和大白牙》《水塔》就是其中的代表,甚至包括发表在《作家》上的长篇小说《植物园的恋情》,里面的诸多场景和事件,都是以火葬场为"原形"的。但是,我总感觉意犹未尽,还需要有一篇更震撼的东西来满足我的精神空虚和由此引发的焦虑——我总是觉得,前述的几篇作品,虽然还算不错,但依然对不起我在火葬场的那段经历。

20 世纪 80 年代,我曾在火葬场工作一年多时间,对于火葬场的日常生活、场景和环境,有过亲身的经历和感受。时间过得越久,那种感受反而越清澈,越明净。

当年的火葬场,地处偏僻的乡野,远离市镇,也远离乡村,四周被农田包围,整个建筑,既富丽堂皇,又孤独荒凉。火葬场职工很少,每天晚上伴随我们的,只有一台 14 吋黑白电视机,而且缺胳膊掉腿,需要人工辅助才能观看。

就是因为这台破旧的电视机,吸引四周几个村的农民,每天晚上都会在辛苦劳作之余,走三四里路,赶来看电视。电视机起初是在会议室里,到了夏天,人太多,又潮热难耐,只好搬到室外。许多故事,就发生在这些看电视的男女人群里。对于他们之间突然发生的争吵、谩骂和扭打,我不明就里,也莫名其妙。但是,那些年长的、比我先来的老职工,早就看出端倪,对他们也比较熟,第二天会笑逐颜开地跟我摆一段龙门阵。

多少年以后,这些故事,越沉淀,越感到原始而有味。

当我对写作重新有了热情时,首先想到火葬场这段难忘的人生经历。我想,人生的每一个阶段,都是我们的现实,尽管走过了多年,依然很难绕过去,甚至你压根儿就绕不过去。我们生存的境遇,面对的死亡,还有那些神秘的体验,那些自然和生态以及人性的细枝末节,都是需要我们回头仔细地寻找。我们的精神真相,灵魂真相,只有在逆流回望中,才可能找到答案。

2012年11月2日写于北京草房

(该篇为中篇小说《火葬场的五月》创作谈。《火葬场的五月》发表于《文学界》2012年第十期,后被《中篇小说选刊》选载)

草书阎揆

我见过许多书法家,他们的"标签"都有多种,五花八门,稀奇古怪。

但阎揆似乎不需要标签,或者,换句话说,阎揆身上特有的气质,就说明一切了。说来真是奇怪,有一种意会叫直觉,十多年前,我初次见到阎揆时,他还是沿海某县文联的副主席,甫一见面,就有一种亲切感,而且马上我就知道他在许多艺术门类当中是干什么的,书法家。没错。阎揆肯定了我的猜测。可我立马又说他是草书家时,他就不以为然了,以为我不过是早已闻其大名而已。其实我是从他的姓名上得出这样的结论的。汉字真是妙得很,无论是单个,还是组合,都有一张特殊的面孔,都会传递出一种特殊的个性和气质,仅从他的姓名上得出这样的判断,的确没有科学依据。但这不影响我判断的准确:阎揆果然就是一个卓有成就的草书家。

我和阎揆认识十多年了,见面的次数没有几回,更谈不上有什么深刻的交流。相见亦无事,别来常思君,说的就是我们吧。但,由于在一个系统工作,关于他的信息,我还是知道许多,参加某次国展啦,得什么大奖啦,出席某重要活动啦,等等关于他的好消息,我都会从相关的渠道得悉,心里也跟着沾沾自喜起来。有一次,在某个图书市场上,偶尔看到一本《阎揆书法作品集》,毫不犹豫就买下了,看到《新华日报》上介绍他的专版,也情不自禁就把这张报纸珍藏起来。阎揆并不知道我做这些工作，我也没跟他讲过。这完全出自我对他书法的欣赏，出自内心的喜欢。

在书房闲读、品茗，会随手抽出阎揆的书法集，翻翻，看看，漫无边际的思绪也随即收拢回来，这本阎揆早期的书法集，封面设计挺有讲究，题签是书法家沈鹏先生，底色是以阎揆的草书为主调，整体协调，神韵通达，庄重大气。内页之首是阎揆的一幅摄影肖像，虽然是一头乌发的英俊少年，却有着盘腿打坐的姿势，和我后来见到他时的"光头佛"形象简直判若两人了。当年，俞平伯在北平沦陷时，做苦守北平的打算，为排遣心中的繁乱，多次跟废名学习打坐，为的是能让自己气脉沉静，以免神昏心乱。阎揆的打坐，怕也是要让自己沉静在艺术化境之中吧，不要被浮躁的书法市场所搅动，一心一意钻研草书精髓，得其奥妙，化为己用。

再看他后来的书法，果然起了大变化，不仅是形式，就是内容上，也在突出和彰显自己的个性。他有一枚闲章，曰"舍形取神"，揣摩这四字，能大体玩味出阎揆这一时期的书法追求。记不清是什么时候了，《新华日报》副刊发表他几幅书法小品，内容特别有意思，"多一繁华即多一寂寞，所以，冷淡中自有无限风浪；少一交游即少一累赘，不如书卷中有无穷益友"。"鲁迅先生说过，有好茶喝，会喝好茶，是一种清福。""善读书的人，天下没有什么不是书，山水是书，棋酒是书，花月也是书。善游山水的人无处不是山水，书史是山水，诗酒是山水，花月也是山水。"这些内容，和书体的草，确实不能以"形"见胜，要细细体味才能得其妙趣的，确乎是"神"了。"神"不仅是各种精神，关键是一种韵，一种味，一种趣，还有闲和逸。换一种说法，"神"，可寄于心，也可牵引心，给心以法则，而这种法则又是无形的，不规整的，使心认识本体。心神一体，无非就是此境界也。仅从阎揆这几幅书法小品中，还不敢妄加评论，但我至少感受到阎揆书法艺术传递给我的感知，也让我体会到草书的情境和妙境。

我细细揣摩阎揆思想境界的变化，从他这一时期所署"净乙居士"中可见一斑。有时，他也会落"净乙一挥"这样的款。这当然是一个词组了，"净乙"是署名，这"一挥"，就太潇洒了，能忘却所有，能放弃所有，而在"忘"和"放"中，又得到了所有，似乎是放而未放，一挥中，参透了多少心得，即便是参禅多年大隐也不过如此吧。

不久之后，我在他书法工作室拜见他，聊了什么，大体都忘了。没有忘记的是，我冒昧请他为我书房题写"掬云居"三字。书法家都有体会，这种即兴题字比较难弄，写不好就会露拙。阎揆略作酝酿后，大笔一挥，三个动感如飞的草书便写就了。看来，艺术境界的高下之分，还真是要现场展示才是真功夫的。我书房的招牌，正是因阎揆的这幅大作，才正式竖立起来。

眨眼又是八九年，我们因忙于不同的事务而基本中断了音讯。

再一见面却是2013年夏天在他北京的工作室里。之前还有一个小花絮，因为一本书稿，我和著名文艺评论家王干先生在中国文联大楼的一间办公室相聊，不知道怎么就说到了书法，说到了阎揆。王干是轻易不夸人的，这会儿也说阎揆的草书好，了得，又说，他还玩紫砂，昨天晚上和他一起喝茶时，他手里玩个小壶。言下之意，阎揆有名士风度，趣味不是一般的高古。原来，王干刚刚和管峻、阎揆一起小聚过。

我也体味了一回阎揆的高士风采，我们一边慢慢饮着啤酒，一边聊他近来倾注不少心血的"大草书社"，在诠释这一概念的时候，他说，大非大，草非草，书法的终极境界，还是在法度上，法度又和书家的气质、学识、修养和交往等密不可分。他谈话中，流露出不少佛禅思想，经常是言犹未尽，和他书法笔势的狂放、体势的连绵、法度的不羁有互为补充之妙。

其实，对于当下书法家，在目前这种情形下，能守得住自己的底线，追求自己的个性，要有一番勇气的。试想，既要耐得住孤独寂寞，又要满怀激情；既要攀附权贵，又要清高守操；既需单刀直入，又需曲径通幽；既要天真烂漫，又要老谋深算；既需空蒙灵动，又需苍劲浑厚。但是，和阎揆的一席叙谈，感觉他似乎从不关心这些，全然一副置身书法之中、又跳出书法之外的超然姿态，或者说完全是一副顺其自然的法师风度了。

那天聊得很晚，阎揆的谈兴也浓，对于大草书社之"大"，之"草"，做了多种层面的阐述，我于一知半解中，暗想，在书法的艺术之路上，阎揆又在进行一番新的探求了。

2013 年 7 月 12 日

江南丽人图
——郜科和他的新文人画

知道郜科的名字,比认识他的人要早很多。许多年前,就知道他是《雨花》杂志的美术编辑,在《东方文化周刊》上,看过他大量的插图,这些插图,色彩浓重,稚拙中见意趣,另外,他还在《扬子晚报》上主持过漫画专栏,也常在报刊上见到他创作的漫画,以及多次得奖的报道,对此君的多面手很是钦佩。直到1998年,在《雨花》举办的一次笔会上,我们才见面。因为是神交已久,所以一见如故。

郜科先生是那种热情而爽直的人,即便是跟初次相识的人,也能敞开心扉,谈自己对世俗的看法,对艺术的见解,观点明确,态度认真,不去和稀泥,也不去人云亦云。2005年夏末,在张家港双山高尔夫球场的休息厅里,他送我一本新版画集《江南丽人·中国画作品集》。

郜科的"江南丽人"画,沿袭的是"文人画"的风格,水墨写意的重彩美女,初看似乎手法单调,"民间"味过于浓重,细细品咂推敲,才能感受其中三昧,其一,人文的风韵;其二,色块浓艳却墨韵丰满;其三,稚拙的线条彰显现代意蕴。当然,他的画中,据书评家薛冰云,还隐约流露出日本浮世绘的色调。只是画中的"俗",让人有无法言说的机趣。"美人画可以说是最俗不过的题材,却偏偏为文人画家们所喜爱。郜科也选择了江南旧时美女来一显身手,写意,再加上重彩,具备了太多'俗'的因子,然而他画秦淮八艳,画金陵十二钗，画古往今来有名无名的清柔娇宠，直到民国丽人，偏偏让人无法说出那个'俗'字来。他却又不能算典型的'新文人画'，他有意无意地停留在'新文人画'浪潮的边缘，与'新文人画派'的佼佼者，保持着艺术上的距离；抱着一颗不为世风所动的平常心，他终于成就了独具一格的'江南丽人'系列，艳中见素，拙中见巧，俗中见稚，浅中见厚，热辣辣沉甸甸的，让人一看就知道那就是郜科。"（《热辣厚重的"江南丽人"》）薛冰先生的这段话，较为准确地定位了郜科的艺术成就。薛冰对郜科应该是十分了解的，他在主持《东方文化周刊》小说栏目时，特邀郜科画了许多插图，给周刊增添了浓郁的艺术味，这种艺术味，也是那段时间周刊的基本色调。

《江南丽人·中国画作品集》收入画家近年创作的数十幅"丽人"，这些"丽人"，有个性，有情调，她们或嗔、或娇、或愁、或念、或怨、或思，都让人顿生怜悯的情怀，甚至一洒同情之泪；画面也是匠心独运，古老的城砖，灵秀的假山，旁斜的花枝，虽是简笔，一笔一墨却都有神来之韵，尤其是他敢于在传统的笔墨中，兼收现代派的风格，让人击节赞赏，与其说，他在"新文人画"中求变、图新、寻奇的艺术探索，还不如说他善于利用自身所具备的文学功底并把文学的内涵有机地融入其艺术生涯中。他曾对我说过这样的话，为什么过去时代的美人更能入画？因为距离能产生美，人们怀旧的心态其本身就具备美学和文学的因素。这么说来，我们对郜科在"江南丽人"画的书写中，就有更高的期待了。

"爱之画中爱，痛之画中痛。落个云淡风轻近午天，傍花随柳过前川，时人不识余心乐，将谓偷闲学少年。管他什么专业、地位、名气、市场，画画的本质还是画。"（《江南丽人·中国画作品集·作秀的前言》）有着这样的心态，相信他在艺术上会有别样的风姿，会给读者一个全新的感觉，也会给浮躁的画坛留下深邃的启迪。

2003年12月2日

心有菩提
——小记书法家葛丽萍

"丽日洒照本无意,萍荷动波性自空。"这是句藏头联,有佛意,有禅思,暗藏"丽萍"二字。我读了,颇有感想。没错,这就是葛丽萍。联的内容,更是她个性和为人的写真。

见到葛丽萍,是在一次酒宴上。同席有俞小红、王晓明、潘吉、皇甫卫明、老浦,都是我文友,也是常熟市文坛的领军人物和活跃分子。坐下聊一会儿,感觉客人似乎到齐了。我因一路风尘,跑了一下午,被一桌子美味逗得直咽口水,问,可以开吃啦?俞小红说,再等等,葛丽萍马上到。说话间,门口暗一下,跟着又光辉起来,进来一个清清爽爽的年轻女士,一身合体的裙装,色彩也忘了,素静、淡雅是没错的。俞小红立即邀请入座。来者得体地微笑着,大大方方坐下了。

我见过葛丽萍——在她的博客里,博名叫夏荷,某学校语文老师。好几年前吧,我们就互为好友了。

我的博客,开始只想作为仓库,存放自己的文稿。发表过的才公开,没发表过的,都设置成私人日记了。有事无事的,也会去博客看看,到处转转,串串门,打打招呼,看到喜欢的博客,也邀请对方为好友。和葛丽萍(夏荷)在博客"相识",是她的博客内容吸引了我——小楷书法,新旧体诗,散文随笔,十分丰富,特别是她的书法作品，简静、秀雅中，透出韧劲，有神韵，有法度，走的是传统的路子，却又不失自己的个性，并且一直追求、发扬自己的个性——这个尤为不易，难道不是吗，生活中，许多人这山望那山高，不能坚持自我，最后什么都不是。

每每看她博客里的一幅幅小楷，便不由得的喜欢，心情也跟着愉快起来。但我只是看看，并不敢妄加评论。因为我对书法是门外汉，加之她书写的，大多是佛经，《大悲咒》《普门品》《金刚经》《地藏经》《心经》等佛教经典，怕言语不妥而冲撞佛门。当然也有一些书法小品，抄录的，不是唐诗宋词，就是她自己的诗稿，造型别致，婉约秀丽，古朴典雅，真想自己也能拥有一幅，挂在书房里，一来为书房增色添辉，二来也能天天欣赏她小楷的神采风姿——当然只是妄想而已了。

她的诗，走的是婉约派的路子，情感浓郁，意味深长，从一首首诗中，能读出她的细腻和敏感，读出她的温情和善良，在《并蒂树·一世情缘》中，她写道："生生世世，笑颜因此绽放；时时刻刻，美丽相依心乡。"在《思念》里，她说："思念是一杯加糖的咖啡"，是"春天里绵绵的细雨"，是"那本深沉厚重的书"，更是"那幅深藏于心的画"和"那首带着忧伤的老歌"，句句说到心坎上，尖锐得不能自禁。是啊，这样的思念，谁的心，都会跟着柔弱起来，进而心生悲悯。《我的芬芳在你的心乡》是一首写丹桂的诗，却是借桂花的馨香，抒发自己的情怀：

  多想依偎成双
  一起描摹金秋的诗行
  然而我只有这样的过往
  放不下已给你的念想
  即便洒落尘寰

也永在你心间飞扬

　　读她的一首首诗,心也会跟着她的诗行,游弋在她营造的情感氛围中,不自觉地和她同悲同喜。让我感动的是她的《金秋》,共分四节,每节只有短短的四行,吸收了宋词和元小令的特长,文白相加,用词古雅,意境纤柔,抒写了对远在内蒙古工作的爱人的思念之情。事实上,她的大部分诗,都取材相同,表达的是和爱人短暂离别的愁绪和思念。这也是古今中外文学永恒的题材,但在她的笔下,更显热切、真挚,低回反复,酣畅缠绵,没有切身感受的人,怕是不能为之的。

　　说诗,不能不说她的古典诗词。葛丽萍的博客分类列表里,专门有一栏"夏荷诗词",收录她历年写作的古典诗词几十首,每首我都读过数遍。老实说,我对于古典诗词,更是没摸到边,虽然熟背过很多首,甚至有一段时间,专门研究李贺的哑谜诗,还写过若干篇鉴赏文章,却从未尝试过写。我知道,鉴赏是一回事,写,又是另一回事,知道那玩意儿的功力不是一天两天练就的。不仅要有才情、气质,还要有广博的知识和深厚的旧学做根基,所以古人才有"不是诗人莫作诗"的提示。我也读过许多现代人的诗词,老实说,让我佩服的极少,大都浮在文字上,文字光鲜,内容空洞,为诗而诗,为词而词,极少悟出诗词的真妙。葛丽萍的诗词,和她新诗一样,也以抒写个人情怀为主,从"情"入手,抒发自己的所思所想,笔调旖旎,婉曲清雅,有精练的词句和音律。她的博客里,连续几年置顶的《醉江南》(四首),就体现了她的个人诗风,都是写给爱人的,都是离愁别绪,情感真切,读来让人感同身受,其中一首云:

　　烟雨茫茫春欲就,
　　梦里江南,原是归时候。

恰似嫦娥挥彩袖,
良辰美景情依旧。

河畔青芜堤上柳。
且怪东风,吹皱西湖瘦。
空对小桥无尽秀,
兰舟犹唱红酥手!

——《蝶恋花·梦回江南》

不用细细品评,就能感受到诗中传递的忧伤和无奈,这样的情愫,仿如旧时文人的感怀,细致、绵密、幽远。

常在葛丽萍的博客里这儿看看,那里瞧瞧,虽不敢多话,也偶尔情不自禁地对她的博文说三道四,点评也许不准确,算是真诚打个招呼吧。尤其对她的小楷书法,关注更是多一些。有好多次,看到她赠送别人那么多书法作品,我心里也痒痒起来,想厚厚脸皮,跟她要一幅,终是没好意思。同时呢,对于她随便地把作品送人,也有些不解,又不是青菜萝卜,怕过了季节,随便贱卖的。如果是识者还另当别论,大多都是些附庸风雅之辈,不是糟蹋了艺术嘛。但这话也不便说出口,只是无缘由地替她抱屈。想想自己那么喜欢,都难以开口,他们倒是大言不惭啊。也许呢,这正说明葛丽萍的佛心普爱吧。那么我是不是也厚脸索要一幅呢?这样的想法一旦萌生,就像春天的草芽一样,在土层里不断往外疯拱,想来想去,只好"曲线救国",假借请她为我题写书名为由,写一幅《洁白的手帕》。她居然答应了。我正为我的小阴谋得意时,不曾想,她写好后,直接放她的相册了,并给我留言:"如喜欢,可下载。"原来原件还不舍得给我呀。心里顿时冰凉。但,仍心有不甘,待到她书写的《心经》和《大悲咒》发博客上时,我看那光彩照人、十分精美的书法,和许多博友的围观和好评,还是忍不住开口留言了:"真美。我也很想要一幅啊。"不久,就看到她的回复了,先是一个笑脸,接着说:"你自己要啊?"我说:"是啊,喜欢《心经》呢。"没想到,隔天以后,她又回复了,而且很慷慨:"好吧,不过你要等着,我等空些再写,好吗?我以前写的是小的,写在红色宣纸上的,没这个大,这个可以挂起来的。"我连声道谢。

后来不知什么原因,我终是没有收到她的小楷《心经》。连带我那段时间,主持一本杂志,事务多,忙得不可开交,上网时间少之又少,没有盯得紧,错过了这个大好机缘,至今还后悔莫及。

真正得到她的书法作品,已经是两年以后的 2012 年 5 月了,我收到她寄来的《妙法莲华经观世音菩萨普门品》。这也是机缘所赐——我一个吃斋念佛的居士朋友,要印一部佛经传法,问我印什么好。居士的随口一问,我立即想到葛丽萍抄写的那么多经书,建议她,可以别出心裁,印一部手写体的佛经。居士说,谁写啊。于是我便斗胆给葛丽萍留言。承蒙她的理解和支持,立即寄来精心手书的书法长卷《普门品》。收到作品那天,正巧著名书法家江祥荣先生在我书房小坐,他看了作品后,啧啧称赞,把作品反复看了多遍,说从起笔第一个字,到收尾最后一个字,这么长的经文,一路写下来,都很稳健,而且字里行间透出平和、静谧之气。他也是写小楷成名的,感叹说,能做到这一点,真是殊为不易啊。他甚至挑剔地细看作品的背面,看透过来的笔线,居然没有一根断裂和飞白,和正面一样均匀,由衷地说,这是大师手笔。

我和葛丽萍的正式交流,应该说,就是从印经开始的。为把经书印制完美,居士又托我请葛丽萍写一篇前言,并嘱我写一篇说明文字。于是,博客强大的功能显现了出来,我们在反复交流多次后,葛丽萍洋洋洒洒写来了一篇《缘起》,我也把写好的《写在葛丽萍手书普门品印行之际》的说明文字发给她过目,这样,一本传法的经书,就这样以完整的面目出现在信众面前了。我也给葛丽萍寄去了几十本经书作为纪念。

我对葛丽萍充满感动和敬佩的因素还有一层,就是她坚强的意志和对生活的信念。为避免重复叙述,还是允许我节录《写在葛丽萍手书普门品印行之际》里的一段文字吧:"从她的博文里,我依稀感觉到,在她生命最美丽的时候,也就是新婚不久,万恶的病魔造访了她,并且直接威胁到生命……在接下来的无数个白天、无数个夜晚,她都要切实地面对病魔,和病魔做顽强的搏斗,一次次的手术,一次次的化疗……一个瘦弱的女子啊,一个新嫁娘,就这样长时间待在病房里……然后,便是日复一日地抄写佛经,诵佛,念佛,拜佛……在她顽强、坚韧的毅力下,在亲人们的照料下,在佛的庇护下,她挺过来了,直到完全康复,直到又站在她心爱的讲台上。"

有了上面的交往,那天在俞小红召集的饭桌上,见到葛丽萍时,就没有了生疏感,仿佛是熟悉已久的朋友,交流了书法,又交流了散文写作。作为常熟市作协主席和《常熟日报》副刊部主任的俞小红,对她的散文创作表示肯定,也非常欣赏她的书法作品,以文人的眼光,高度评价了她的小楷。那天,葛丽萍给我的印象,和她的小楷书法一样,简约、平和、静美,有江南水乡的俊秀和知书达理的知性,也不失干脆、爽朗的风格和谦虚的作风。

就在这次聚餐不久后,我看到她博客上更新一条新博文,她的小楷书,入选国展了!我虽为她高兴,但并没有欣喜若狂,觉得这是她应得的荣誉。入展和不入展,她的小楷书已经进入很高的境界。入展是应该的。如果不入展,那是组织者的失误。其实,对于葛丽萍在小楷书艺上的追求,早已引得著名书法家、篆刻家、常熟书法界领军人物张浩元和吴苇的欣赏了,他们也给予她多方面的关照和指点。

以为生活中,不过是这样寻常的交往,如过眼烟云,稍纵即逝。

没想到今年年初，我们又有进一步合作的缘分了。北京的一家出版单位，要出版我几本书，小说、散文、随笔都有，并约我进京改稿。在改稿其间，他们准备出一套散文丛书，咨询我，丛书以什么样的面目出现较为合适。联想到近年大肆泛滥并有成灾趋势的文化散文、历史散文、学者散文的现状，我建议他们搞一套贴近大众、贴近民生、接地气的"轻散文"。所谓轻散文，即"短而精美，轻而厚重；也包括回归自然，回归质朴。简单说，就是写自己日常的生活，写自己内心的感受。对所见所感如实呈现，对所思所想真诚相告。并希望，在人们对当下生活渐感浮躁和麻木的时候，能够发现生活的新奇和诗意，发现周围的平淡和美丽"（《中国当代精美文学读本·轻散文卷·总序》）。这个方向确定之后，出版方又抓差，让我约几本书稿。我自然就想到博客上的那些精短小文了，葛丽萍、夷人等博客再次成为我阅读的重点，进一步确认了他们的文章很适合"轻散文"理念的要求，于是我把他们的作品下载几篇，做成选题报告，交了上去。不久之后，选题通过了，我立即向他们发去了约稿函。夷人很愉快地给予答复。葛丽萍的回复，却表示一丝为难，相比较小楷书法和散文写作，她更喜欢前者。但她也给了我面子，决定先把作品收集起来，先看看再说。这时正值寒假，她把自己从前的作品整理后，表示可以整理成一本小书，不过对其中的大部分篇章，都要修改，另外，利用假期，还要再赶写几篇。葛丽萍的工作效率很高，就在寒假结束后，我收到她一本十万字的书稿，名为《心有菩提》。我从头快读一遍，马上交给出版方，进入出版程序。

在写这篇小文章的时候，葛丽萍又进入她小楷创作的高峰期——应常熟市文化机构的邀请，她一口气用金粉创作了三幅《常熟赋》，作为撤县建市三十周年礼品，捐献给常熟博物馆、图书馆和美术馆。而她另一个宏愿就是，要在两年内，用小楷书法，抄录八万多字的《妙法莲华经》。这是一个浩瀚的大工程，比她以往抄写的《金刚经》《地藏经》等不知要多多少辛苦与难度,这不仅要考验一个书法家的功力,也是意志、精神的综合考验。但我知道,曾在生活中接受过生命考验的葛丽萍,一定会实现她的愿望。

2013 年 12 月 8 日于北京五里桥

本土画家江祥荣

早在十数年前,就知道江祥荣先生是我市乃至省内外成就突出的青年书画家,在艺术界名声远扬,社会上更是广为人知。真正和他交往,还是在新世纪初,我在他靠近盐河边的画室里采访他,从他的言谈中,感觉他是个质朴、率真的人,有才气却并不咄咄逼人,有思想也不刻意张扬。那时候,我在晚报做文艺编辑,对他倾慕已久,经书法家费永春先生介绍,曾得到他一幅墨竹小品,竹枝以淡墨勾出,竹叶浓淡相彰,笔意潇洒、画风儒雅,文人气十足,很有明代画家吕端明的神韵。这幅墨竹一直挂在我的书房里,闲读和书写疲倦时,常常对画品味,体尝个中哲理,对梳理纷繁的思路,起到了莫大的帮助,因此说,对祥荣先生,一直是神交多于面谈。

不曾想到,2007年我和祥荣先生竟然成为了邻居,在他新居的画室里,观摩他泼墨挥毫,和他谈书论画,一时成为我的最大乐事。无论对他的书法画技还是艺术修养,都有了更深一层的理解。特别是去年夏秋,他带着速写本,深入到前后云台山的群峰峻岭中,画了大量的速写后,准备大干一番的雄心壮志,更是钦佩不已。

了解祥荣先生的朋友都知道,他是在艺术上有独到见解和特别想法的艺术家,对连云港市的山山水水更是有着特殊的情怀,很久以前就立志要以手中的画笔,来再现云台山的雄峻和幽静,为本土山水做一个史诗式长卷。他曾经以抒情的话语对我说,在夏日的灼热里,在秋风的萧瑟中,在碧蓝的天空下,在深深的密林里,摊开速写本,面对眼前的美丽景象,幸福得手都发抖,那种幸福感盈满全身,简直叫人有些害怕,害怕稍不留神,这种美景就会从意象里溜走。他的话也感染了我,仿佛我也跟着他跋山涉水,寻寻觅觅地找角度,选视点,突然间发现了久违的无限风光,那种怦然激动的心情就像初恋情人的约会。这就是对艺术的投入吧。这位身上闪动着熠熠光环的艺术才俊,就这样亲近而温情地和云台山、和大自然相拥相抱。

在他的工作室里,我一边品茗,一边一页页翻看他的速写本,那一幅幅如临其境的速写,既波澜不惊,又气势磅礴,同时,还隐隐地透着空灵、恬淡、醇厚。而当我面对他已经完成的"云台山系列"画作的其中十八幅巨幅大画时,在心底里最柔弱的地方漾起一丝涟漪,紧接着又怦然而动,感觉到了什么是豪迈和雄伟,感觉到了什么是细腻和温润。与这一份感动相比,一切的渲染和宣扬,一切的评价和批评,都成了多余。本来,对于任何艺术的完整和精湛,唯有内心的尊敬和才华才能够得以报偿,祥荣先生对此的体会可谓深切,也只有这样,才能贴心贴肺地感受到。艺术世界是多么的充盈而多姿,其中的力量和意境,远非言说可以传递,唯有悉心体会才是真谛。

我不是画家,可以说对于书画艺术是门外汉,我只是以一个写作者的身份,以一个小说作者的视角来切入并审视和阅读祥荣先生的这批大画。从《观顶春韵图》里,我看到远山含黛、绿树含菲,看到萦绕的白云和时隐时现的村舍,整个画面步调均衡又不失错落有致。《凤凰山》更是体现了古凤凰山的苍茫和劲健,体现了"缥缈天边雾,依稀海上楼"的韵致。《前云獾塘寻梦》里,我的目光从溪潭移向逶迤的远山,禁不住对画面的丰富和画技的成熟而颤动,远近相彰、疏简互让,是山水画的灵魂之一,逼真的山体,怪异的老树,密密的丛林，一湾溪流，几抹淡彩，体现了秋山的冷峻和沉静，画家再现了一种强烈的精神禀赋，力图寻找周围世界的氛围、诗意和本质，并且让这种诗意和本质直抵内心。同时，从这幅画中也能说明，色彩如果能运用得当，对于表现出实景以外的精神内涵，或者构图的和谐，可以起到举轻若重的奇效。《云涧秋韵图》《海州南大山》《烟溪云岫图》《船山春韵图》等画作，和"寻梦"一样，有着异曲同工之妙。而《山水含清辉，云雾绕鸡鸣》《福地老宅》《湖亭观远图》等，又稍微加入些许灵动和田园的元素，传达出一种平和、安宁的情景，古寺、老屋、草亭，于恬静、冲淡中透出一种世外的满足，即使是那些葱茏的树木和由于雾霭而变得柔和的山峦，也完全是令人安心和安静的。

大约六七年前吧，徐州、连云港两地画家搞一个联展。筹划时，著名画家、连云港画院院长古强先生不无担忧地说，别的不怕，我们就缺大画，一幅能够反映、代表连云港精神和气质的巨制。祥荣先生听后，便开始构思、草拟，并数次登上花果山写生，经过无数次精心构制，一幅八尺宣的《云台胜境》终于完成。在徐连两地画展上，《云台胜境》轰动一时，许多人流连于画前，无不感叹称奇。云台山素以古、神、幽、奇著称，明代小说《西游记》里的人间仙境花果山就取材于此，若干年来，人们只能从小说里来领略"冷气分青嶂，余流润翠薇"的风姿，却无法感受其中之妙境，是这幅《云台胜境》让他们开了眼界，那整体的布局，细致的刻画，磅礴的气势，苍茫的山体，缥缈的云雾，加之青藤、古树、翠竹、红瓦、飞瀑、幽谷的丰润和秀雅，让观众领略到了什么叫栩栩如生，什么是如临其境。历来两地画展，都好比擂台比武，连云港方阵因为有了《云台胜境》而格外受到业内人士和普通观众的称赞和好评。几年后，连云港驻京办事处知道此事后，特意出高价购买此画。当得知此画被某机构收藏后，又礼请祥荣先生重画了一张，这才有了《云台胜境花果山》悬挂于驻京办事处的大厅里，让首都人民通过此画来感受和了解连云港山水的神奇和博大。

祥荣先生对"本土"的热爱，从一幅《云台胜境》里可见一斑。那么，让我们再穿越时空隧道，回到二十多年前的1987年，来看看他另一幅堪称划时代的交响诗章《百里盐场图》。最初欣赏到这幅巨制时，我首先想到《清明上河图》，也是那样的长卷，也是那样的工笔白描，如果不看落款，不看新绢，还以为是宋代的遗物。这幅作品确实有宋人的流风余韵，用笔，是那样的温和清腴，骨肉停匀，猛一看似乎文弱了些，没有健壮外强的气势，实则上，外露凝静而精力内聚，追求的是笔墨的静美、阔略和传神。众所周知，祥荣先生自小生长在盐场，对于制盐的一套程序烂熟于心，但要落笔于画，还得靠写生，靠感悟，靠灵气，从1981年开始，还是英俊少年的祥荣就开始对百里银滩进行了切身的感受，从远古的煮盐、烧盐，到板晒、砖池、泥滩等等，甚至盐场民俗、圩下风情，他都耳熟能详，我们从《百里盐场图》的题跋上，就能够体察到祥荣先生的多年用心，"淮北盐场位于黄海之滨，系我国十大盐场及北方海盐产区之一，盐田总面积达八万九千余顷，面积之大，分布之广，北起海州湾，南至长江口，自汉始至今已有两千余年，历史悠久，享誉海内外，素有百里银滩之称。淮北盐场在新中国成立前年产量不足二十万吨，新中国成立后生产直线上升，最丰年产量高达三百万吨，为新中国成立前的十五倍，行销祖国各地，远销欧亚各国，打入国际市场……余生于斯长于斯，闻其变化，观其发展，不禁乃欣欣然也……"观《百里盐场图》，我们仿佛走进了欣欣向荣的盐场，那些整齐的田格，堆积的盐砣，长长的圩堤，繁忙的盐埠，运盐的船队，白帆、海鸥、灶民，还有盐工纳潮、上廪、扒盐等等场景，都是那样的恰如其分。从作品细腻的描写中，可以看出祥荣先生是拼了心力的，但同时也展现出了他高超的白描功夫。有人打过这样的比方，如果把西洋画看成是色彩的诗句,中国画就是线的音乐。这个比喻很形象,很恰当。线是中国画的基础,每一个形象都是一组飞动的线纹和节奏的交织,长卷《百里盐场图》里的线条,可以说运用到了化境,超忽飘举,六法皆备,真正做到了"一笔而成,气脉通联,隔行不断",和苏东坡形容吴道子的画笔"当其下手风雨快,笔所未到气已吞"好有一比。

面对大自然,特别是家乡的山山水水、草草木木,每个人的认知应该是均等的,但同时也是"仁者见仁,智者见智",艺术感受个个不同,有的融入其中,受其感染,读出深邃的内涵,生发出无畏的能量,有的只是流于表面的欣赏,这其中有视野不同,也有修养高下之分,古人所说的"中得心源"便是这个道理。祥荣先生是书法家,其书法作品参加过全国大展,多年来对书艺的研究,心中自有架构的尺度,他同时又喜读诗书,特别是反映家乡山川风物的诗词文赋,只要能找到,他都是熟读强记,明人顾乾的《云台三十六景》,还有清人《云台二十四景》诗,他不但熟读,还曾顺着古人吟哦的足迹而寻访过,因此,在他的视野里,故乡的山水,便多了一分人文的风姿,再经过他剪枝修整的速写打磨,作品中,便有着沉甸甸的千钧之力和广博的厚度。面对那些六尺纸的巨制,我能想象出画家绘画时心无旁骛、凝神敛气的情景。那么也就不难理解,画家为什么能产生出这样一批充满生命力的、情感丰富的山水交响诗了。可以说,祥荣先生是入世的画家,却有着出世的洒脱和修养,一山一水,一草一木,都画得结结实实,有筋有骨,使人想起北宋的许多名家。就我个人的理解,祥荣先生在传统上是下过苦功的,点、染、泼、斫、皴、擦等基本技术,都很讲究,同时又不陈腐,融入了自己的创意,奔放中充溢着文气和书卷气。我想说的是,如果在这条路上继续坚持下去,即于古意中融入时代的元素,并扎根于本土,充分展示出自己的绘画语言,要不了多久就会攀登到相当的高度。

如果说，祥荣先生只工山水，只画山川，恐怕连祥荣先生自己都不买账（如前所述，他还是一位成就卓越的书法家，因为本文所限，将在另文略述）。事实上，祥荣先生的花鸟画也是功力非凡，他画小品，有工笔的细致，一笔一画入微精巧。他写意泼墨，同样挥洒自如，笔到意到，无处不风景。有一幅《清韵春唱图》，两只八哥仰天鸣唱，水红色牵牛花在藤叶间含露盛开，线条灵动，墨色活泼。他还画人物，一幅《胸有成竹图》，芭蕉树下，清风唱晚，老翁对弈，书生煮茶，好一副悠闲景象。《清竹新嘉图》中的墨竹，风轻影动，行笔、力度均恰如其分，可谓墨色淋漓，气韵生动。最欣赏他一幅《玉洁冰清图》，枯枝穿插，白梅点点，其高洁和清白跃然纸上，如临其境。读他的画，我曾有过这样的想法，有的人靠才气作画，可以成为一代画家，有的人靠勤奋补拙，同样可以取得成功，如果才气、思想和勤奋融于一人之身，那他离一代宗师就不远了。

行文至此，我想说的是，祥荣先生把艺术之根深深地扎在连云港这块土壤之上，志在为本土的山水扬名，成为乡帮艺术家，从大里说，是为民族传统别开生面，从小里讲，是为本土山水提升精神，这样的努力，值得称叹。

2009年1月13日初稿于新浦河南庄，2009年2月2日修订

王兵画笔染春秋

画家王兵先生是个多面手,我和他过从有年,相知较深,他画山水、画人物,可以说不输给当代名流,就是花鸟画,也有一笔真功夫。他笔墨多姿,工写兼备,气韵生动时可以笔走龙蛇,直抵内心,老笔枯拙时,也能简朴无芳,历达心弦。下面,仅就我个人理解,谈点自家认识。

心源为本多恬淡

在王兵的画室观其作画,无疑是我近期的一大乐事。特别是看他画《大美无言》和《山色空蒙雨亦奇》两幅山水时,感觉到画中的静和美,感觉到那份平和和淡然,感到有种意存笔先、画尽意在的纯粹。中国画讲究抒写情思,塑造物象,缔造意境,酿成气韵,这是众人皆知的,但这必须在"六法"兼备的基础上才能做到。看王兵作画,看他运笔,看他走线,看他着墨,都是一种享受,我不敢说他在这方面已经达化境,但至少有相当高的造诣,用笔变化可谓千姿百态,轻重、提按、粗细、疾缓,都是那样的娴熟和富有变化。由于各人的禀赋、交谊、学养以及对社会认知的不同,走笔所呈现的笔性、笔势、笔趣也各有各的个性风姿,所以,往往一下笔,就可知这幅画的总体风气，正如黄宾虹所说的"气韵生于笔势"。看得久了，我对于王兵先生的画有了一点粗浅的认识，大致上说，他是得中国古典绘画和古典文学的精髓，及在抒情、畅达、求趣上，受传统文化影响较深，达到了降伏物象、抒写灵性、托物寄意、寓情于景、以形写态、形神兼备的境地，说具体一些，就是他的山水画中，暗含着感人至深的静美。

"泠泠七弦上，静听松风寒"，这是唐人刘长卿《听弹琴》中的一句，宋人苏东坡则有"神闲意定，万籁收声天地静"的词句，李太白在《夜听卢子顺弹琴》里，有诗云："闲坐夜明月，幽人弹素琴。忽闻悲风调，宛若寒松吟。"这些诗，都有一个共同点，静和闲，从美学意义上讲，王兵先生的山水画，无论是大幅，还是尺页，有不少都自觉地剔除烟火气，剔除张牙舞爪之势，而是追求特有的平和、恬淡、静美，比如《秋声图》，禁不住让人想起上述诗句，想起《听弹琴》《夜听卢子顺弹琴》所表达的那种情感——君不见，弹琴的老翁卧坐在苍劲的老松侧畔，苍松下幽暗的池塘里，倒映着一轮冷月，夜风从远处徐徐吹来，带着静夜的寒意，那如诉的琴声也必定是哀怨的，仿佛寒松在低吟。这是一幅怎样的画面啊，不仅是一种美的提升，还让心灵得到净化。

众所周知，一个艺术家，为了传达情思而创立意境，常于自然万象、人间百态中受到启迪，然后加以创造、发挥，传达出超然物外的美学符号，让人遐想联翩，《秋水无声》《冷月清辉》《大美无言》《山居图》《夕阳山外山》《一片苍茫烟雨中》《意中天地》《层峦叠翠》等，无不体现出这种至纯至美的境界和"外师造化、中得心源"的修养。

说到"外师造化、中得心源"，我们都知道这是中国艺术理论的重要命题，由水墨画创始人之一、唐代画家张璪提出来的，可以说在某种程度上，是中国艺术的总纲。但是，说真话，长期以来，我们对这句话的理解过于简单化了，包括一些书画家，认为这个命题浅近明白，无非是主客观结合或情景结合的产物。从表层意义上说，这样认为也没有错。但，事实上，如何去理解和运用，远比这复杂和艰涩得多。

王兵先生擅于阅读，对古典文学有相当深入的研读，这在我接触的艺术家中是不多见的，他常常在一边作画时，一边和我闲谈，许多古代画家的画论，或妙联诗句，都能脱口而出，然后又详细解说其中的三昧。对于古代画家，从顾恺之开始，往下数来，吴道子、董源、范宽、李唐、黄公望、徐渭、陈洪绶、石涛、任伯年等，他也是耳熟能详，各位大师的艺术风格和代表作品，更是如数家珍，有的还曾反复临写。对于张璪"中得心源"之说，经过这些大师的熏陶，他的理解，自然要比别人深入得多。画画的人都知道，当年张璪和大画家、大诗人王维的弟弟王缙交谊时，对王维的禅道和绘画理念当然地了然于心，王维的禅学思想可能对张璪产生重大的影响，作为水墨画创造伊始的两位大师可能正是在这一思想的启发下，而引领这一艺术形象的。而最初的"心源"一语，就是出自《菩提心论》，文中说："若欲造知，须知心源。"那么，佛家所称的"心源"，北京大学美学教授朱良志先生"在美学散步丛书"《真水无香》里有专门的阐述："一是本源义，心为万法的根源，所以叫作'心源'，此心为真心，无念无住，非有非无，而一切有念心、是非心、分别心都是妄心，所以心源是与妄念妄心相对的……此二义又是相连一体的。在心源中悟，惟有心源之悟方是真悟，唯有真悟才能切入真实世界，才能摆脱妄念，还归于本，在本源上'见性'，在本源上和世界相即相通。"所以，张璪的"外师造化、中得心源"，体现的，就是禅宗的心源为本的思想。

从王兵的画中，我们是否能够感受到"心源为本"的境界呢？答案是肯定的，从《秋水无声》里，我们感受到了仇英的《松下眠琴图》那样的空寂,从《夕阳山外山》里,我们感受到了《关山密雪图》那样的坚凝,从《米家遗韵》里,又给我们传递了古雅之气,《月映秀川》所传达的是一种清旷、宁静之美,《云台山居图》毫锋颖脱,墨法精微,平淡多姿,气韵闲逸,《意远能静境》青山含黛,绿树含晖,秀润清新,《秋林暮归》中的云林、近树、远山,高古简贵,行笔缜密而有韵度。上述种种,可以毫不夸张地讲,王兵的山水画,真是得心源之本,追静美之道,淡而厚,实而清,熟而不甜,生而不涩,有唐人之致,去其纤,有北宋之雄,去其犷,从中能感受到元人的笔墨,宋人的丘壑,唐人的气韵,静美之意,跃然纸上。

清丽山河多静美

冷月下的山峦、雾霭、林树、水泊,在冷冷清辉中洋溢着静美和恬淡——这就是画家王兵的代表作之一《冷月清辉》所表达的意象。是啊,面对这样一幅如此清丽、邈远的作品,内心不由得不平静下来,尘世间的一切烦恼和不如意,也在这幅熨帖而宁静的画面面前顿时消散。而在《秋月如水照吾衣》中的冷月,又是另一番景象,美丽女子在池塘边闲坐望月,透出的是一丝相思和不尽遥望,那倒映于水中的月辉,更是烘托出整个画面中含而不露的委婉和似显若隐的怀念,给人一种"残月脸边明,别泪临清晓"的感叹。

如此类似的以月抒怀、意境幽远的作品,还有《秋月歌》《寒江独钓》《月上竹楼》《月映万川》《秋水无声》等。这些寄兴、深远、洗练、清越的作品,正是近期王兵绘画所追求的题材。众所周知,中国画艺术,主要是以意境来陶冶心灵,净化情感,升华哲思,并以此提高人们对于人生的认识。当我们观赏一幅好画时,就仿佛聆听一曲音乐,吟咏一首好诗,在心注神凝之际,往往会盘桓流连,心畅意遂。《寒江独钓》中的渔翁，与清辉、江水相互融入，人是静的，冷月是静的，江水是静的，就连那飘零的雪花也是静静地落在江面上，落在渔翁的身上。更感念于那倒映于江面上的清辉，和水下冬眠的鱼，有着一种什么样的关联呢？一如佛教之"幻有"术，着眼的，是"有"与"无"的关系，看不见，摸不着。这其实就是传统的中国美学中的幻象理论。正如王兵先生津津乐道的齐白石老人的一幅《十里蛙声》，一弯溪水从山涧流来，几只小蝌蚪顺流而下，画面上没有一只青蛙，但我们似听到那如潮的蛙声，何止十里啊。中国强调的是画一物，则不是一物，虽有而实无。古代审美艺术观念中，有一种"求于骊黄牝牡之外"的学说，原出自倪云林《临王漫庆墨竹轴》，他说："以中兄长家藏澹游竹石二帧，真有天真烂漫出乎笔墨町畦之外之逸韵，因篝灯下戏效之，虽不能摹形似，亦颇得骊黄牝牡外也。"还有关于苏东坡一则典故也很精到，说得是苏氏在试院用朱笔画竹，有一个人看了，说，"世上岂有朱竹耶？"苏东坡说："世是岂有墨竹耶？善鉴者因当赏于骊黄之外。"由此又想到《东坡题跋》卷四《言张长史书法》的一段议论："世人见古德有见桃花悟者，便争颂桃花，便将桃花作饭吃，吃此饭五十年，转没交涉。正如张长史见担夫与公主争路，而得草书之法，欲学张长史，日就担夫强求之，岂可得哉！"爱好书法的人都知道，张长史就是张旭。在苏东坡看来，艺术就像灵云悟桃花，与桃花并无多大关联，如果天天盯着桃花看，是入不了门的。倪云林在《清闷阁集》卷二里有诗云："爱此风林意，更起丘壑情。写图以闲咏，非在象与声。"《习苦斋画絮》里也记有戴熙的自题画诗："山水本无色，泉声非有声。顿觉眼耳妄，根尘何自生？"在他们看来，画中出现的各类景色都是虚幻的，都是妄见，绘画的妙处就在于声色之外，就像白石老人的《十里蛙声》那样。

话扯远了，还是来说说王兵近期画作中的月亮。和山体、水流、人物、花鸟相比，月亮不仅形态单一，用于表现画面整体也殊为不易，戴熙就曾说过，他年轻时，觉得画月亮很容易，画一个圆圈，不就是月亮？等到对绘画的领悟日渐加深，他才觉得，月亮是那么难画，岂止是一个圆圈就能体现的啊。是啊，月亮之外要表达的境界，月华、月晖、月色，还有和周遭的环境，物体的色泽，表现的主题，等等，并非一朝一夕就能领悟得到的，非有对画事高深的理解和深切的体悟莫办，"不知笔墨之外大有事在"所表达的大概就是这个意思吧？有一次我在王兵先生画室观其作画，恰巧所反映的就是"回乐烽前沙似雪，受降城外月如霜。不知何处吹芦管，一夜征人尽望乡"那样的意境，那月亮、月色的处理，王兵真是下了一番功夫的，整个下午都被月亮纠缠着，用笔、着色不仅要暗合整体的需要，所体现的冷霜、清辉也要跃然纸上，既要有直观的抒意，又要有品之不尽的情怀，这就是那幅《秋月歌》，一湾湖泊中，一古代绝世佳人孤独地坐于船梢，近景是秋霜后的芦苇，芦花白了，芦叶枯了，芦苇下蒿草萋萋，湖对岸，隐约的芦苇荡一望无际，我们看到了那轮满月，月亮里吴刚嫦娥时隐时现，散淡的月晕，周围的浮云，特别是那倾泻而下的月华，照在遥接天际的水中，使静静的湖水充盈、恬淡、平和，流动可感的气息，和着女子如泣如诉的琴声，相映成一曲启动远怀的哀怨之歌。画面上没有远征的亲人，也没有如沙的雪和受降的大军，但可以想见远征人的战袍上那吹着芦管望乡的情怀。

  古代诗歌中，关于月亮的描写太多了，借月抒怀的诗词更是数不胜数。在当下艺术界，有许多人作画，也常常把古诗拿来借用，什么"唐人诗意图"等等，但真正能把月亮画出神韵来的，也是屈指可数，其原因主要还是表现形式上的难上加难，如何"能使江月白，又令江水深"；如何"二十五弦弹夜月，不胜清怨却飞来"；如何"沧海月明珠有泪"；如何"月中霜里斗婵娟"；如何"江畔何人初见月，江月何年初照人"；如何"无言独上西楼，月如钩，寂寞梧桐深院锁清秋";如何"灯半昏时,月半明时";如何"明月别枝惊鹊,清风半夜鸣蝉";如何"笙歌散后酒微醒,深院月斜人静";如何"雁字回时,月满西楼"。这些只可意会的诗意,如何用直观平面视角来反映,用色彩明暗来描绘,可不是一笔两画就能表现出来的,一要对古典文学精读精研,还要有扎实而精细的绘画基本功,关键是,要有对整体艺术和审美趣味的把握。王兵先生在这方面的造诣,可谓匠心独运,又很有心得,这才有一幅幅月朦胧、意朦胧、境界深远、值得长久玩味的佳构。

人物风姿情意深

比较而言,我更喜欢王兵先生的人物画。

我们说,画人之美,究竟是得其肉、得其骨、得其神,还是得其韵?见仁见智,各说不一,但无论哪一种情境,都是难以达到的高境界,非一朝一夕之功力而莫办。王兵先生的人物画,得先辈诸家之笔意,融入自家之情趣,画出了诸如《东坡赏砚图》《吴彩鸾跨虎入山图》《竹林七贤图》《盛世修典图》《秋声图》等多幅作品,笔姿文雅沉静,造境清旷疏淡,气格非凡、翰逸神飞,经得起细细咀嚼和慢慢品赏。但我不想简单地对王兵先生的人物画来几句大而无当的空谈,而是就我亲见的几幅作品,谈几句切实的感受。

在朱自清作品陈列室里,有一张《朱自清读书图》,画面上,青年朱自清面目清瘦地坐在清华园荷塘边的假山旁,手握经卷,显然是读书累了,正在小憩,那闪烁的目光中,透着智慧之光,似在思索,又似在回想——此时正是黄昏将尽、圆月初上时,四周弥漫着迷茫之气,身后的荷塘,近处的荷花,甚至荷叶上的晚露以及荷塘里的清香,仿佛如朱自清在《荷塘月色》里描写的那样,"月光如流水一般，静静地泻在这一片叶子和花上。薄薄的青雾浮起在荷塘里。叶子和花仿佛在牛乳中洗过一样；又像笼着轻纱的梦。虽然是满月，天上却有一层淡淡的云，所以不能朗照；但我以为这恰是到了好处——酣眠固不可少，小睡也别有风味的。月光是隔了树照过来的，高处丛生的灌木，落下参差的斑驳的黑影，峭楞楞如鬼一般；弯弯的杨柳的稀疏的倩影，却又像是画在荷叶上。塘中的月色并不均匀；但光与影有着和谐的旋律，如梵婀铃上奏着的名曲"。我们知道，朱自清的这篇散文写于1927年7月，作者那时在清华大学教书。他描写的荷塘原是一个平凡的处所，经过作者的渲染、着色，却变得十分美丽，并且诗意盎然。王兵先生画朱自清，画他在荷塘边的读书赏月，是要费一番思索的，表现出来并非易事，一来，月夜里是不能读书的，二来又要画出荷塘的月景，照一般来说，是不容易表达的，荷塘容易画，月色则较难着墨，众所周知，画家作画，不怕画断山衔月，就怕画月色，因为月景的波光林影时刻在变幻着，很不容易在画面上表现出来。清代的国画理论家汤贻汾曾说："画月下之景，大者亦晦，在晦中而须空明。"的确，要在晦暗中见空明，是很需要独特的表现手法的。曾经有人提出画月亮的方法："月景阴处染黑，阳处留光"，话是说得透彻了，可表现起来，又是何等的困难啊，但是在《朱自清读书图》里，画家为我们既展现了委婉细致的月色之美，又抒写出青年朱自清善于读书思考的学者形象，真是殊为不易啊。

感受到对人物神韵把握之准的，还有那幅《边塞图》，这是根据王维《送元二使安西》诗意创作的一幅写意人物画，西出阳关策马远行的人就要离别了，在漫漫古道边，破败的草棚中，摆开酒宴，为即将远行的故交知音送别，诗人不愿意讲过多离愁别恨的话，只几杯离歌的酒，流露出了依依惜别的无限深情。整个画面，情意浓韵，让人产生无限的遐想，正是一阵细雨过后的清晨吧，蜿蜒的官道上，灰不起，尘不扬，空气澄明，水洗新绿，草棚旁的胡杨柳，没有往日那般的悱恻，显得格外青翠，是天意不忍再看离别的悲切？是特意为今晨远行人的安排？也许都是吧。古往今来，在这条古道上，一路飞尘蓬蓬，曾经遮蔽了多少送别者的眼泪，夹道依依的胡柳啊，又几曾留得住多少过往旅人的踪影，谁能说得清？流连于画前，也使我们慢慢地走进了画里，感叹之余，留给我们的，只能是"断肠声里唱阳关"的叹息啊。

应朋友之约而创作的《满江红》，更是再现了当年岳飞的"壮怀激烈""饥餐胡虏肉"的热血情怀，那浩瀚东去的大江，在初阳中如血染般碧红，诗人饮马大江，伫立江岸，遥望无尽的远方，在那国破山河在的故土家乡，有肥沃的土地和父老乡亲，整幅画面，表现出了诗人的慷慨激昂，也感受到了诗人难以抑制的胸中怒火如波涛一样翻涌不息。可以想见，画家对这首词的时代背景和诗人的抗金经历都是耳熟能详的，不然不可能把诗人那回首往事、转战数千里、披星戴月、艰苦卓绝而志不能愿的情感表达得如此充分，同时又淋漓尽致地把诗人"待从头，收拾旧山河"的旷大胸怀表露了出来，看这幅画，仿如听到诗人那高亢激昂的对敌宣言，怎能不让人感同身受啊。

我们说，画人难，主要指的还是在人物情态表现准确上有难度，如果仅仅是"像"，那又何难之有？依瓢画葫芦不就得了嘛。王兵先生在这方面还是下过一番功力的，尤其在传统人物画上，笔墨歌舞，狂姿逸态，高格古韵中流于自然之美，传达出画家的情感与气质，使笔墨节奏变化产生特有的韵律，提炼出所要表现的主旨意象，不铺张，不媚俗，该飘逸则飘逸，该简古则简古，有了自己抒情言志的艺术语言，如《秋韵图》里的白发老翁，还有《水帘幽思》里的李清照，均以现代笔意和审美意识来理解并表现古代人物，让人禁不住走进特定时期的人物内心，感受他们的情感历程和心路历程。

而画家本人,也在这些画作中得到启迪,并在学养造诣上得到升华,在喧哗都市生活中养无垢之心,修真善之德,使心境映出画境,从而达到人格和画品的完美结合。

2010年秋于新浦

疏淡含精匀　摇荡花间雨
——浅谈高伟的工笔画

认识高伟先生，是在某年民进连云港市委会组织的一次"著名书画艺术家进校园"笔会上——具体年月实在记不清了，只记得是灌云县一所小学里，连云港市几个著名书画家在学校会议室的案几上排开来，大家都在兴笔挥洒，学校的美术老师带着学生在旁边观摩。书画家们个个气沉丹田，集中思想和精力，每笔每画都浸透着深厚的功力和丰富的情感。

这其中，就有高伟。

高伟当时正在画兰。一笔下去，枯涩两分，深浅有致，顺畅而灵动，寥寥几笔，劲风中几株兰草就跃然纸上，那风势，那风中坚毅的兰草，仿佛真情实景，让人有身临其境之感。我知道高伟是画工笔花鸟的，并且取得了相当高的成就。没想到他的水墨也如此见功夫，如此充满法度、气息和传神，不但具有文化意义，还具有美学教育意义。我从内心里一下子就喜欢上了。可见认识一个画家，还是要有全方位的了解的。那天上午，他一口气画了四五张水墨小品，除了兰草，还有墨竹和花鸟。细细观察、品味他这几幅水墨画，有着深切的文人画风骨，笔性上应该是取婉约派之长，也结合了豪放派的险峻，洗练、简约中，透着飘逸，古拙、严谨中，又不失缜密、纤秾，是小品中的上品。清代画家恽寿平评价元代文人画时，曾说过："幽亭秀木，自在化工之外，一种灵气。唯其品若天际冥鸿，故出笔便如哀弦急管，声情并茂，非大地欢乐场中可得而拟议者也。"(《南田画跋》)高伟的水墨小品，可以说也得文人画的风骨，不但体现了"幽亭秀木"之妙，也体现了"化工之外"之法，应该说，是他深厚学养的自然表露。

不久之后，《连云港文学校园美文》也组织艺术家进校园，高伟先生也在受邀之列。照例是现场作画，交流创作，喝酒闲谈。我和他又有了更多的接触，聊得也更为开心和尽兴，知道他对文人画颇有研究，特别是元代以后，以"元四家"和"明四家"为代表的文人画，给他以很多的启迪，在研究和实践中，自觉不自觉地向他们靠拢。这样的靠拢并不是依瓢画葫芦，而是以心感应，找到适合自己意趣的切入点，融入自己的思考和心得。我们知道，我国传统的人文精神和文化精神，无论是儒家的"温良恭俭让"，还是佛家的"忍"和道家的"柔弱胜刚强"，其主流和最高的境界，无非就是"化刚为柔"。进入到绘画领域，亦是如此。高伟是深刻领悟到这些的，他的绘画理念，就是以清淡、阴柔为宗，平淡中有天真，清明中有境界，有传统文人高蹈出世的心境。我这样说，也许高伟先生并不买账，但从他的画中，我确乎是谙悟了此点。待到看到几幅白描花鸟画之后，我觉得高伟先生在线条、水墨和铺陈设色等方面，不仅在"形"与"意"上把握得体，具有纯属个人的意趣和审美，也自觉地迎合了传统的欣赏追求。

最近几年，我和高伟先生有过数次交流，有时候是在笔会的间隙，有时候是在民进组织的会议上，更多的是三五个好友的聚餐和茶会上。由于对艺术都有共同的爱好，有意无意间，会聊几句，当然也会涉及他的专有领域。他是大学的美术老师，读画写画是他的专长，教书育人更是他的本业。说到中国画，他感受很深，总是能够娓娓道来，对当下的绘画现状和未来的中国画发展心存忧虑，对学生的基本功参差不齐也时有感叹。给我的感觉，高伟是个有责任感的画家，也是有责任感的老师。众所周知，随着几千年的发展，艺术已经改变了它原有的观念，变换了最初基本的范畴，进而重新诠释了自身的旨趣。当旧有的文化传统遭到怀疑甚至提出责疑的时候，许多画家似乎也把握不住是应该用传统的艺术标准还是用现代的标准来衡量，因为许多人往往被"继承"和"创新"所纠结。但是，在高伟这里，无论是传统的一面，还是现代的一面，他都用自己的欣赏趣味加以吸收并转化成自己的创作心得，一方面将这些心得传达给学生，另一方面又将这些心得运用到自己的创作实践中。他的许多幅作品，可以说既有传统的功力，又有现代的意境，结合得极其巧妙。

　　从我个人的艺术趣味和艺术立场来说，我可能更偏向于传统意义上的中国画。如果仅从美术思潮而不是从风格上来说，我更喜欢"传统派"。对于"现代派"或"改良派"，我还是心存怀疑的。当然，艺术都是有发展的，维护中国画的本质意义，并不是从图式上来重复古人，当然，在某些方面，还是要重复的，比如在技法、造境、笔墨等等方面，没有随心所欲、笔到意到的用笔能力，就很难表现出来。高伟先生的画我看得不多，仅就我所见到的他的几张白描工笔花鸟画来看，他对于传统中国画有着自己深刻的体悟，那精细的用笔，独到的造型，冲淡、清奇的意境，以及典雅、流动的气质，无不是汲取了古人的营养，那飞鸟、兰花，那天鹅、夏荷，仿佛有宋人的影子，又有元人的味儿。

　　记得有一次，民进连云港市委会组织几个艺术家到连云港师专采风，由李庚国带队，同行中有画家王兵、江祥荣和王龙等。大家一路谈说，无非离不开中国画的现状和未来。对高伟新近创作的画，也有些许期待。但是，当我们在高伟的画室里，看到他新创作的十几张工笔花鸟画时（有的还未完成），真是大开了眼界，无论多大的画幅，他都能做到处变不惊，心平气和，在细微处下足了功夫，静心品评，能感受到花儿的开放，能感受到鸟儿的叽喳，能听到天鹅的窃窃私语，甚至露水的潮湿和阳光的温暖都触摸得到，线型、轮廓，清晰有度，强弱有度，朦胧亦有度，是黄昏时分，还是五更拂晓，都能从设色上表现出来，真是幽静雅丽，美轮美奂，耐人寻味。蒙高伟先生错爱，要我为他一幅画题诗。这幅作品是他这系列作品中出类拔萃之作，反映的是天鹅世界的一个悲剧故事，一只美丽的天鹅死了，众多天鹅在为同伴哀悼，它们神情各异，高贵而肃穆，仿佛一曲古典抒情乐曲，也仿佛一首美丽的诗章，我们都被作品所感动。但同时也感觉到，什么样的语言或诗句，也无法表达画面和内容的意境。我沉吟半晌，勉强想了两句："从此哀怨与谁诉，寂寞天界有此声。"我知道，这两句根本没有完全表达出此画的意趣，但也是竭尽所能了。题画诗向来难作，又何况我等平庸之辈呢。又一想，能在高伟的画上题诗，留点自己的印迹，就算佐证我们之间的友情吧。

2011年3月10日下午写于新浦河南庄

漫笔金石名家许厚文

许厚文先生是连云港市首批历史文化名人之一,他不仅创作了一批文史方面的专文、论著,还和崔月明先生合撰了《连云港艺文志》,开新时代先河,大家争相传阅,一时"纸贵洛阳"。现在,市面上求得一本"艺文志"已属难事。目前,许厚文先生正在紧锣密鼓添加内容,准备修订重印。

我和许厚文先生交谊,还要从十多年前在一家晚报任文艺方面的编辑说起,那时听说他撰写一部板浦"二许"的年谱,一来想先睹为快,二来也希望能在"海州湾"副刊上连载,为喜欢连云港地方历史文化的朋友提供有价值的资料。但是,当我想方设法找到他联系方式的时候,他此时正作为连云港市书法艺术代表团的成员访问韩国——原来,他还是连云港市名头响亮的书法家和金石家,其书法和篆刻艺术成就突出,成为一代翘楚。

和许厚文先生第一次合作,是约他写一篇关于李汝珍砚台的文章,不久之后,他就把文章写好了,题目叫《李汝珍铭砚面世》,于2001年11月6日发表于《苍梧晚报》海州湾副刊上。这篇稿子一经发表,立即引起《镜花缘》研究方面的专家的注意,被许多人在多篇文章中引用。

许厚文先生研究连云港市地方历史文化,取得了不俗的成绩,但这只是他工作的一个方面。他突出的成就,还是在金石书法方面的贡献,他为我国许多书画名家制作了铭印,仅一本《厚文金石录》中,收录的就有数百方。崔月明先生在《厚文金石录》中,高度赞扬了他在书法篆刻方面的贡献:"他的作品洗练有力、厚重圆润、苍浑古朴、气雄力健,给人以真切、自然、豪放之感,具有极高的审美价值和艺术品位。"这样的评价可谓十分准确。

不久前,我有幸得到由他题赠的一册《厚文金石录》,这真是一本厚重的大著,不仅是开本上的奇特,装帧上的豪华,印制上的精美,仅就所收的数百方作品来看,也是蔚然壮观,风格各异,代表了很高的艺术水准,或优雅灵巧,或粗犷雄浑,或质朴率真,充分展现了许厚文先生在艺术追求上的多样性。我对于书篆艺术了解不多,所谓的"欣赏",更多的是从文艺学上的考量,得来的,也不过是粗浅的印象,对于许厚文先生的篆刻艺术,我的感觉,可以用壮美来形容。壮美,也可称阳刚美,这是一种能催人振奋的美,追求的是崇高、正大的气象和荡气回肠的视觉冲击力,在谋篇布局和间架结构上,呈现出激烈的"矛盾"冲突,在冲突中,通过矛盾激化,达到和谐统一的审美效果。在刀法上,许厚文先生大多是选用铲、削等粗犷有力、起伏较大的肌理,使作品自然形成一种雄浑、奔放、粗犷、冷峻的特征,这类作品如《有始有卒》《同心协力》《天池》《飞泉》等。有时候又以曲线的回旋流动和丰满运动为形式特色,线条既流畅又劲健,形状既大方整一又充满田园诗般的韵味,在细细把玩中,感悟到强大的生命力和律动感,代表作品如《海宁州》《国色天香》《苏鲁画鱼人》《江苏灌云南城人也》等。有时候又采用不均衡式,利用"矛盾"中共有的竖划将作品一分为二,看起来虽不对称,但在视觉分量和美感心理上仍不失平衡,具有不规则性和运动感,美不胜收。但,我们欣赏许厚文先生篆刻艺术的壮美时,并没有忽视他作品不时透露出的秀美,他的许多方名印,有的婉约柔和,有的清秀妩媚,有的娇美轻盈,也有的典雅温润,能不时唤起观赏者的愉悦之情。许厚文先生的这类作品其实也不在少数，追求的是一种平和、宁静、清逸的禅意境界。

　　许厚文先生的书法也很有个性，简朴大气，不施雕琢，不加修饰，一任真情流露，市区许多家店堂牌匾都出自他的手笔。而我最喜欢的，还是他的书法小品。据说，上海世博会期间，他应有关部门之邀，创作了数十本《书法小品集》，都以较高的价格被海内外爱好者收藏。我也请他为我制作了一册，在十数幅书法小品中，有篆书、隶书、行书，也有甲骨文，真是变化多端。在篆书和甲骨文后边，还有释文，也体现出了他的细心。而最有个性和特色的，是他能够把书法和篆刻艺术巧妙地兼容，也正如崔月明在《厚文金石录》中所说的那样，"他的金石之作藏有书法之妙趣，书法之中又含有金石之神韵……"

　　许多文人雅士喜欢和许厚文先生交谊，一来是他率真的性格，二来是他的文人品格。如今，他的书篆艺术，已经进入成熟期，可以享受成功的喜悦了。但，他仍然孜孜以求地在艺术的道路上，每天手不释卷，汲取众家之长，为丰富并巩固自己的艺术成果再添新的动力。

2012 年春于新浦

书家敬伟

书法艺术中的笔势，其变化和异动，仿佛文学写作中的语感和节奏，体现的，是一种独特的韵味和风格，是一种只可意会、难以言传的东西，是书法家艺术性格和艺术特征最自然同时也是成熟的表现，更是一种不恃法度而又不离法度的高级的艺术境界。可以说，书法家李敬伟先生的书法艺术，已经自觉地进入到这样的情境中。展读他近年印刊的几本书法作品集，更是深切地感受到艺术家在笔势上的变化和探求，在为我们奉献了无数场艺术盛宴的同时，也给他自己的艺术创作留下了一串串坚实的脚印。

众所周知，只要肯下功夫，做一个书法家，也许并不难。但是，做一个有独特艺术个性的书法家，也许就不是那么回事了。就像文学界我们熟知的那些作家，提到周作人，会想到他的飘逸洒脱，提到谢冰心，会想到她的委婉清丽，提到朱自清，会想到他的工笔精雕，提到鲁迅，会想到他的洞彻犀利，提到郁达夫，自然又会想到他的激情奔放。就是当代成名的作家，比如余华、苏童、莫言、贾平凹、孙甘露等等，哪一个又没有自己的艺术个性呢？而书法家李敬伟先生，经过这些年的历练，书法作品已经呈现了自己清晰的面目，我个人的感受，就是浑穆的笔势，峻厚的抒情，庄谐的趣味和舒徐自在的表达。还是去年岁末的某天，我在民主路郁洲茶庄的店堂里，看到李敬伟书写的一小幅字，内容是苏东坡的《茶》诗，虽然是一幅应景之作，我还是被自成一格的法度所感染，仅就这幅书法小品揣摩，虽然隐约可见北魏书体的影子，在用笔上却是从容不迫，流转自如，又似名士清谈，娓娓道来，无所拘羁。初一入眼，构思似乎不那么精到，细细品味，才觉得其实那是书家的精巧用心，飘逸中自有定格，洒脱中不显得枝蔓，"放"和"收"得到很好的统一。

不久前，我拿到敬伟先生几本书法作品集，自然就想到茶店的那幅书法小品，心里生出许多期待。回家后，便迫不及待地一本一本翻读，在茶香中细品他的书法大餐。对他作品的整体感受是，不拘谨，不呆滞，幽玄中透出辛辣，劲健中含有典雅，古拙中藏有纤秾，很亲切，很友好，一点架子都没有，更没有故作姿态、出巧卖弄，有一种不假雕饰、不慕词彩，观其气度有似等闲的大家风采，仿佛与老朋友一起很有兴味地清谈，在不知不觉中，触景生情，探得某种妙理，引导我们去咀嚼，去体味。《四十岁墨迹篆刻》多以行书为主。那一阶段，敬伟先生的行（草）书可以说是进入巅峰状态，创作了大量的行书作品，出展和获奖的，也大多是行草书，他行书袁枚的《随园诗话》句，颜之推的《颜氏家训》句，周敦颐的《爱莲说》，傅山书论数则，等等，无一不是这方面的精品力作。最喜人的是行草书陶渊明的《五柳先生传》，一路写下来，气畅神明，充分显示出敬伟先生漫而不散、纷而不浮的风致和气度，读之，品之，也仿佛漫步在书海和智林之间，温润、闲适，就像他平常的话语一样亲切平和。

但是，从 2010 年刊行的《李敬伟书法作品》看，敬伟先生的艺术境界又超拔到另一个层面和高度。我注意到这本集中，除了收录了他的数幅书法作品，还收了周源茂、谢天勇、李志宏等人的评读文章四篇，另外还辑录何超等五六位书家的评论数则，从不同的角度，对敬伟先生的书法艺术进行品评和评论，我特别欣赏并赞同陈鼎明的一段话，说这一阶段敬伟先生的书法，能够把"碑与帖聚拢到一起，既充分发挥他们每个个体的作用,又团练一气,形成群体的凝聚力。这样排列到一起,便产生了动人心魄的魅力,出人意料地制造出冲突与矛盾,又不露声色地化险为夷,出奇制胜……"纵观这一时期敬伟先生的书法作品,确实是在变化中,而且是在不断变化中,把多年来的积学,加以消化,又融入了自己的艺术元素,创造出属于自家特色的书法作品。这是艺术家最难能可贵的地方,也是趋向成熟的时候。试想一下,如果一直跟着别人走,最高境界也就是"学得很像",不能够成为具有自己个性和面目的一代宗师。而敬伟先生正是意识到这一点。我不敢说他已经形成了自己的书体,但他是尽力在形成自己的书法风格。我想,敬伟先生是有这个胆气和能力的。"积学以储宝",多年以来,敬伟先生之所以能够在书法艺术上取得大成就,显然得益于他渊博而杂陈的知识,他在《学书随想》里说过这样的话,中国传统书法,"非常强调艺术家的综合素养。如果书家不通文理,只知写字,则难以达到艺术的最高境界……近年来,我深深体会到读书的重要性,把更多的精力用在读书上,增加古典文学知识,提高自身修养,陶冶性情,不断丰富自我,为书法创作提供深厚的支撑"。这段话,很好地诠释了他如今在书体上的探求,诠释了他在艺术上取得的个性鲜明的成就。话再说回来,如果没有广纳博采的知识和丰盈的见识,也就没有运用这些知识的本领,当然也就无法信手拈来、挥洒自如地艺术创造。

  我是一个虚构文学作者,对于当今的书法界知之甚少,即便是欣赏书法作品,也大多是从文学的视角去审察和观感,从中体味艺术的奇妙和趣味。对书法家李敬伟先生近期的书法作品,则更是因为朋友关系而有了更多的接触和赏读,当然,也就有了上述一星半点的心得和体会。

2011 年 3 月 28 日于新浦河南庄

秉华山水

当我在键盘上敲打出"秉华山水"四个字时,心里有一种别样的快意,觉得再贴切不过了。"秉华"不仅是画家的名字,也是他艺术创作的追求,自有一种气质和美好,自有一种底蕴和华丽。汉语讲究语感、语境,书画艺术也是这样,讲究的是意境和情境。"秉华山水"至少切合我内心的愿景,也是我品读韩秉华先生艺术作品的真切感受。

认识秉华先生已经有十余年了,也零星在某些场合见到他的书法和绘画,最初的印象,是佩服他的基本功好,所以才敢于着笔,敢于变化,敢于画大气象的山水。集中看他的艺术作品,还是一次多人展览上。那段时间,在连云港艺坛上,有一群气味相投的艺术家,常常聚在一起探讨艺术创作上的各种经验和感受,相互激励和点评,有些"竹林七贤"的意味,也有些"扬州八怪"的雅趣,集中搞一次大型展览,也就顺理成章了。在那次展览上,秉华先生展现了他出众的才华,书法和水墨山水画一起上,引起了一不小的轰动。也是在那次展览的前前后后,我和秉华先生的接触开始多起来,渐渐对他创作风格的演进和艺术追求的旨趣有了一些直观的了解,茶聚闲聊或把酒畅谈间,越发地觉得,秉华先生的艺术之路,必将有更大的发展和更新的飞跃,因为他秉承的是中国书画的传统,是行进在一条正确的道路上,加上他的才华、气质、用功和本身的年轻，在当今浮躁的画坛，会开辟出具有自家面目和独特个性的一方天地来。

近十年时间眨眼过去了，待看到秉华先生的一组新作，是在《中国当代书画》上，这本汇聚中国当代名家的画刊上，一下子登了秉华先生的6幅作品，占7个页码，还配合他自己的创作谈和宝贝女儿的一篇艺评。可以看出，出版家是以隆重的形式推出的。就这几幅作品而言，画家大胆而惊艳的浓墨重彩和精细的收拾，让我震惊，也让我不禁想起古人的画理，想起"元四家""明四家"那些在中国画坛上留下光辉足迹的名流，但又可以说完全找不到他们的身影，找不到他们的元素和符号，而是全部消化在他自己的构思和笔墨中，从而形成了具有独特个性和面目一新的艺术语言，《红叶青山锁白云》中的红色山崖，《林泉清韵》中的山体结构，不仅是技法的完全不同，就其用色而言，也突破了一般的传统，运用了现代派艺术中常常见到的装饰风格，对比强烈的色块之间既有跳跃又有组合的艺术处理，既保留了常规技法，又剔除了传统法理，关键是整体协调，毫不造作。无论哪一门艺术创作，其高低之分，都是在细微处不经意体现出来的。因而，我可以这样说，秉华先生的创作，已经自觉地进入到属于他自己的情境当中。

近段时间，和秉华先生交流更多一些，看他写字作画，自然就成了我的享受。他写行楷，写行草，写行隶，都是心到意到，布局清爽，整体和谐，仿佛读一篇充满情趣和哲理的妙文，让读者心情畅快，这和他多年的临帖和修炼不无关系，用他自己的话说："取法米芾并追溯二王，兼收当代名家之长，且能化众家神采为己用。"看得出他在书法追求上的用心和用力，能达到今天的境界也是水到渠成。我手头还有他画的"梅兰竹菊"几幅小品，寥寥数笔，于古拙简约中透出灵动之气，且风雅别致，赏心悦目，我时常在茶香中，慢慢品读细细欣赏，体味那份难得的清趣和悠闲，为无尽岁月留下难得的回忆。艺术之于人生,能与别人共享和共鸣,也是秉华先生的另一种成功吧。

不久前,我在秉华先生的书房小坐,一边品茗,一边听他喁喁小谈。气质上,秉华不是那种张扬外露的人,修养和心性都很平静,他谈书说艺,大都能切中要害,平白的表述中,总有惊人之语。腹有诗书气自华,思如泉涌笔生辉,艺术家的底蕴,真是从谈吐中可见一斑啊。

2011年3月18日草于新浦河南庄

小楷庚国

朋友之间,喜欢称李庚国先生为李庚老。李庚老其实不老,离退休还差几年,能让人称"老",主要是他的做派,或展纸研墨,或举手投足,或言谈说笑,处处都像传统的文士或先生,即便是朋友小酌,或清茶一杯的喁喁闲谈,他也像旧式文人那样,不急不躁,轻声慢语,修行和学养都让人钦佩。

在如今"大师"横行的年代,能有李庚国先生这种定力的艺术家实在不多了。写一手好字的人不在少数,但充斥着铜臭味的也委实太多。李庚国先生对一平尺多少钱似乎不为所动,从没明码标价过,要是朋友索字,他都一口应承,要不了多久便书写完成。有好多次,在好友的画室里,李庚国先生静静地吃着烟,品着茶,看人写字作画,不言不语,若欣赏某一笔或某一画时,他会轻轻点头,表示赞许,也会由衷地说一声好,都是不惊不诧,神态安然。他曾经说过,看别人写字作画是一种熏陶,也是一种艺术的享受。话虽这么说,能享受这种享受的先生,其境界和情操,都是非同一般的。有一事例可以作证,李庚国先生平时访友或聚会,随身都会带一只布袋,遇到投缘的朋友,他会从布袋里拿出一幅精心创作的字来,佛一样地笑着,请对方欣赏,也请对方评价,然后再大方地送给对方。在他的思想中,真正喜爱书法艺术的人毕竟少数,偶遇一两个知音,便以书相赠,这就好比佛教的普度,试想,没有人喜欢,你的书法价码再高,也是阳春白雪,最多填充了某个大款的垃圾箱或扔在某个官僚贵人的废纸堆中。所以他信奉的是"识者为乐",信奉的是"以书交友"。他曾偶得数张"老纸",至少也在百余年以上,色质和手感还是那么美妙,一般人对于这样的宝贝,一定当着秘籍一样收藏,他却创作了数张书法小品,大方地赠送友人。

平日里,抄写经卷也是李庚国先生的一大乐事,《金刚经》《心经》《阴符经》等他都抄过无数遍。抄经不仅是提高书艺水平,也是积德积福的一种修行,而书写的内容更是自我学养提高的一大要素,在这个过程中,人的精神和心理都处在一种平静、祥和中,书法作品自然就消除了烟火气。

我对佛学略有涉及,盖因为年轻时喜读张中行老先生的文章,特别是喜欢闲翻张老的《禅外说禅》,张老的敦厚和学识一直为世人所尊重,书法大师启功先生说他有"悲悯的大愿"。李庚国先生的沉着和庄重,也透着佛家的风采,因此,我便请他为我抄一本佛经,用的是工整的小楷。善书者大都知道,小楷貌似容易书写,其实难以出新,李庚国先生在小楷上是用过心力的,临了多少法帖我就不知道了,《换鹅帖》《养生论》《太上老君说常清净经》《文皇哀册》等等,不胜枚举了。据说,他每天凌晨早早起床,在家人熟睡之际,一写就是几个小时到天亮。我能想象得出,他在夜深人静之时,一边听着散淡抒情的音乐,窗外伴着飘扬的小雨,心情是舒畅的、摇曳的,人随墨走,字由心生,那份惬意真是飘然于世外啊。有时候我也会想,什么时候,我也能置帖于案头,煮茶揽兴,抛却琐事,无喧嚣于耳,无杂乱于怀,写字研画,陶情冶性。但这样的大境界恐怕是我等俗人难以企及的。李庚国先生为我书写的这本佛经,每个字都是有讲究和法度的,庄严中赋予优雅,俏丽中又有凝重,不猛不弱,不柔不矩,不沉不浮,有形有骨,有神有气,又有晋唐的风范,达到了一个新的高度,其书风简静中和,优雅脱俗,可以说少有瑕疵，精到完美，和佛经相辅相成，能看出李庚国先生一路书写下来，宁静致远、与世无争的情怀。

众所周知，小楷书自晋代以来，历朝历代都出现了风格不同的书家，如妍美流丽、雍容尔雅的赵孟頫，还有俊俏挺拔、刚劲古朴的黄道周，至于敦煌写经和残卷、墓志、碑刻等，就更是数不胜数了，李庚国先生都能从中借鉴和吸收，再加上自己的所思所悟，便有他今天的百川河流归诸大海的气质和神韵。他创作在黄绢上的书法小品，《稼轩词一首青玉案元夕》《陆游词卜算子咏梅》等，楷中兼行，行中有草，看起来是那么的和谐一体，都是可以拿来把玩和赏析的上乘之作。

我还欣赏过李庚国先生的一幅行草书法，录的是《后赤壁赋》，整幅作品气韵相连，一气呵成。难怪古代书论把书法比喻为"无声之乐"，是的，我所理解的书法，在形式上，和音乐的确有许多相似之处，书法和音乐共通的是，在整体上，都讲究章法和节奏，而书法也有音乐的旋律美、音韵美。李庚国先生的《后赤壁赋》，就像一曲旋律优美的钢琴曲，疏密有致，流畅自如，细细品读，能感受到在力度上的强弱和刚柔，在速度上的急缓和断续，在结构上的起伏和高潮，其丰富的节奏感，给人以音乐美的享受。而在书法小品《陋室铭》中，他把音乐中的顿挫、转合更是发挥到了极致，不大的一幅书法小品，段落之间勾连得当，转换自然，有法度又不拘泥于法度，配上大小不同的印章，看上去就仿佛听一曲抒情的音乐小品，清新怡人。

李庚国先生长期在民进市委会工作，身边汇聚一批文化教育界的精英，其中也不乏书法家、美术家、艺评家和艺术鉴赏家，长期和他们交流技艺或品评玩赏，潜移默化中，影响了他的书艺精进和艺术拓展。不久前，李庚国先生在家设宴雅聚，来的都是文人墨客，大家欢声笑语，把酒畅谈，不禁让我想起宋人李公麟和苏轼、黄庭坚、米芾等人常到王诜家做客的情景，据说，宋朝是历史上文人思想相对活跃、生活也相对安逸闲散的时代。当年他们在王诜家的聚会，曾被大画家李公麟画在《西园雅集图》（现存各种摹本）中，一时传为美谈，米芾为此还写了一篇文章，记录他们在花园中饮酒、作诗、写字画画、谈禅论道的情景。李公麟的画好，米氏的文章更妙，现在想想，这该是一次多么快意的雅集啊。我也希望李庚国先生家的雅集不断，如果由此也能诞生一幅《雅集图》，说不定也会流芳百世呢。

2011 年 8 月 28 日

小扇面大气象
——浅议江祥荣的山水扇面

江祥荣先生是连云港市著名山水画家，搞过个展，出过画册，也得过各种奖。最近，他精心制作了一批扇面，也是以山水为主题，有的画在成扇上，有的是扇面作品。在他的工作室里，随处摆放他新近完成的成扇，扇面上的远山近水、绿树人物，给人一种清新静雅、安然恬淡的感觉，一看用笔和墨色，就知道他传统技法特别深厚，再看构图，又可感觉到他在传统中国画的理解和传承上，赋予了自己独到的思想。

扇面山水画历代都受文人墨客欣赏、喜爱，许多人都以拥有名家作品为荣，或以此来助酒兴，或助谈资。此外，扇面作品，还能给雅室增辉，而成扇，既可把玩，又有实用功能，所以，扇面作品从古至今，都是艺术市场上的香饽饽。

江祥荣的山水扇面，整体上讲，艺术层次相当高，画面中，山山水水或虚实相间，富有层次；或山势逶迤，翠峦重叠。我看过他一幅《清谷幽远》的扇面，青翠的山势起伏延绵，宁静幽深，有草亭立于半山腰上，亭前石阶蜿蜒，通连山脚；瀑布自山上飞流而下，沿溪涧汇入湖中。湖岸洲渚交错，岸边植树数株，红墨绿三色参差相依；溪的另一侧，也是丛林叠翠，可以想象，在古松修篁掩映下，傍山面湖，有书斋一楹，书斋里陈设简单，有桌有椅，有书有棋，当然也有画有琴。溪涧之上，有一架木桥，一老人作儒者打扮，手扶长杖，正从桥上经过，并向草亭遥望。而草亭一侧的平台上，另有三个老者，一个背身远眺，欣赏远山，两个相对而坐，穿绿衣者手持经书，正在朗读，另一红衣老者，应该是他的听众了，聚精而会神。四个人物，虽然只是造型，却神形各异。这幅作品中，画家以水域的空灵对比山峦的浓厚，肃穆宁静的画境，顿时增添了欢快活泼之感，给人以明快、清朗的审美感受。另一幅《过秋红叶落新诗》，也是以意境取胜，构图饱满，笔墨润泽，点景与山川相映成趣，另有一番韵味。《白石溪边》，明洁秀润，气韵浓郁，立意高旷清淡，深邃隽永，展现出一派志存高远、淡泊恬静的情趣。《观瀑图》则构图雅致，疏密有致，重内涵，重气韵，讲意境，画面由近及远，上下呼应，虚实相间，很耐琢磨。

江祥荣的山水扇面，已经形成了一个系列，是他绘画的重要组成部分，在艺术追求上，他充分展示各种笔墨技巧，在勾线上，重空灵，在点苔上，重细密，而且多用皴笔，使画面干湿浓淡恰如其分。在整体铺排上，他注重左右照应，明暗适宜，山体苍而秀，林木朴而茂，富有立体美感。再说他所画的树木，注重参差有致，位置适宜。细心观察他画的树叶，勾、点、圈互用，形式多样，穿插自如。所写山冈、丘陵、斜坡、湖岸，则纯用侧锋、枯笔，真可谓笔墨简练，蕴涵无穷。通过点线和深浅浓淡的组合，秩序井然，构成一幅和谐的画面，使观赏者油然产生"洗尽尘滓，独存孤回"的心境。

令我十分钦佩的是，江祥荣的笔墨基本功很扎实，我想，这应该得益于他对传统山水画的研究和临摹，他通临大师，不局限于一门一家，只要优秀的作品都拿来细心研读、精心揣摩。我在他的工作室里，常听他说起自己过去的绘画经历，和下苦功夫的临摹，从唐五代时期巨然的《秋山问道图》，到宋人郭熙的《早春图》，再到元代画师倪瓒的《渔庄秋霁图》和黄公望的《富春山居图》，往下一直到明代董其昌的许多山水作品及清"四王"的山水画,他都曾一一对临、背临,正是这种执着的求学精神和不懈的韧性,才使他打下了扎实的笔墨基本功,为他今天取得的成就打下坚实的基础。他的山水扇面,处处传达出艺术家对生活、对生命的热爱和追求,一草一木都充满了浓郁的园林气息,葱郁的山体与丛树,造型别致而有意趣的亭台楼榭,或对饮、或对弈的点景人物,都为画面增添了诗意与情调,营造出了深远的意境。

有理由相信,凭着江祥荣先生对中国画执着的追求与不断的探索和思考,一定会在艺术道路上百尺竿头,并留下属于自己的成果。

2012年5月26日写于新浦

小木楼看画

连云港新浦公园北侧有一个小院,院子中间的一湾湖泊里,漂着墨绿的睡莲,开着数朵粉色的莲花,清风徐来,莲花月影,暗香浮动,颇有情调。湖畔墙边,坐落着一座古意楼亭,连云港市民进会员、知名画家王兵先生的工作室就在充满诗情画意的亭阁上。

一

王兵先生1958年生于上海,自小受其父影响,耳濡目染,学书写画,打下了坚实的基础,青少年时期,曾得著名画家董欣宾先生启蒙,后又经南京艺术学院、中国美协中国画高研班等艺术殿堂学习、深造,画艺更是精进,形成了"简古、峻峭、奇宕、洒脱"的个人画风,成为国内2008年"最具市场升值潜力的十大画家"之一。他的作品,入选过《江海书画选》《中国书画报》2008年"世界华人庆奥运名家书画大展"等画刊。他的一幅国画,曾以头条位置发表在"第十一届中国当代实力派书画拍卖专场选刊"上,并最终以一点七万元被藏家买走。数年来,他还有多幅作品被数十家机构和知名收藏家收藏,十多家报纸杂志发表过他的画作和关于他的艺术评论及专题报道,如《中国书画报》《国画家》《天津日报》等,《国画家》作为"特别推荐"发表《吴承恩踏雪觅仙踪》后,又隆重推出《王兵国画作品集》,在国内产生较大影响。作为民进会员,他也处处为民进着想,积极参与民进的各项活动,在省民进举办的"江苏省民进成立五十周年书画展上",他的一幅《秋韵图》,获得了省民进领导和省书画名家的高度赞誉。

二

古人云:兵家求兵道,要下一番苦功;武士求剑道,也要下一番苦功。而画家求画道,同样没有一条便捷的道路,依然要下得一番苦功夫,可谓"不信沙场苦,君看刀箭瘢"。王兵学画,从基础开始,速写、临摹当然是必不可少的,我曾在王兵的画案上,看过他一张三十年前的速写图,笔意扎实,构图恰当,精细中透出灵动之气。而最让人可敬的是,20世纪70年代末他的百余张临摹,画的是古代仕女。那时候,他还是个意气风发的青年,正是耽于幻想、喜欢玩耍的年纪,但他却能埋头于书案,找来许多古籍典要,一张一张地临摹那些名流、大师的作品,真是难能可贵,我能想象得出他在青灯黄卷中苦苦求索的场景。后来他又不辞辛苦,到名山大川写生,与董欣宾、陈大羽、薛亮等名家交谊、切磋,都是用了一番心力的。

但是,光下苦功,还不一定能悟道,悟道和吃苦可是两码事,要把这两码事弄成一码事,那才算得上真正的修炼。难道不是吗?有的人能够有机地把吃苦和悟道融会贯通,然后取得真经;而有的人,终其天年也难以做到合二为一,汗也流了,苦累也受了,依然道行肤浅。何以如此?我以为,这固然和个人的天资、心智有关,比如豪放者,劈山裂石;谨慎者,把脉问诊;机巧者,出官入宦;孤傲者,舞墨涂丹。但主要的，还是不读书、不思考留下的弊端。我一直以为，作文与作画，应为一脉相通，所表达的内容无外乎人与自然，思想与情感。因此说，画之根在于文，在于文中所含的道，即所谓如诗如画也。欲想觉悟画艺之道，先必明了文艺之道。

　　王兵先生可以说深切领悟到这个道理，读书成为他学艺的一部分，即便是他成为国内有影响的中青年画家之后，仍然是手不释卷。在他的工作室里，经常看到他圈阅的古文艺典，比如被他翻旧的《四史菁华录》《文字蒙求》等，还有许多本老旧的《美术》杂志。此外，大量的当代艺术家的艺评，他也常常研读，细细领会，感受其中的脉望，领悟其中的性情，并能够与自己的画作产生联想、碰撞，加以引申。可以毫不夸张地说，王兵先生在艺术上能够取得今天的成就，与他多方面的才情和修养不无关系。

三

　　2008年深秋的一个下午，我到王兵先生的工作室小坐，不知怎么说到张大千，他立即引用叶浅予的话，又说到吴冠中的抽象美，说到李可染的画牛图，说到明人吴伟的《长江万里图》，说到八大山人、石涛等古代名家，他都能引经据典，说出个一二来，寥寥数语，准确到位，真是殊为不易。对于当下艺术家，比如范曾、薛亮、杜滋龄、霍春阳、吴长江、王培东等，他更是了然如心。对于绘画艺术中的最高境界的意境，他也有独特的理解，王国维先生说过，"境非独谓景物也，喜怒哀乐，亦人心中之一境界。故能写真景物"。王兵先生把意境看作是艺术美的本源，言神韵，言气质，不如言意境。而意境的营造和抒发，同样需要画外功力，如果修性没有到位，即便谈了，拿出的作品，也充满匠人气。有了这样的警觉，再加上身体力行去探索、实践,王兵的画作渐趋化境并取得今天的地位,也就理所当然了。

闲聊中,知道他正在作一批画,准备应广州某画廊之约,去搞一个画展。王兵先生的画风,我是稍有了解的,也曾写过拙文加以宣扬。但对于他的近作,还是想先睹为快。王兵先生拿出他的新近作品,计有《孔子问礼图》《烂柯图》《东坡诗意图》《黄山烟云图》等,果然都是充满意境的佳构,不敢说件件都是精品,但至少都体现出他的追求,即品位高雅、高缈幽远、气韵悠长而意境深邃,特别是《黄山烟云图》,那连绵、险峻的山峦,缥缈的雾霭和云絮,在黄昏的夕照中,显得凝重而古朴,非大手笔莫办。

一个艺术家,对他感兴趣的描写对象,常常不是偶然的,往往是自己和描写对象有着某种内在的联系,当描写对象的某些特质,可能成为艺术家借以抒发某种感情的寄托时,客观对象才可能成为艺术形象。从王兵先生的身上,能感受到浓浓的传统文人的个性,虽然他"出落"得彪悍魁梧,但内心里却是细腻而温情的,有着悲天悯人的情怀,《秋声图》《秋水无声图》里,前者仿佛能听到琴声的忧郁,听到诉说的忧伤,而后者更是感受到情调的哀凄和岁月的苍茫。《盛世修典图》则符合当下火热的社会生活,盛世修典,现实生活中,新一轮的修志已经拉开了帷幕,在繁荣昌盛的社会大环境下,画家正满怀豪情地走在事业的大道上。

2008年初冬草于新浦河南庄掬云居

印象张学玲

知道张学玲，还是我在一家报纸副刊做文艺编辑的时候。

那时候电脑虽然普及，单位还会收到大量的邮寄稿，一天都有一大堆，要是隔几天不看，写字桌上就积成了小山头。就是在这么多来稿中，我发现了张学玲的几篇散文，文字不用说了，通达、流畅，也不失华丽和考究，就选一篇见报了。

文章发出来以后，在评报会上受到主评者的好评也是我料想不到的。后来又陆续收到张学玲的一些散文稿子，文笔还是那么细腻、娟秀，某些时候甚至会冒出类似于警句的文字来，自然又选择性地发了几篇。

可能是张学玲的文字清新脱俗又别有情趣吧，那段时间，张学玲引起了大家的关注，被文学界称为文学新星。我不敢说她的创作造诣有多深，也不敢说独树一帜什么的，至少有她自己的面目，有她自己清晰的创作思路。

第一次见到张学玲，也是像初读她的文章一样有趣。记得当时我正在上班，听到一个声音在大菜间一样的办公室的走廊里响起，是找副刊部投稿的。这是一个羞羞答答的小女人的声音，委婉、悦耳，说话还脸红，投稿也是把稿子丢下就跑了。真正认识张学玲，还是在报社一度风靡的"驴行"队伍里，一个娇小的身影，跟在一大队人马中，拄着一根山上随处捡到的树棍，穿山越岭，过河涉涧，一路上都是快乐的、欢笑的，走到哪里哪里的山花就和她一起欢笑了，就像病人见到她病就会好了一样。

由于张学玲家就在报社隔壁的小区里，我下班时常在小区的门口见到她从公交车上下来，她大老远就送过来笑脸，随意地问候一两句，都是"吃啦""下班啦"之类的客套话，很少聊及文学，倒是她的稿子还是时常收到。在散文这样一种自由的文体里，她能够做到任意地收放，题材啊，风格啊，韵律啊，节奏啊，都毫不顾忌，想怎么写就怎么写，真是殊为不易啊。读她的稿子，感觉她的文字，仿佛就如她为人处事一样，随心、随意、小巧、精致。当然，文字还是充满灵性和意趣的。

我有不少医生朋友业余时间都喜欢创作，写诗、写散文、写小说，这让我常常想起鲁迅这样的大人物和毕淑敏这样的知名作家，也会让我想起罗大佑这样的时尚精英，他们都有医生的底子，所以文字的功力都十分了得，鲁迅自不必说了，毕淑敏已经知名当世，罗大佑写诗填词更是号称流行音乐之父。

张学玲也是医生，医生的职业造就了她缜密、认真的个性，也让她熟悉结构，了解人生，所以，张学玲在经过较短的试笔之后，再做起文章来，也就驾轻就熟了，一句一字都像手术刀，直插要害，直抵心灵。这样的文字里常常洋溢着无穷的欢乐，也充满深沉的痛楚，既描摹着生动的形象，又宣泄着浓郁的感情，更升华着深邃的哲思。

张学玲的文集要出版了，我没有看到她文章的全部，所得印象只是我经手的几篇散文随笔。经过一番津津有味的鉴赏之后，张学玲的文章确乎值得反复诵读，我相信她的文学才能，相信她会抒写出对于世界万物的印象、认识和感悟，以及对于生命的体验和吟哦。

2009 年 11 月 24 日于连云港河南庄

代　跋
　　——初识陈武

　　记住"陈武"这个名字，还是在一个异地的初秋。

　　那年，因为一个培训，我客居南通几近一月。

　　那时我还是一个正宗的网虫，分别在语文网站和中学生网站帮助管理员打理版块事务。因此，培训期间，除了上课，就是去网吧。

　　一天黄昏，斜阳如酒。我从网吧出来，走在南通的初秋里，举目西望，竟有些凄然地醉在内心忽然腾起的思家的温情里。

　　彳亍在那一街的余晖里，我收到了朋友问候的短消息。那是一位恃才傲物的朋友。我说，近来我在网上编织童话。于是聊到了文学。记忆尤深，他说了一句极其得罪人的话："本市的作家，没几个真的。如果要读小说，你就读陈武的。"就此，我知道了，我们市里有个叫陈武的、会写小说的人。那晚，我企图将对先生和儿子的思念稀释在南通长街的风中，于是没去酒店吃晚饭，一直走。漫无边际的遐思里，也就多了陈武的"影子"。也许是因为名字里有个"武"字吧，我便不自觉地、初步地将他"画"成了一个铮铮铁汉了。总之，与"眼镜""斯文"之类怎么也没搭上边，甚至无厘头地认定，他就是一位军旅作家，所写的，也应是类似唐栋的《兵车行》那样的作品吧。

　　光阴，一直都是那么的毫不留情，大步流星。就在我散漫行思，将面容从那晚的余晖中轻轻偏转过来的当儿，五年，就那么擦着我的肩、拂过我的额角，穿越我梳理鬓发的指隙，呼呼奔远了！

说实在的，我基本是个不学无术、没有理想的主妇，虽然时常假假地开卷，大多也都是读读散文、杂文之类，或是读些养心、美颜之类的闲文，而陈武，小说是他的主打。因此，在这五年里，于文字间邂逅陈武的概率是非常非常小的。除了一次很偶然的在市报的周末版上读过他的一篇写书与书橱的随笔，几乎没有接触过别的文字。

后来我知道了，很多人知道陈武这个名字。也有很多人以认识陈武为炫耀的资本。我只是静默地听。相对而言，我是热爱文字的，但是基于心性的散淡甚至怠惰，却并没有结识陈武的理想。我始终觉得，一位作家的世界是复杂的，尤其是小说作家。这个名字是清晰的，然而却远在我的世界之外。常常深深掩藏，一个貌似温柔随和的女子内心深处的清冷和叛逆。

生活有时很戏剧。那天我正在电脑上写作，领导通知我，晚上有个小聚，是关于一家杂志社约稿的相关事宜。我习惯性地推辞。领导说，去！没有别人，陈武召集的。听到"陈武"的名字，忽然想起南通时朋友的指引，于是我迟疑了一下，还是答应了。

坐在车内，我静静地想，究竟是怎样一位作家，让我傲世的朋友做出那样的评定。

迈进华裕饭店的大厅，我的内心本能地撤得很远，一种强烈的孤独和戒备瞬间占据了整个身心。天生个性的缺陷，让我产生一种迅速离开的冲动。在服务生的引领下，我们来到了小聚的房间。一位谦和的男士迎上来招呼我们。我记不清他的穿戴了，只记得身材很高大，说话的音量很低，很温和。我随手将笔记本放在了旁边的沙发上，站在那儿。有几位熟悉的就跑过一边做餐前"热身"（打牌）了。那位男士走过来说，你也过去玩吧。我笑笑，说不会。他谦逊而得体地询问我的名字，然后自我介绍："我姓陈，耳东陈……"我有些诧异。他显得相当的坦然、随意、平和，与我想象里的那位冰冷的铮铮铁汉真是相去甚远。

很奇怪，简短的对话之后，我一下子觉得放松了很多。

落座，一一介绍之后，"文学青年"们开始尝试着彼此沟通，寻找感觉舒适的"最佳体位"。隔着大大的圆桌，陈武就坐在我的对面。他的样子很有亲和力，说话的语气和神情都让人觉得昨天还在街角的转弯处遇见过他。他不断接受大家的敬酒，谈起约稿的事，他忽然想起来我们学校的经历，于是开始对大家讲述吃了门卫阿姨"闭门羹"的情景，门卫阿姨独特的个性在他白描式的讲述里，是那么生动逼真，我们都被他逗得开怀大笑起来。讲完了，他真诚地竖起拇指说，这样的门卫真是敬业，将来我家小乖（他儿子陈巴乔）就到你们学校读书！席间最后一丝生疏感也在陈武引发的笑声里消融殆尽。我看着对面这位吃了"闭门羹"依然由衷赞美守门人的中年男子，面对他超强的表现力，我不由暗自赞叹：他的确是一位写小说的！我有点敬佩他了。

后面的时段里，大家兴致盎然，畅所欲言，从约稿谈到了网络，从开心网谈到新浪、谈到搜狐、谈到网易……陈武忽然像个孩子那样得意地说，我有两个奴隶，临来的时候我派他们去打工了！这让我很兴奋，没想到他居然也和我一样喜欢玩空间里这些小玩意。我忘乎所以地接过话茬："啊，我也有两个奴隶，我还有五辆车呢，你有车吗？我最贵的一辆车是法拉利！""有啊！你加我做好友吧，我可以送一万元给你呢！"陈武也因为找到"同党"而开心。呵呵，我们好像忽然回到了童年。

其实，最后大家都醉了，醉在交流的融融快乐之中。至此，我已经全然忘却了自己还是一位"生人"。分别的时候，我们那么自然而然地交换了联络的方式。

谦逊、平和、率真，毫不做作。这便是我对陈武最初的、最感性的认识。

　　回到家里，我急急忙忙去空间看我的"奴隶"和"车"，然后打开百度搜索引擎，键入"连云港陈武"的字样，我顺利找到了陈武的博客。整体感受了一下博客的风格之后，轻轻点开了第一个分类："中篇小说"。19篇呢（实际是46篇，因为结集出版中，大部分被隐藏）。静静浏览小说的题目，目光最终停留在《天边外》。我喜欢这个名字，唯美、浪漫，让我莫名地想到了漫天落霞，大漠孤烟，甚至引吭高歌、悠然远逝的白天鹅。对于一个极爱做梦的女子而言，阅读陈武不从这里开始，那实在是极不正常的。

　　预想之中，只是先找到陈武的"家"，瞄几眼就溜掉。不曾想到的是，《天边外》将我牢牢绊住了。我一口气读完了它。故事的情节和我设想的不尽相同，相同的是一样的简单和透明。一行五人，签了生死合同，怀着不同的心情，装着各自不同的心事，却奔赴同一个目标——历险藏北。就是这样一个互不相干的、看似儿戏生命的组合体，在死亡之旅中却以各自不同的方式表达着对生命的无比热爱和眷恋。天真、纯情、像梦一样的女孩名名与维也纳的对白让我看到了真正行走于生活者的超脱，看到行走于滚滚红尘的作家对于简单快乐生活的向往；名名苍凉的歌声中，画家蒙眬的泪眼；抛别白莲时，看似冷酷的老K湿润的眼睛，深深感动了我，我知道那不只是画家的泪、老K的泪，更是作者对于真挚、善良、美好和责任的理解和追求；我喜欢那种娓娓道来的叙述风格、那种不动声色的冷幽默。行文中许多细节含蓄而诗意，留有很大的想象的空间，虽是死亡之旅，却布满温暖和生机。它如诗如画如歌，它是作者用自己对生命和情感的理想构建的一个透明的童话。

　　我对陈武说，读你的《天边外》，就像读水晶，读雨后的空山，读陈巴乔的眼睛……让心洁净无尘。我深信，每一位用心生活的人都会爱它。

接下来，我相继品读了陈武的散文《金银花》和《书房九歌》。简洁、朴素的文字，随性而大气，像在抒情，又像在自语。我说不出是哪个字、哪个句子打动了我，摘出来每一个词句似乎都很平凡，组合在一起却如同行云流水，字字句句直流进了心里。思绪在字里行间穿行，竟不觉得是在阅读，更像是置身于一个藤萝掩映的园中，坐在静谧的黄昏里，捧一盏既清香又略带苦涩的金银花茶，入神地听老朋友娓娓叙谈，关于生命和生活的恬淡情怀。于平和冲淡之中，体味一种质朴与沉实。

我想起了陈武的"自白"："我只是个喜欢写写画画的人，散淡而平静，情感也不丰富，基本上是陈巴乔的心态，有一颗糖吃就高兴了……"

的确。以阅读为基础，这"自白"让我感动。我真的不知道一个写小说的人原来也可以如此的简单和透明。

陈武，一位随性、平和、散淡的作家，及其与之相关的文字，终于从另一个遥远的世界开始融入我的阅读生涯。这，是一个非常美好的开始。

当我正在全神敲打这些文字的时候，电话响了。是陈武询问组稿的情况。他问我正在做什么，我笑说，正在写陈武啊。他问，印象如何？我忽然想起了名名的话：人一深奥就无知。便顽皮地顺口作答：总体认识——没有我想象的那样无知。

对着电话，我们禁不住会心地一起笑起来。

马玉梅

2009年1月15日晚